每一次努力，都是幸运的伏笔

苏小晗 著

陕西新华出版传媒集团
未来出版社

脑洞书系

图书在版编目（CIP）数据

每一次努力，都是幸运的伏笔 / 苏小晗著. -- 西安：未来出版社, 2020.4

（脑洞故事）

ISBN 978-7-5417-6864-4

Ⅰ.①每… Ⅱ.①苏… Ⅲ.①故事—作品集—中国—当代 Ⅳ.①I247.81

中国版本图书馆CIP数据核字(2020)第010991号

每一次努力，都是幸运的伏笔
MEIYICI NULI, DOUSHI XINGYUN DE FUBI

苏小晗 / 著

作　　者：苏小晗	社　　长：李桂珍
监　　制：陆三强　杜普洲	丛书策划：王小莉　徐　晶
丛书统筹：王小莉　肖桂香	责任编辑：陈丹盈
特约策划：肖桂香	封面设计：资　源
美术编辑：刘海燕　李雪菲	技术监制：宋宏伟　刘　争
发行总监：樊　川　王俊杰	宣传营销：陈　欣　贾文泓
出版发行：未来出版社	地址邮编：西安市丰庆路91号（710082）
电　　话：029-84288355	印　　刷：天津中印联印务有限公司
经　　销：全国各地新华书店	开　　本：700mm×1000mm　1/16
印　　张：15	总 字 数：272千字
版　　次：2020年4月第1版	印　　次：2020年4月第1次印刷
书　　号：ISBN 978-7-5417-6864-4	定　　价：39.00元

版权所有，翻印必究

（如发现印装质量问题，请与承印厂联系退换）

　　我不是一个很有天赋的作者，写书的时候很多情况下都要抓耳挠腮。但不管怎么样，我还是写出了这本书。

　　这是由许多篇小故事组成的一个故事，最开始我是受《肠子》的影响，这本书的讲故事模式让我阅读起来感觉很轻松，于是我便思考起来，有没有一种像《肠子》这样既轻松又有主线故事的文章呢？

　　于是便有了这篇故事。

　　说起来，我一直觉得我是一个很幸运的人。我第一次写短篇故事不是在小学或者初中，而是三年前。

　　是的，我在三年前才真正地开始写文。那个时候我对小说的结构完全不了解，自己的笔力也无法撑起一篇完整的故事。但我有很多想要表达的故事，我的大脑里像是有一个聊斋般的茶馆，每天经过无数的人，他们给我讲着有趣又或志怪的故事。于是我开始研究小说要怎么写，慢慢地我终于写出了我人生第一篇短篇故事。

　　现在看来很幼稚，但我却很喜欢。

　　在这三年中，我脑中的茶馆总是有奇奇怪怪的人上门讲故事，梦中梦、永远无法醒来的梦，还有那些不断循环的故事，落在同一天不断经历噩梦一样的故事，以及能长出美人的花，在欧洲中世纪漫游无意间刻下有历史印记的痕迹……

　　这些我都将他们写进了这本书里，也希望能给你们有一样奇妙的感受。

MEIYICI NULI
DOUSHI
XINGYUNDE
FUBI

　　说起写文的契机，其实挺简单的。三年前我抑郁症退学在家，那个时候我的人生几乎是一片灰暗，每天的生活就是睡觉、吃药。偶尔有点精神，就是待在卧室里发呆，又或者在屋子里胡乱拉着小提琴。

　　我不太记得我这种状态持续了多久，直到我看见书架上的一本本书，然后我就突然想起，我其实一直都想写一些故事，其实我一直都希望能有自己的作品。

　　于是我开始写第一个短篇故事。那个时候我真的不理解要怎么写，于是把那些短篇故事杂志一本本翻开，把他们的故事做一个总结。故事为什么会吸引人，怎么写才能让故事顺着作者想要的方向发展……

　　我就这样尝试性的写出了第一个故事，投了稿过去，结果竟然过了。

　　那个时候我几乎丧失了语言能力，我不想说话，但我的内心却有着丰富的情绪想要倾泻出来。于是我拿起了笔，开始写第二篇、第三篇……

　　到今天我已经数不清自己写了多少篇，但我能看到自己一直在进步。从最开始的傻白甜小故事，到现在内容逐渐丰富了起来。而我也找到了自己擅长的领域，认识了许多作者和编辑，我因为写作而进到了一个足以让我逃避现实的圈子里。因为写作，我的现实生活也变得渐渐色彩斑斓起来。

　　生病的时候我经常被自己的噩梦惊醒，然后就是彻夜的失眠。我把它们写出来之后，这些故事便开始温暖了起来，它们不再惊醒我了，也不再会让我彻夜难眠。相反这些噩梦渐渐搭建成了一个小茶馆，我闭上眼，就会有客人带着故事过来。

有时候我会很感激自己所经历的一切，因为生病我可以安静下来认认真真写东西。因为我认认真真写东西，所以我认识了许多朋友。我最终被写文与朋友所拯救。

小时候因为性格内向，父母工作又忙，我经常把自己关在屋子里，将书架上的书一本一本拿下来阅读。那个时候我知道了很多作家，我也一直梦想着成为一个作家。或许现在的我自称作家还不太够格，但我希望自己能在未来，未来的未来，能够一直写下去。或许，许多年后我真的能骄傲地说自己是个作家，许多年后我真的能实现自己儿时的梦想。

写作曾是我的梦想，后来我丢了它，再后来它拯救了我。如果可以，我希望有一天我也能在某一个小朋友内心种下这么一颗种子。

在这三年里我写过很多故事，悬疑、志怪、奇幻、脑洞、推理……每一篇我都很爱，但我的读者却并不是。有人喜欢我的悬疑故事，有人喜欢我的脑洞故事……

我从中挑选了几篇我自己最钟爱的故事放在这里了，虽不能保证每个读者都喜欢这里的每一篇故事，但我却喜欢这里边的每一篇。

或许这本书能作为你们认识我的一种途径，未来的我也会写出更好的故事。

谢谢喜欢。

第一夜　开篇　/　001

第二夜　梦境迷踪　/　007

　　　匣中人　/　009

　　　记忆宫殿　/　021

　　　金玉良缘　/　037

　　　控梦　/　045

　　　与偶像的正确选项　/　057

　　　搜索　/　065

第三夜　奇异人生　/　081

　　　人工智能　/　083

　　　相遇倒计时　/　099

　　总有刁民想要害人　/　111

　　消失的木马　/　123

第四夜　童话镇　/　133

　　小七　/　135

　　末日移民者　/　145

　　再见星空　/　169

第五夜　再读名著　/　179

　　来自《巴黎圣母院》　/　181

　　食梦人　/　205

第六夜　真相　/　217

第七夜　抉择　/　223

第一夜

开篇

 每一次努力,
都是幸运的伏笔

第一夜 开篇

亲爱的参赛者们：

你们好。

当你们看到这封信，说明你们已经被迫参与了这场比赛。当然，也不能说完全被迫，毕竟一旦取得这场比赛的胜利，胜者就会获得任何想要的东西。无论权力、财富还是智力，或者说你想要完成一项什么伟大的创举，我们都可以帮你实现。这么看，发现自己被迫参与比赛的怒气，是不是会消退了一半呢？

那么接下来，亲爱的参赛者，请允许我告诉你比赛内容和规则。

这是一场小说比赛，每天晚上十点，二楼的书房都会准时出现这天的主题。请各位参赛者根据主题自由创作故事，真实也好，虚构也罢，只要好看，只要是你们自己满意的作品即可。

请在第二天晚上十点，新主题出来之前交上稿子，否则将视为弃赛。

既然比赛内容说完了，那么再说一下规则。比赛获胜者会得到丰富的奖励，但为了防止作弊等情况，我们要求未被淘汰者都要在这所房子里待着。这里总共有六个卧室，对应六名参赛者，每间卧室里都有足够三天的水和食物。比赛采取淘汰制，每位被淘汰者都会被我们秘密带出这所房子，之后被淘汰者屋内的食物可以供未被淘汰的人分食享用。

当然，为了防止有人恶意弃赛，被淘汰者、弃赛者都将会受到一定的惩罚。至于惩罚是什么，请允许我在这里卖个关子，暂时保密。当然，您要是拼尽全力，一直获胜，那就永远不会知道这个惩罚是什么，相反还会获得您想要的奖赏哦。

哦，对了，还有最重要的一点，参赛人。为了省去你们互相认识的时间，我在这里公布所有人的信息，希望大家能够充分利用这些信息，知己知彼哟。

一号参赛者，陈年，曾经的悬疑畅销书作者，但因为后来写不出东西，便过了气。此次参加比赛是希望能够借助这次比赛，重新变成畅销书作者。

二号参赛者，张雅雅，入职不过两年的编辑，对作品的鉴赏能力极高，但在写作方面没什么天赋。参加比赛是为了见一见更多的优秀作品。

三号参赛者，沈建明，无业游民，没怎么上过学，识字不多，因为从小喜欢读书，便自学识得了许多字。想象力丰富，笔力却稍显不足。参加比赛是为了巨额的奖金。

四号参赛者，刘思明，中文系大学生，被指导自己的教授推荐过来。

五号参赛者，秦淮，天才高中生。参赛是为了打发一下高考前无聊的时光。

六号参赛者，秦佳，秦淮的妹妹，在写作方面有极高的天赋。参赛是为了在这次比赛中打败自己的哥哥。

以上，便是所有参赛者的信息，虽然参赛者人数不多，但请各位参赛者相信，这些人都是我们精挑细选出来的，挑选的每个人都有我们的理由，希望各位不要轻敌。

最后，我要献上我最诚挚的祝福，我衷心希望您，永远不会知道失败的惩罚。

来自主办方

"有人吗？有人吗？"

大家刚把桌上的字条看完，其中一位穿着高跟鞋的女人便开始疯狂砸门，刘思明看了眼参赛人员名单，便猜测这个女人应该是名叫张雅雅的那位编辑。

"我们是不是被关起来了？我就知道，这房子这么大，窗户却那么小，也没有后门之类的，只要进来肯定会出事。"张雅雅一边砸门一边惊慌失措道。

"不用敲了，在来之前我就检查过了，这房子进来了就不好出去了。你们难道没发现，这房子的构造，就像是监狱吗？"陈年开口道，声音低沉，面色阴郁。

"哟，这位就是大作家了吧？"沈建明一脸挑衅地看着陈年，问道，"难不成陈大作家还去过监狱？竟然知道监狱的构造。"

"我之前为了写东西，专门去参观过。"陈年推了推鼻梁上的眼镜，有丝不悦。

"哦，听起来当作家真不错呢。"沈建明调侃道。

"你们与其在这里打嘴仗，不如去看看今天晚上的主题是什么吧。"秦淮起身，往二楼的书房走去。

听秦淮这么一说，刘思明看了眼自己的手表，时间是九点五十七分，距离主题公布还有三分钟。

"说起来，如果主题是每个晚上公布的话，那就说明这个屋子不是完全密闭的咯，起码会有个暗道机关之类的，用来送主题吧？"秦佳看着哥哥远去的身影，猜测道。

陈年摸着下巴，似笑非笑道："看来，我们后续的几天，不仅仅是编故事那么简单了。"

大家正在楼下聊天的工夫，不知哪里的钟表"铛——铛——铛"地敲了十下，钟声刚落，秦淮便拿着一张纸从二楼走了下来，边走边晃着手中的纸道："这次的主题——梦。"

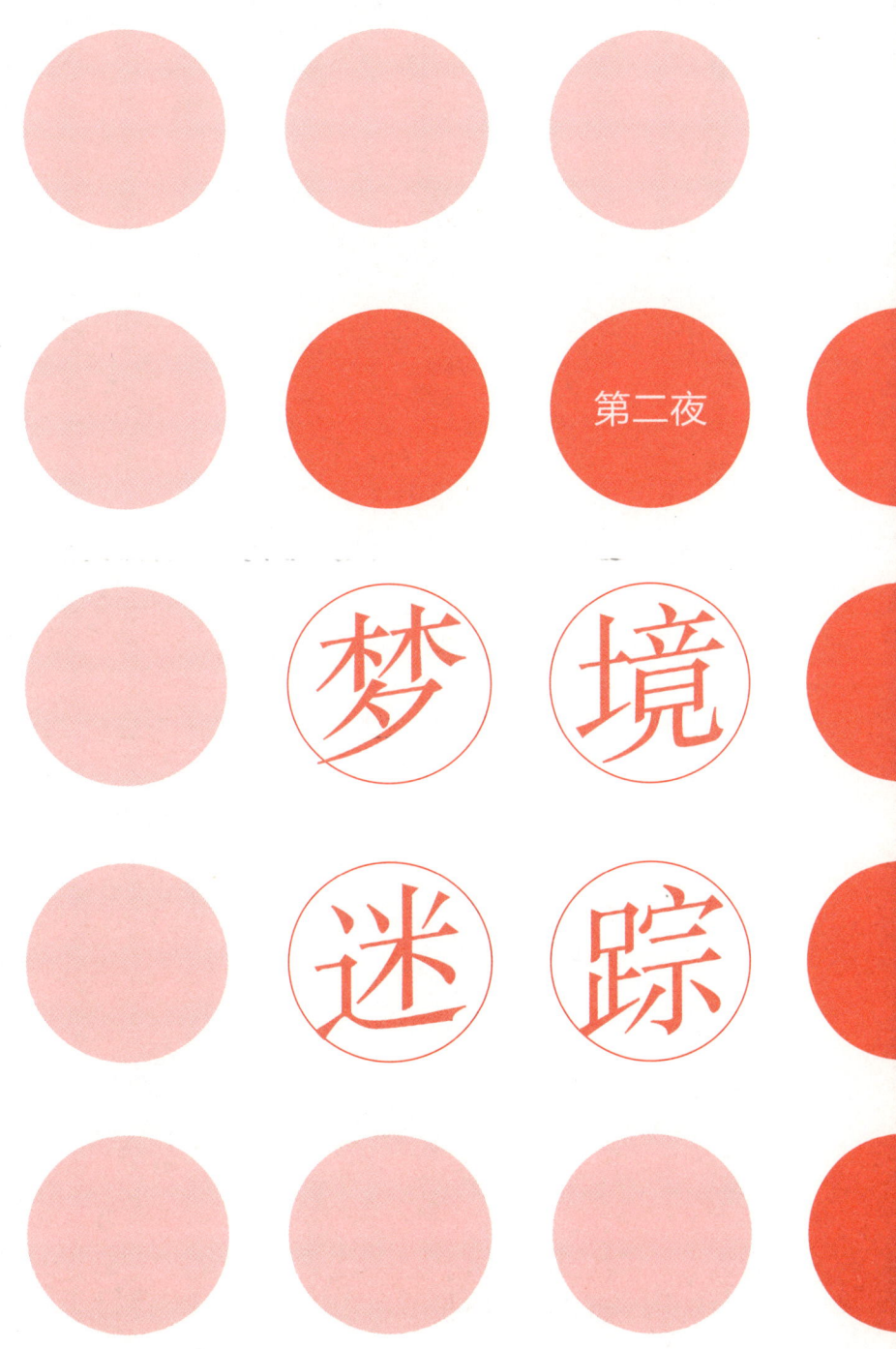

第二夜

梦境
迷踪

每一次努力,
都是幸运的伏笔

文×沈建明

梦的世界是怎么样的,我一直都不知道。这并不是说我不会做梦或者怎么样,只是,梦里的我,常年都生活在匣子里。

不同于正常人的梦那般丰富多彩,我的梦里没有坠落,也没有奔跑,只有黑漆漆的一片。当然,这并不代表我没有做梦,我确确实实是做梦了,只是梦里我只能听得到,却看不见。

刚开始我以为自己在梦里是个盲人,周围的声音却在说着"阿苗要成熟了吧""阿苗还没有见过太阳呢""我也迫不及待想看看阿苗的样子"……诸如此类的话。就好像,我是一颗藏在泥土里的种子,而他们则迫不及待地等着我发芽。

梦里的我跟着现实的我一起慢慢长大,现实中的我从幼儿变成小学生,梦里的我,从种子变成了小树苗。当然,梦里的我是长着脑袋的那种,只不过眼睛却是紧闭的。

"阿苗可以移到匣子里了。"我的父母看着我刚长好的脸,还未待我睁开眼睛,便小心翼翼地将我脖子下边的根茎移出来栽进一个红木的匣子里。

他们的双手温暖又粗糙,触感细腻得如同在现实一般。以至于我时常分不清楚，到底正常的我所经历的一切是现实，还是那个生活在匣子里的我所经历的才是所谓现实。

在我升入初中的那一年，匣子里的我终于被人打开了。那是第一次，我在梦里见到了周围景象。

檀木作梁，雕花木窗，满眼尽是古色古香。

"那个……"软糯的女声将我从新奇中唤醒，我看向面前的女孩，一个梳着羊角辫的小女孩紧张却又笑眯眯地看着我。

"嗯？"我皱了皱眉头，示意她继续。

"我先考考你，你说说看我是谁？叫什么？"女孩仰着脑袋，脸上颇有些傲气。

"南国公主，赵君如。"我想也没想，下意识地便说了出来。

女孩脸上有些惊讶的神情，但马上便恢复了神色："哼，也没什么了不起的，这种事情，宫里人人都知道。那我再问你……你说，我将来的郎君姓甚名谁，官居几品？长得模样如何？"

"公主，您的问题太多了，只能问三个，刚刚您已经问过两个了，现在您只能问最后一个了。"抱着装我的那个匣子的男人开口道，他的声音听着十分耳熟，似乎是我从小便听到的那个声音。

"真小气。"女孩嘟了嘟嘴，假装大方地摆摆手道："算了算了，那你还是回答我的主要问题吧，我到底要怎样才能活过十八岁？"

我看着她那张皱成一团的小脸，舔了舔嘴唇，开口道："……"

"丁零零……"

我的话还没说出口，梦便被铃声打断了。我扶着额头仔细回想着梦中的内容，我记得，梦里我想说的是两个字：无解。

但不知为何，我突然对梦里的人物生出了怜悯之心，可我什么办法也没有。我揉了揉眼睛，唉声叹气地来到客厅。

"怎么了？怎么大清早的就这么颓废？"准备早餐的姐姐看见我出来，关心地问道。

"嗯……我做了个梦。"我想了想还是打算告诉姐姐，"我梦见一个很可怜的女孩子，我却帮不了她，很无能为力。"

"感觉无能为力不是很正常的事情吗？不过都是梦，别太在意。你要真的介意，下次你可以努力试着控制自己的梦啊！"

"控制梦？"我吃着早餐，若有所思。

再一次做梦，是在三天后。

我的梦像是无缝连接的电视剧一般，这次我看到女孩把脸皱成一团，盯着我，等待着我的回答。

"有一个方法。"我看着她，思索了片刻回答。

"什么方法？"女孩迫不及待地问。

"将我寄存在你身边，十年。"我面无表情地回答，"随身携带，不离不弃。"

"啊？"女孩的脸上又是惊讶又是不情愿。

"既然这样，那我的儿子就只能暂留在公主身边了。十年之后，我自会来取。"男人将我小心翼翼地抱起，递到女孩的手中，而后便头也不回地走了出去。

女孩低头看着我，眉头又皱成一团："我天天带着你这么个东西出去，会被别人笑话的。"语罢，伸手将我头顶的盒子盖"啪"的一声按了下来。

我的世界又变成了漆黑一片。

公主虽有千万个不情愿，但周围人都在劝她，说什么"这可是匣中人，他说的话怎么会有错呢？公主还是带着吧""谁会嘲笑公主呢？谁要敢嘲笑，小人就把他的脑袋拧下来"……

周围的人太会说话，几句话，把公主逗得咯咯直笑，她也心甘情愿地带上了我。

只是，这个小公主究竟会遭遇什么，我又要如何破解，这些我一概不知。我只知道，我说的那些话，就像是被人设定好了一般，张嘴便说了出来。

其他人的梦也是这样吗？也会有如此连续且真实的梦吗？梦里自己所说的话也会是这样不受控制吗？

03

在梦里，我跟着这个小公主十年，现实里，我也早已从一个初中生变成了一个上班族。

对于我来说，梦里的那个公主，就像是另一个世界的朋友一样，有血有肉，她有些骄纵，却心地善良；有些倔强，却能温柔待人。

梦，真的会这么真实吗？

我不知道。但我变得越来越喜欢睡觉了，不是因为我困，只是因为我想多见见她。或许，那个小公主已经牵动了我的心。

公主十八岁那年，她已经出落成了美人了。眼如水，眉如波。轻轻一笑，便能引得英雄竞折腰。

只是这一年，也是她的大凶之年。

公主自小活泼，宫里的高墙从来就关不住她。她总会在玩心大起的时候偷偷溜出宫外玩耍，看些民间把戏，吃些民间小吃，然后趁着暮色降临之前心满意足地赶回去。

只是这一年，她遇见了一个男子。

公主小时候喜欢听书，现在喜欢听戏。她溜出宫外的大半时间几乎全给了那个叫沈子文的戏子。

沈子文不过比公主大了几岁，却早早地出来唱戏。他唱的戏婉转悠扬，唱到动情处，在场之人无不落泪。

公主溜出去听戏的时候通常不会带许多钱财在身上。但每次一定要带一些首饰，她是想要将这些名贵的珠宝作为礼物送给沈子文。

但沈子文也不是傻子，一次两次还好，多次收到这些做工不凡的珠宝，沈子文便意识到赵君如可能出自某户地位高贵的人家。

沈子文虽为戏子，却满身的骨气，那脾气堪比城中最傲气的书生。小小的财礼他会当作打赏，但这贵重的物品，总会让他感觉自己欠下了许多人情。

于是某日，赵君如又偷偷托人去送他珠宝的时候，终于被沈子文撞了个正着。

沈子文看着那个跟他年岁相近的姑娘，她的眼睛里满是未看过世间冷暖的单纯。那一刻，他心里突然有种莫名的酸楚：这世间真是不公平，有人在这个年纪看尽沧桑，有人却在这个年纪单纯如初。

沈子文叹了口气，摇了摇头道："姑娘的礼物太过贵重，还望姑娘收回。"说罢将怀里的东西一股脑儿放到赵君如的怀里。

赵君如还沉浸在近距离见到沈子文的喜悦之中，怀里却突然多出来包沉甸甸的东西，她低头一看，竟是她之前送给沈子文的礼物，不由得变得羞恼起来："我好心送珠宝给你，你竟然通通不要？"

"不是不要，只是姑娘的珠宝太过贵重，您的恩德不知如何回报，实在是让人承受不起。"沈子文虽是婉拒，语气里却满是坚定。

"说到底，你不就是嫌弃我的东西吗？"

"不敢。"

"那你为什么不收？"

"过于贵重。"

"你……"

赵君如一个人在原地跳脚，沈子文面上却波澜不惊，这使得赵君如像是吃了黄连的哑巴，有火撒不出。赵君如憋了半天，只能选择甩手就走，回了宫，开始噼里啪啦地摔东西。

我在黑漆漆的匣子中，听着外边的响声，不知为何，脑袋里一下子便跳出了她和沈子文在一起的画面。

这大概就是身为创造者的好处吧，即便被关在匣子之中，我也能看到我想看到的一切画面。

可是我莫名地难过起来，我喜欢上了我梦里的人，她却喜欢上了别人。

我浑浑噩噩地醒来，走到客厅，姐姐刚做好早餐，正准备招呼我吃饭，却看到我一脸愁容，问道："你怎么了？怎么一大早就这么没精打采？"

我摇摇头坐下，吃了两口饭，不禁开口问："姐姐，如果一个人喜欢上了他梦里的人，那他要怎么办？"

"梦里人？梦里人难道不是现实里某个人的映射吗？"姐姐一边往面包上涂果酱一边回答。

"不知道，这个人好像没在现实里出现过。"

"那就尽早结束,梦是虚无的,你不要太沉迷于虚无之中。"

"嗯。"我点点头,却变得更加迷茫。

我试过各种各样的方法:不睡觉,睡一个小时就定闹钟把自己吵醒……

可是无论哪一种,都不管用,只要我一闭上眼睛,就能看到公主跟那个戏子在一起说笑的画面。

沈子文心性高,一心只想唱好戏。除此之外,他心中别无所求。可偏偏,沈子文这种不理不睬的劲儿吸引得赵君如一遍遍往他身上凑。

一来二去,赵君如倒跟着沈子文学起了戏,唱念做打,样样不落。

然而好景不长,就在两个人互生情愫之时,公主却被一道圣旨许配给一位将军。

皇命难违。

赵君如天天躲在屋子里以泪洗面,我就在那个小小的匣子里一遍遍听着她的抽泣声,最终,我开口道:"私奔吧。"

我不知道这句话是我自己想说的,还是梦里的我下意识地说出口的。我只知道,在我的话说出来那一刻,匣子外的抽泣声消失了。

良久,赵君如说了句:"好。"

她又一次跑了出去,这次她直奔沈子文的家里,连头发都跑得散开来。

"沈子文!"赵君如冲着沈子文的屋内大喊,"我要被许配给那个将军了。"

沈子文本在屋子里写着戏文,听到赵君如这么一说,抓着笔急匆匆地跑了出来,看见赵君如满脸通红的模样,又突然冷静下来,浅浅笑道:"公主本应嫁给如意郎君,子文在这里恭喜……"

"沈子文,我们私奔吧!"沈子文的话还没说完,赵君如便喊了出来。

赵君如这么一说,沈子文的笔便应声而落。他咽了口唾沫,有些呆傻地看着赵君如,良久,像是下定决心一般,说:"好。"

沈子文冷静了一世,在面对赵君如时,却头脑发起了昏。

赵君如还算有心，在收拾东西打算私奔的时候，把我也随身带着。在这之前，我从未见过沈子文的模样，虽然我能看到自己想看的画面，可是画面里沈子文的样子总是模糊不清。我想，这次，我应该能看到他了，只是不知道小公主愿不愿意让我见见他。

我想，或许，我见到沈子文的那一刻，便是我梦结束的那一刻吧。

赵君如带着我，站在约定的地方，期待又紧张地看着远方，等待着沈子文的到来。

我努力地想要把自己的匣子盖掀起来，但无论怎么努力，那个盖子只能打开一丝缝隙，不过，一丝也就够了。

我睁大眼睛，想要看清匣子外的情景，外边的光亮从刺眼到昏暗又到无光，沈子文还是没有过来。

我眨了眨眼，眼睛竟然泛出一丝酸涩，似乎梦里我的感官变得越来越真实了。

"子文。"我听见赵君如轻轻喊了声，我忙将视线移向远方，模糊的黑暗中，我似乎看到有一个人，正向这里走来……

"起床了，上班要迟到了。"姐姐用力敲门，一下子将我从梦中惊醒。

我揉了揉眼，有些颓丧地打开门。

"你起来了？"姐姐看着我，脸上挂着担忧，"你最近睡的时间越来越久了。"

"嗯。"我晃晃脑袋，想要出去洗漱，却被姐姐一把抓住。

"你该出来了，那是梦，不是现实，你不能跟梦里的人结婚生子过日子。"

"烦死了。"我甩开姐姐的手，第一次有了不耐烦的情绪，"我又不是三岁小孩，会连梦跟现实都分不清吗？"

姐姐定定地看着我，像是自言自语般开口："你真的分得清吗？"

如果是三天前，有人问我能否分清现实和梦境，我一定会嘲讽这个人脑子有病。可是现在，我开始认真思考这个问题，因为赵君如问了我相同的问题。

赵君如与沈子文私奔一事被皇帝知道，皇上大怒，但面对被悔婚的大将军，皇上不得不又下了一道圣旨，将其他的女子许配给他。

谁料，将军不满，认为皇室之人不守诺言，借此发动兵变，皇宫之中一片混乱。

赵君如是在三个月后才知道这件事情的，那时皇城动乱，早有易主的势头。

那是第一次，公主哭花了脸，打开匣子，看着我，用带着哭腔的声音问："阿苗，我该怎么办？都怪我，如果我不逃婚，现在皇宫也不会变成这样……"

"不怪你。"我看着她，眼睛因为好久没见到阳光而有些不适应，但即便这样，我也想好好地看着她，因为可能这次，就是梦的结局了。结束了，我就再也不会见到她了。"将军一直对皇上不满，对皇位也觊觎已久，他这次谋反不过是拿这件事当作借口而已。如果你不逃婚，你不去和沈子文私奔，你也改变不了什么，无非是将军的刀下多了一缕亡魂罢了。"

赵君如呆呆地看着我，眼泪却止不住地流着，半晌她又开口，问："沈子文……是谁？"

我难以置信地看着她，觉得是不是自己的记忆出现了问题，我那张一向波澜不惊的脸上，显出了一丝慌张。

"我，没有跟谁私奔啊？我是听了你的话，带着你一起逃婚出来的。"

怎么回事？这到底是怎么回事？

我睁大眼睛看着赵君如，满脸疑惑："你不是一直很讨厌我吗？为什么你会听我的话，选择逃婚？"

"阿苗你在说什么啊？"赵君如那张哭花的脸上也跟着露出疑惑的表情，"我怎么会讨厌你呢？我一直都很喜欢你啊，你不是还教我唱戏的吗？是不是因为你在匣子里待得太久，就把梦与现实分不清了？"

"不可能。"我大吼出声，我没有心脏，此刻却有种心脏怦怦直跳的感觉，"这里不可能是现实。现实里怎么会有人生活在匣子里？"

"那你的现实里，为什么没有父母，只有姐姐？为什么你的姐姐从不叫你名字？"

"为什么你会知道我现实的情况？"

"我知道，才说明那个你以为的现实根本不是现实。"赵君如开口，一脸笃定。

我觉得有点晕，我想回到有姐姐的那个世界，可一时竟不知道是应该睡过去，还是醒过来。

"之前送你来的人告诉我,如果匣子关得太久,你就会在里边睡觉,就会创造出一些让你自己都分不清的故事。我想,沈子文跟你姐姐,这些或许是因为我让你在匣子里待得太久了吧。阿苗,对不起,我应该更关心你一些的……"

…………

"起床了,吃饭了!"我动动嘴角,刚想回答赵君如的话,却猛地被熟悉的声音吵醒。

我掐了下自己的脸,疼。所以这里才是真真正正的现实!

我长舒一口气,从屋子里跑出去,看到坐在客厅沙发上的姐姐,像是落下了心里的一块石头。我微笑着坐在椅子上,吃着姐姐做的早餐:"早上好啊!"

姐姐转过头,看着正在吃饭的我,扑哧一下笑出声来:"今天这是怎么了?精神百倍不说,居然还给我说早上好。"

我撇撇嘴,假装不开心道:"怎么?不行啊?"

"行行行。"姐姐笑着转过头继续看电视,而后开口道,"我前几天还在担心,如果你继续这样下去的话,我要不要找个心理医生帮你看看。不过看起来你好像已经从梦境里走出来了。"

我笑着点点头,不知为何,突然想起了赵君如的那番话:

"那你的现实里,为什么没有父母,只有姐姐?为什么你的姐姐从不叫你名字?"

我看着姐姐,喝了口牛奶,问道:"姐姐,我叫什么名字?"

姐姐扭过头,笑着说道:"你是睡觉睡糊涂了吧?连自己叫什么都不记得了?"

"那你告诉我,我叫什么?"

"你叫……"姐姐突然呆住,像是老旧的收音机突然卡壳。

我的心随着她沉默的时间,而跳动得越来越快——这,是梦。我一直以为的现实,其实是梦。可是,真的存在匣中人这样的现实设定吗?

等我睁开眼睛,赵君如那张脸便跃入我的眼帘。

"你醒了?"赵君如看着我,脸上带着可人的笑意。

"我刚刚,睡着了?"我问。

"不,我的意思是,你意识到那个是梦了。"赵君如定定地看着我,眼睛不由得泛红,"你知道吗?为了让你从那个梦里出来,我费了多大的劲。"

"什么意思?我有点听不懂。"我觉得我的脑子乱成一团。

"阿苗,你叫阿苗。"赵君如开口,"五年前,你遭遇车祸,成了植物人。我,你的女朋友,你的未婚妻,想尽各种方法来唤醒你,但是都没有结果。后来,医生提出可以进行梦境唤醒治疗。他们说,一个人如果迟迟无法醒来,是因为他把梦中的世界视为真实的世界,他生活在梦里,醒不过来了。而你构建的那个所谓真实的世界,就是有姐姐的世界。"

"什么?"我不可思议地看着她,"所以,这个世界,其实是我梦中梦的世界?"

"对。你以为有姐姐的世界是真实的,为了让你构建的世界更加真实,你的大脑让你开始做梦,梦中梦,也就是第二层梦境。可是你的第一层梦境太过牢固,我根本无法在那里入侵你的潜意识,将你唤醒,于是我入侵了你的第二层梦境,我是你梦里的配角,你是第二层梦的创造者。只是,不同于其他人,我不是虚构的,我有能力干涉你这个创造者。"

"你为什么不从一开始就告诉我?"我不解。

"如果我从一开始就告诉你,一来你不会相信;二来,如果你相信了,你的梦境就会完全崩塌,你就再也没办法醒过来了。我必须想办法让你慢慢接受这些全是梦的这个事实。"

我呆呆地看着赵君如:"那,沈子文呢?他到底是谁?"

"沈子文,他是你构建出来的一个配角。"赵君如又补充了一句,"他跟你长得一模一样。"

"所以……"所以其实一直以来沈子文和赵君如经历的一切,不过是我创造了一个自己的替身和她经历着这些。

"我之前假装不知道沈子文的存在,就是为了让你意识到,你在做梦。阿苗,你快醒过来吧。"赵君如伸手捧着我的脸,眼睛里全是泪水,"我不想再照着你的剧本演下去了,我不是公主,我是你的未婚妻。"

她的话刚说完，我只觉得我的脑袋一阵轰鸣，周围的山川树木全开始渐次崩塌，向下坠去。

我想起来了，我有个谈了两年的女朋友，我爱她，却无法确定她是否爱我。因为她总是那么冷淡，就算收到我精心准备的礼物，也只是一句淡淡的"谢谢"。

我不敢向她求婚，我怕她拒绝我，我只是开着车，小心翼翼却又假装不经意地问她，愿不愿意跟我订婚。她一向没什么表情的脸上浮现出了惊讶与喜悦。

她说："我愿意。"

那一刻，我所有的目光全聚集在她的脸上，却忘记了前边闪着灯光的车。

我没等到订婚那天，便成了植物人，再也醒不过来了。

君如一直在我床边想要唤醒我，一天又一天，一年又一年。

…………

我缓缓地睁开眼睛，床边是赵君如那张熟悉的脸，她的脸我在梦里看了无数遍，却还是觉得看不够。

"你傻了？"赵君如含着泪，笑着调侃道。

"是的，看你看傻了。"我动动嘴角，嗓子因为太久没有说话而显得异常沙哑。

"快别说话了，来喝点水。"赵君如端来水杯，小心地将我的脑袋抬起来。

"我还想说一句话。"

"什么话不能等你完全恢复了再说？"赵君如娇嗔道。

"君如，我想和你结婚，我想你当我的妻子。"我看见她的眼睛瞬间红了。

赵君如将水递到我的嘴边，笑着开口道："我早就想了。"

"这个故事听起来好奇幻啊!"张雅雅评论道,"你真的有梦到过这个吗?"

"怎么可能是真的?"陈年嗤之以鼻。

"不,这确实是真实的。"沈建明瞪眼看向陈年,嘴角带着一丝嘲讽,"之前我遭遇过车祸,确实有过这样的梦。"

"那你的妻子呢?是她唤醒你的吗?"张雅雅继续追问。

"这倒不是,我一直是个单身汉,我是靠我自己醒过来的。"沈建明笑言,"别说我了,下一个该谁了?"

记忆宫殿

文×陈 年

ONE

我能够燃起考重点的自信，完全是因为尧的一句话，他说："只要是一个智力正常的人，都能在 30 天内背完所有高中必背内容。"

我当时正对着英语单词发愁，听到他的这句话很是不屑地瞥了他一眼："英语单词 3500 个，政史地全书背诵，加上选修总共 13 本，还有各种语文课文、数学公式……正常人谁能 30 天背完？"

"都能。"尧抬眼看向我，笑得高深莫测，"你知道记忆宫殿吗？"

"记忆宫殿？"我咬着笔头，重复着尧的话。

"对，只要将所有需要记忆的东西，全都放在你所建造的宫殿内，无论多么复杂庞大的信息都能在短时间内记住，并且这些记忆的保存时间是……"尧直勾勾地盯着我的双眼，"一辈子。"

"真……真的？"我有些怀疑地问道。虽然我的语气中带着怀疑，但在尧说出"记忆宫殿"这四个字时我就开始隐隐期待着什么了。

对于不熟悉尧的人来说，尧不过是个冷漠甚至有些高傲的怪胎，但对于我来说，尧却是一个天才，是移动的百科全书，是活的搜索引擎。

无论什么千奇百怪、高深莫测的问题，只要问问尧，他就会像背书一般，告诉你这个问题在哪个人的哪篇论文的哪一页，甚至能将原句一字不落地背出来。

更为甚者，他还是本活英文字典，无论什么单词，他只要闭上眼，手指轻动几下便能迅速说出这个单词的所有释义。

我曾问他，是不是背下了整本的牛津词典，他只是浅浅一笑，摆出一副理所当然却又让人想揍一顿的表情："我只是无聊，翻看了一个下午的牛津字典，结果没想到居然全记住了。"

虽然尧这个人有些过于高傲，但是不得不说他确实有骄傲的资本。可是，就在今天，尧似乎要将他作为天才的秘密告诉我，这让我不禁有些受宠若惊。

"如果你的空间想象能力足够强，别说 30 天，15 天记下高中的这些东西也绰绰有余。"

尧清了清嗓子，用眼神示意我去为他接一杯水，我连忙放下课本，屁颠屁颠地跑到饮水机旁，边接水边问尧："记忆宫殿真的这么神奇吗？"

"要不然你以为我是怎么用一个下午的时间记下整本牛津词典的？"对于我这种没完没了的疑问，尧不禁表现出稍微的不耐烦。

"那……你能不能……"我把接好的热水放到尧面前，一脸讨好地看着他，"能不能……教教我？"

"教你可以。"尧应得干脆，只是还没等我高兴起来，尧就用一个"但是"打断了我，"但是，在学习中，当我询问你关于所记忆的内容、宫殿的建造等，你都要毫无保留并且完全诚实地告诉我。不然……你会走火入魔。"

我被尧的话吓得缩了下脑袋，追问道："走火入魔会怎么样？"

"最坏的情况大概就是记忆混乱、现实与记忆分不清，或者某些真实的记忆被篡改。"

"啊？"

看我一脸害怕，尧不由得笑出声来："我开玩笑的，不过篡改记忆这种事，就算不用记忆宫殿也能做到，只要这个记忆内容足够久远、足够模糊，就能在被他人暗示的情况下自我篡改。"

尧说完，看了眼手表，摆出等我对他刚才那个问题回应的姿态，我点点头应答："就是如实告知嘛，没问题！"

尧点头起身："那你今天去准备一下，正好明天周末，你不用上课，我就从明天开始教你如何打造自己的记忆宫殿。"

尧是我的室友，比我大五岁，今年大学毕业在准备考研。因为他不喜欢学校的环境，于是就从学校宿舍搬出来找人合租。

而我，则是因为受不了舍友们不间歇的通宵学习，一亮就亮整晚的灯光，太影响我的睡眠质量，在忍无可忍的情况之下也搬了出来。

而另一个室友则是为了出国备考，和我们住在了一起。

虽说大家有着不同的目的，但是归根结底都是为了考试。只是与我们不同的是，我从未见过尧像我们一样背书、做题，他的参考书籍永远是崭新的，别说标画的字迹了，就连折角都看不见。

那时我以为他不务正业，曾经还多管闲事地说过他，尧一脸好意地看着我，用下巴指指书架："你从上面随便挑本书，随意指定一页，我都能背下来。"

也就是那时，我才意识到尧有着过目不忘的本领。

"你今天的任务是要背什么？"尧看起来像是刚睡醒，顶着乱糟糟的头发，咬着涂满果酱的烤面包，站在门口用眼神询问我可不可以进来。

"先背一页单词吧。"我翻看了一下单词表，有些没底气地开口。

"一页？"尧不可思议地看着我，"你是准备明年再高考吗？"

"那要背多少？"

尧走进来，拿过我手中的单词书，迅速地翻看一遍，信心十足道："以A开头的所有单词。"

"这……行吗？"我有些担心，"对我来说会不会太多了？"

"想要锻炼记忆力的第一步，就是保持信心，不断地给自己暗示。"尧拉过一把椅子坐在一旁，极其认真地开口，"人的自我暗示通常具有强大的力量，强大到甚至可以轻易夺走一个人的生命。"

"是吗？"我将信将疑，不由自主地缩了缩脖子。

"之前有一个流传甚广的故事，说有个死刑犯被蒙上双眼，处刑人在他的胳膊上轻划一刀，接着死刑犯听到水滴落下的声音，以为是要放干自己的血，来让自己失血而死。于是没过多久，死刑犯便因为自我以为的失血过多而吓死了。可事实是，他的身上并没有伤口，那些不过是水滴落的声音。虽然这个故事真假难辨，但是它至少说明……"

"说明心理暗示真的很重要！"我抢答，立刻端正地坐好，顺便拍了拍胸脯表示，"我现在觉得我不仅能背下所有A字母开头的单词，还能背完整本单词书。"

听我这么一说，尧不禁轻笑出声，点头道："对，没错，就是这样。"

尧笑着吃完手上的烤面包，随手从我桌子底下的牛奶箱中拿出一盒香蕉牛奶，边喝边开口道："接下来我需要测试一下你的基础记忆能力。"

"基础记忆能力？这是什么？"

"就是不使用任何记忆方法，不刻意去记忆，你却记得的东西。"尧说得高深，问题却一点也不高深，他说："两年前，2015年6月、7月、8月，在你的人生中这三个月发生过什么？回想起一件事算3分，越详细越好，60分及格。"

"2015年6月到8月……"我努力回想着，不知道是不是因为刚刚自我暗示的关系，虽然回想得有些艰难，但那一年的事情慢慢变得逐渐清晰起来，"我记得6月初的一天似乎下雨了，因为我记得我那天没有骑自己的电车，而是坐出租车回的家。"

"嗯，3分，继续。"尧咬着吸管，听着我的回忆，在便笺上随意涂画着，顺便帮我计算分数。

"6月中旬微博上面好像发生了什么大事，具体事件不记得了，我只记得好像那天到处都是灰色。"

"6月底，微博上好像发生了一场骂战，好像是个粉丝挺多的微博号让自己的粉丝去怼某个姑娘。我还记得我有个朋友想拉我一起去骂那个姑娘来着，不过我没理她。"

"7月份我跟朋友去一家新开的甜品店吃东西，那家的东西超好吃，只可惜现在已经关门了。"

"7月底，附近的某个学校好像有女生跳楼自杀了。"

"8月份，我只记得挺热的，那个月电费好像花了两百多，因为是我去交的电费，当时我听到这个数字都惊了。哦哦，还有，我有个特别好的朋友好像就是在8月份搬走的。"

…………

就在我滔滔不绝时，尧打断了我，看了眼便笺开口："不用说了，已经超过60分了。"

"才60多分啊，我还打算多说几个弄个优秀分呢。"我装作有些不满，其实内心早已经兴奋地开了花——看来我的记忆本身就挺好的嘛！

尧拿笔敲着便笺："我让你去回忆这些事情，除了了解你的基础记忆力之外，更重要的是想让你意识到，记忆链条的作用。"

"记忆链条？这是什么？"

"记忆就像是链条，只要找到最初的那段开头，就能想起后边的一长串。只不过大多数人类的记忆链条是脆弱且残缺的，这才造成了我们无法长久且深刻地记住东西。"尧喝光最后一口香蕉牛奶，继续说道，"而记忆宫殿就是要想办法增加这些链条的稳固性。"

我听得有些蒙，眼神不由得变得迷茫起来。似乎意识到我没怎么听懂，尧调笑道："可能我说得太抽象了，简而言之就是普通人记忆的东西，都只具有标志性，而记不住细节。比如我问你，你那个搬走的朋友的电话号码是多少，你能说得上来吗？"

我无奈地摇了摇头："她搬走没多久，我手机就丢了，所以别说她了，我新手机里很多人的号码都没有了。"

"你看，这就是区别。记忆宫殿的使用者能够记住各种各样的细节，甚至能想起许多年前从自己面前开过的某辆汽车的车牌号。"

"你的意思是，如果是一个使用记忆宫殿的人，哪怕是手机丢了，也能回想起里边保存的每个人的手机号码？"

"嗯。"尧点点头，"不过你也不用羡慕，等你学会了这种记忆法，我会引导你，让你想起这些细节。"

听尧这么一说，我瞬间精神起来，有些迫不及待地戳戳尧的胳膊："你看我打气也打过了，测试也测试过了，你什么时候教我记忆法啊？"

尧似笑非笑地咧开嘴角，拿起那本单词书，翻开第一页，开口道："现在。"

"要想学习记忆宫殿，首先你需要在你的脑子里盖一座房子。"

"盖房子？"我拿笔戳着自己的脸，正想问问是什么房子，却听尧继续补充说明。

"你所建造的这个房子要具备所有的细节，外观、颜色、装饰、内部结构……对于初学者来说，能够想象出一座完整的房子并不容易，所以你可以以现实中的房子为例，比如你现在住的房子。"尧说着，拿着单词书，起身走向正门口，不仅没有止步，反而打开门径直走出了屋子。

"喂！尧！"我有些不明其意，但还是慌忙跟了上去。

"这个就是你区分记忆宫殿与现实房子的标识。"尧见我跟着出来，便随手关上门，转身面对着大门，手指着门牌号开口，"在你的记忆里，这里挂的不再是门牌号，而是字母A，表示这个屋子装着所有以字母A开头的单词。"

我顺着他手指的方向望去，想象着门牌上那一串数字，渐渐变成了一个字母A。

"至于你的第一个单词，abandon，就在这里。"尧的手指缓缓移下，指着棕红色的防盗门开口，"你的记忆里，这个门不再是单纯的门，而是上面被鲜亮的颜色喷着表示'禁止'的英文'ban'，门旁站着一只狗，狗的英文是'dog'，它却是很奇怪地站着，就像人一样，所以这条狗双腿站立的姿态让你想到了n，于是你称它为'don'。而眼前这一切情景都不过是想让你放弃进入这扇门。最后你再将这一切景象连在一起，便是a–ban–don，放弃。"

我跟着尧的思路，在脑海里构建着家里大门的模样，门口那只双腿站立的狗，正以一种滑稽的姿态看着我，这让我不禁觉得有些好笑。

见我无意识地发笑，尧似乎看出了我在想象一些有趣的画面，点头道："为了加深记忆刻意去想象一些有趣、古怪的画面是一种很有用的方法。不过记住，血腥、暴力、恐怖、性……这一类东西最好不要在你的宫殿里出现。"

"为什么？"我有些不解，"这种东西不是反而会让人更加印象深刻吗？"

尧转动门把手，打开门，以居高临下的姿态看了我一眼，解释道："话是这么说，但是这种东西说白了就是刺激性记忆，一次两次还好，要是多次使用，大脑适应了这种刺激，不仅会记不牢固东西，反而会影响到其他的记忆信息。所以多锻炼自己的联想与想象能力，才是把宫殿盖起来的主要方法。"

"哦……"我点点头。

"不过这些东西你也没有亲眼见到过，就算当作记忆方法，也没什么用，毕竟通过电视、网络所了解到的东西跟亲眼所见是两码事。"

"谁说我没亲眼见过了？"我有些不服气，"测试的时候我不是说，两年前附近学校的一个姑娘自杀了吗？在她自杀的前两天，我亲眼看见她被一群混混给打得头破血流。当时把我吓个半死，要不是我躲在角落里赶紧报警，估计这姑娘当时就可能被活活打死。"

"你们的校园暴力这么严重？"尧反问一句，虽然我知道他对这事并不怎么感兴趣，但为了澄清，我还是多说了几句。

"那些人都不是我们学校的，谁知道那些混混为什么要打一个小姑娘。不过，那段时间风气确实不怎么好，我有个朋友还被一个变态给跟踪了，但是怎么都找不到那个变态，报警也没用，后来逼得她实在受不了就搬家转学了……"我边说边迈开脚，正准备踏入门内，却被尧一把拉住。

"你要踩到你的第二个单词了！"

尧猛地提醒，把我吓了一跳，我有些迷茫地看向尧，问："什么？"

尧笑着指了指门口的脚垫："你的第二个单词，accuracy。"尧说着，反而自己踩在了脚垫上，我有些不满，刚想说"你不让我踩，怎么自己就踩上去了"，就见尧指着自己的脚问："现在，你把左右两只脚视为字母c，你再看这儿，这儿像什么字母？"

"像c？"虽然不明白尧到底在问些什么，但幸亏我会现学现用。只是话刚说完，脑袋就挨了尧轻轻的一巴掌。

"我让你看两脚之间的空隙!"

"嗯……"我摸着下巴,仔细看了又看,恍然大悟:"u!"

"没错,再加上脚垫上面有一株小草的图案,它的样子自然而然让你想到了'r'。接着,你因为回到家感到如释重负,兴奋地喊了一声'a',而后在脚垫上蹭了蹭一只脚'c',伸了个懒腰,让你想到了'y'这个姿势。"尧边说着边在我面前表演起这一串动作,"a-cc-ur-acy,意思是'精确、准确',意思的联想则是你的两只脚很精确,很准确地踏在了脚垫上。"

尧说完从脚垫上走下来,示意我站上去,按着刚才的记忆走一遍。

我的视线移到了双脚,而后看到了双脚间的缝隙,以及那缝隙上像'r'的青草。我抬起头,有些不好意思地轻"啊"一声,学着尧刚刚的动作,擦了擦一只脚,顺带伸了个懒腰。

虽重复这个动作让我满身尴尬,但是,随着自己的视线与动作交替,脑海里竟自然而然地蹦出"accuracy"这个单词。

"真的记下来了!"我兴奋地开口,"这个单词我死记硬背了好多遍都没记下来,没想到现在不到半分钟就记住了。"

尧脸上有微微得意的表情,但他并没有说什么,只是用脚轻踢了下脚垫左侧的鞋柜:"下一个单词,该你自己想象了。"

不得不说,尧是一个好老师。不到一个星期,我已经背下了大半本的英语单词书。

虽说尧一直嫌我进度太慢,但因为我作为一个初学者,想象、联想都需要时间,比不上尧那种瞬间就能构建好一间屋子的天才速度。不过跟普通人比起来,一个星期能够记住大半本的英文单词,已经算是很惊人的速度了。

而且每次放学回来,走一遍屋子就相当于复习了一遍单词,效率不知道比以前提升了多少倍。

但今天,我遇到了一个困扰我的问题,因为我遇到了几个新的以 A 开头的单词。

我拿着习题册去找尧，有些焦躁地询问他："尧，怎么办？我这个屋子满了，但是又需要往里边添几个单词。"

尧一开始以为我遇到了什么大事，满脸紧张，听我解释完，反而突然大笑起来："我当是什么事儿，这种小事，简单，你打几个桩就行。"

"打桩？"

"在宫殿里，记忆都需要找到实物去安放，放置记忆的实物就叫桩，比如之前的门、脚垫，都算是桩。如果桩不够了，你自己打几个就好了，比如你可以在鞋柜里放个盒子，盒子上就可以藏着你需要记忆的那个单词。不过为了防止忘记新添加的记忆，你需要一些指引。"

"指引？什么指引？"

"比如门口那只站立的狗，你可以让它总是虎视眈眈地盯着鞋柜，或者在你进门之后它直接冲向了鞋柜……指引不过就是让你想象出来的东西更加细节化、丰富化，这些细节能在不打断你回想其他记忆时，给你提示。"

尧放下手里的书，想了想又开口道："不过，要是你需要在这个房间里新加的东西过多，你可以试着新开几个房间，比如给这个屋子再加个卧室，或者加个暗道，什么都可以，只要能放下你的新记忆就好。"

"那记忆宫殿就是这样搭建起来的吗？由一座小房子，慢慢扩展成一座大房子，最后变成一座巨大的城堡。"我突然明白了，似乎搞懂了这种听起来玄之又玄的记忆法。

"差不多。你可以分成政史地英这四个大房子，每个大房子里又可以有无数个小房子，小房子可以代表章节，可以代表单元，也可以代表字母开头。到最后，一个人的宫殿里有几百个屋子都不为过。当然，随着时间的推移，适当地荒废掉一些屋子也极为必要。不然，你自己可能会吃不消。"

"哦。"我点点头，正准备继续去背新的单词，却突然被尧叫住。

他说："你学习记忆宫殿也快有一个星期了，我想再来测试一下你的基础记忆，如果这次的记忆力好了许多的话，我就可以教你更深一层的东西了。"

"行啊！"我信心十足地回应，"这次是要回想几几年几月的事情？"

"既然你有准备了,那我就换一种测试方法。"尧抿嘴轻笑,带着恶作剧般的狡黠,"看起来你现在还很挂念你那个搬家离开的朋友,那我就帮你一把,你用联想法回忆一下,她的电话号码是多少。"

"这要怎么联想?我一点儿印象都没有。"我有些丧气,这对我来说完全就是不可能的事。虽然我之前和她经常联系,但是因为我存了她的电话号码,所以每次来电,显示的都是昵称。"我曾经想通过她的一些社交账号联系上她,可是不知道为什么她把之前的账号全都弃用了。"

"嗯……如果只有一两次看见过这个号码,对于刚入门者来说确实不太容易想起来。"尧摸着下巴,少见地为我打圆场。

听尧这么一说,我反而有点不太甘心,插嘴道:"要不然我试着回想她父母的电话吧?"

"哦?"尧颇有兴趣地回看着我。

"她喜欢把手机调静音,我之前跟她在一起玩的时候,有时她妈妈联系不上她,就会打电话给我。我没有存过她妈妈的电话,所以经常会看到来电显示,仔细想应该能想起来。"

"也行,正好可以训练一下你的视觉记忆能力。"

"视觉记忆?"我再一次发问。每到这种时刻我都觉得自己知识匮乏得出奇。

"还有一种说法是,照相记忆。眼球就相当于照相机,在你看到内容的同时,你便可以把这些东西迅速储存在大脑里。"尧习惯性地摸摸下巴,试图将他这些话说得更加浅显一些。"《神探夏洛克》里有个使用记忆宫殿的反派,他的记忆并不是活动的,而是被保存在宫殿的某个角落,印刻在某个文件夹内。这其实就是照相记忆,他把所听所见所感全都印制在大脑里。如果说之前的联想记忆是动,那这个便是静。"

"这么说,我的宫殿里不仅可以放物品、放活动的场景,还可以放真正可以看的'书'了?"

"嗯,没错。记忆宫殿更像是把所有的记忆法整合到一起,它就像一条链条,把所有的记忆内容全都串联在一起。但其实说到记忆法,我觉得在宫殿里使用联想法和照相法,就已经足够一个普通人受用一生了。"尧说着打了个哈欠,放弃了继续科普，而是转问我，"好了，你该让我了解下，你的视觉记忆内容被保存了多少？"

电话……电话……

我努力回想着，尧在一旁轻声提醒："如果有困难的话，你可以回想看到电话号码之前发生的事情，回忆里的细节越多越有利于唤醒你的视觉记忆。"

细节……

——小寒，我觉得我被人跟踪了。

——怎么办？我觉得我可能要死了……

朋友的声音开始在我的耳边回响，她的一句句抱怨与不安之后，便是刺耳的手机铃声。

5……3……

"5537！"我突然开口，"她妈妈手机号中间的数字是5537！"

"不错，继续。"尧微微点头，像是在给我打气。

我闭上眼，试图回忆更多的细节，嘴里重复着那天我和她的对话：

……

"13……5537……8 这个是谁？"

"是我妈！咦？我妈为什么突然给你打电话？"

我眉头皱得越来越紧，十一个数字，无论怎么想，都只能想起七个。我有些无助地望向尧，希望他能给我些提示。

面对我的求助，尧只是眨眨眼，说了句完全文不对题的话："我饿了，我们出去吃夜宵吧？"

我看了眼表，不禁有些迟疑："可是现在都快十点了，我还打算早点儿通过测试，然后继续背书……"

"要劳逸结合懂吗？更何况你去回想这些并没有往宫殿里放过的记忆，只会越急越想不起来，这跟过度紧张结果导致大脑一片空白，是一样的道理。所以适度放松，反而能达到意想不到的效果。"

"是吗？"我半信半疑，毕竟尧这个人总能说出一些歪理来解释他的所有行为。比如我问过他，明明他早就把考研所需要的内容全都背了下来，为什么还要浪

费钱在外租房,讨厌学校环境直接回家待着不就好了吗?

结果他却直接斥责我,说什么我的眼里就只有钱,不知道愉悦的环境比省钱什么的更重要吗?说得我哑口无言,只能连翻好几个白眼来表示抗议。

"算了,反正你总是有一大堆理由。"我收拾好课本,随手拿了件外套跟着尧一起出去"觅"食。

"对了,与其你这样死磕着回忆,不如想想你当时觉得那串电话号码哪几个数字出现得最多,这样更有利于你回忆。"尧边往外走边跟我讲解,"照相记忆中,比较常用的记忆方法叫作找规律。照相记忆最常用的是记忆图像,但其实单纯的文字也可以用这种方法,不过对于你这种刚入门的人来说,在文字中找规律并把它们转化为图像,便是最好的记忆法。"

"规律……数字……"我重复着,眼前恍惚出现了手机的来电显示界面:"5和7,最多的数字是5和7!"

"那就是说,这串号码里边,至少有两个5和两个7,你想想看,另一个7的位置可能在哪里?"

"1375537……7……8,是三个7,我想起来了!不过,最后四位我还是有点想不起来。"我满心激动地开口,转眼却又有些丧气。

"没关系,慢慢来。"尧倒是很看得开。

"对了,你刚刚说文字转化为图像是什么意思?"

"嗯……你随便背一段你觉得比较难记且难理解的句子,我拿这个来跟你举例。"

我学着尧摸摸下巴,回想着政治课本里的内容:"'科学发展观是指坚持以人为本,全面、协调和可持续的发展观,促进经济社会和人的全面发展。'来吧,就这句。"

"这句话的中心是'科学发展观',你可以试着在中间画一个圆,写上这五个字。"尧说着从口袋里拿出手机,打开画图界面,在上面涂抹着,"'全面、协调、可持续'这三个词就是围绕着'科学发展观'转的三个小圆,最后你再从'科学发展观'这里画出一个长箭头指向'经济社会和人',就好了。"

我看着尧画的图像,试着将这个图像刻在脑子里。

"记下来之后,把它们装订好放在你宫殿的抽屉里就好,需要时,随时拿出来。"尧看我记得差不多了,便退出了画图界面,"随着你记忆量的增加,你可以适当增加图画的色彩,色彩冲击越大越鲜亮,图画内容就越容易被记住。"

我点点头表示理解了尧的话,这样很多记忆就可以举一反三。我试着将记忆里那串模糊不清的号码增加色彩的饱和度,从 0 到 9,分别代表着红绿蓝黑等不同的颜色,那串数字慢慢变成了一横排的色块。

"绿……黑……我想起来了,是 13755374728!"我几乎惊叫起来,整个人兴奋得又蹦又跳。

尧笑着递给我他的手机,脸上挂着戏谑:"打过去验证一下?电话费我出,敢吗?"

"居然不相信我,有什么不敢,打就打!"我接过尧的手机,心里多少还有些忐忑,毕竟有时人类的记忆也是会骗人的。

我咽了口唾沫,轻颤着双手按着这串号码打了过去。

两声的"嘟"声后,是一个熟悉的女人的声音:"喂,您好?"

我的嘴角不由自主地上扬,心脏激动得怦怦直跳:"阿姨好,我是小寒,您还记得我吗?"……

FIVE

经过一个多月的学习,我已经可以完全脱离尧,自己记忆并建造新的宫殿。我的成绩也开始突飞猛进,最终高考成绩出来那天,虽说没达到上名校的水平,但已经超出了一本线十多分。

对我这个学渣来说,这分数是之前从来想都不敢想的。

我在高考的前一个星期搬回了家,高考结束后我回到那个公寓,想要再请教尧一些关于记忆宫殿的问题,可惜尧已经搬走了。

后来我尝试着联系尧,却怎么也联系不到他,他就像是凭空消失了一般。有时我都怀疑这个世界上是否真的有他这个人,是不是冥冥之中有谁派他过来,只为拉我一把?

分数出来之后，我报考了和尧相同的大学，在到这个大学报到之前，我加了几个学长的微信，除了打听学校信息，还问了问尧这个人。

不过可惜的是，这些学长和尧并不是一届，也因为不是同院系，他们并不认识。虽然学长很热心地表示有时间会帮我问问这个人，但我觉得这不过是客套话罢了。

再后来，我又回到了那个公寓。尧的房间还没有租出去，因为他的租期还没到。

鬼使神差地，我进了他的屋子，翻箱倒柜地想要找出一些代表他存在过的东西。

最终，我在抽屉底下找到了一张被遗忘的照片。那上面有两个人，一男一女，姿势亲昵，似乎是一对情侣。男的是尧，女的，却让我倍感熟悉。

她是谁？我闭上眼睛，努力在记忆里搜寻着这张熟悉的人脸。

校园暴力……自杀……这些关键词在我脑海里猛然浮现。这个女孩，就是之前我目睹的那个人，被一群混混殴打，几天后自杀。

"尧和她，是情侣吗？"我皱着眉头，嘟囔着，房间里安静得能清楚地听到我的呼吸声。就在这时，我的手机猛地一振，吓得我差点儿坐到地上。

我惊魂未定地看向手机，发现是之前那个学长发来的消息，他说："我打听出来了，你说的尧学长，他刚入学的时候就有些精神萎靡，据说是因为女朋友不堪网络暴力，自杀了，不过这事究竟是怎么回事谁也说不清。你那个尧学长大一的时候就没怎么在学校，到大二他就直接退学了，所以知道他的人并不多。"

不堪网络暴力？那应该不是那个女孩吧？

我盯着学长发的信息，有些疑惑：难不成我的记忆出错了？居然把人脸都记混了。

我摇摇头，释然地一笑，刚想起身回家，却猛地将一切都联想在了一起：

2015年6月，朋友在微博上让我陪她一起去骂某个博主。

2015年7月，我目睹了暴力事件，听到了女生自杀的新闻。

2015年8月，拉着我一起骂人的朋友，搬走了。

尧让我告诉他2015年6、7、8月，这三个月我身边都发生了什么。

尧想让我想起朋友的电话号码。

尧认识那个因暴力而自杀的姑娘。

那个被施暴的姑娘真正的自杀原因是，网络暴力。

……

我越想越怕，心脏跳动得越发剧烈，我拼命地想要想起当时朋友到底想让我去骂哪个博主，可是我因为太过紧张，什么也想不起来。

我只觉得所有的血液都在往头顶上冲，只能深吸一口气，强迫自己冷静下来，却始终无法冷静。

我看着手机，慌忙打电话给朋友的妈妈，想要问问她现在情况如何。因为我现在有一个极坏的猜想：

朋友和其他人的网络暴力，使得尧的女朋友心情低落，朋友可能不解气，找了一些混混拦住那个女孩，把她殴打了一顿。那场暴力成为压死女孩的最后一根稻草，最终她不堪压力，绝望自杀。而尧在大一那一年，开始逐个寻找那些网络暴力的凶手，这里面就包括我那个朋友。

我不知道我的猜测对不对，只能祈祷着这只是我多想。电话终于接通了，我慌忙对着电话那头问："阿姨，兰兰呢？她在哪儿？"

"兰兰，她在家啊！"

听阿姨这么一说，我顿时放下心来，还没来得及开口，就听见阿姨继续说："哦，她刚刚出去了，说是要跟她的男朋友约会。"

"男朋友？她都有男朋友了？"

"是啊，老同学介绍的，说是马上要去澳洲留学，正好兰兰也马上要过去，他俩处着也能有个照应。不过这个老同学这么多年了居然还留有我的电话，说起来，见面的时候我连这个老同学的名字都没想起来，我也真是老了……"

阿姨絮絮叨叨地说着，我松了一口气，礼貌性地寒暄着："那可太好了，对了，兰兰的男朋友叫什么名字啊？"

"好像是叫……尧。"

我一下子愣在原地，除了这个意料之外的名字，还有我手中的那张照片，照片的背后写着这样一行字："怪物马上就要被消灭干净了，现在只剩最后一个

了，等我。"

我的手开始不住地颤抖，我猛地想起尧之前说的"篡改记忆"这件事，我突然不知道该如何回复电话那头，只是一遍遍地自我发问：

我的猜测是正确的吗？这种猜测说出去会有人相信吗？

我不知道，我只知道，从一开始，我们所有人都掉入了一个设计好的陷阱之中。

金玉良缘

文×张雅雅

01

京城里有座小茶楼，茶楼有个说书人，每到午时，说书人就会拿着惊堂木，眉飞色舞地在茶楼里说《聊斋》。

小五听的第一本书就是《聊斋》，那时她还是个小姑娘，还没认识几个字就天天跑来茶楼里听故事。说书人讲得最多的是《聊斋》，小五听得最多的也是《聊斋》。她从自己大字不识，听到了也可以吟诗作对；从撑着脑袋听故事，听到了每次只要一来茶楼，说书先生便会给她一个花生糕吃。

听得多了，小五有时会想，如果她是个小妖怪该多好，这样她就可以遇见救她的书生，然后她再化作人形来报恩。只可惜，小五是个人，一个普普通通，没有妖术的小姑娘。

小五住在京城，这里没有山没有树，更没有书里那些神出鬼没的狐仙，只有一池子金鱼。小五无聊的时候，喜欢蹲在家后院的池子旁边，盯着满池子的金鱼，嘟着嘴问："你们会变成俊美的妖精吗？"金鱼不理她，朝她摆摆尾，潜到池子深处。

小五很郁闷，嘟着嘴朝池子里扔石子。却不想，这一扔，扔出了事——一条金鱼翻着白肚皮浮上了水面。小五一下子被吓到了，且不说这一池子的金鱼是爹爹的

心爱之物，就这条鱼来说，一下子可是被夺去了性命。

小五看着那条翻了肚子的鱼，哭着提起裙角准备往池子里跳，她打算把那条金鱼捞出来，拿给郎中，让郎中看看还有没有救。

小五刚一只脚伸进池子里，衣服便被人给抓住了，小五回头，那人竟然是茶楼里的说书先生。先生好看的眉眼全挤到了一起，小五第一次见到先生这么生气，抿着嘴流着眼泪不敢说话。

"你想做什么？不怕死吗？"先生皱着眉头，满脸的怒气。

小五被这话吓得哇哇大哭，一边哭一边摇头："我不要死我不要死，可我也不想那条鱼死。"

先生这才看见池子里的死鱼，松开抓小五衣服的手，叹了口气，从衣袖里拿出一颗石子："这是许愿石，我本打算在你成人之日送给你，既然你今日下定决心要救那条鱼，我就提前给你。这许愿石能实现三个愿望，只有三个，不管是你来许愿还是旁人许愿，只有三个，一旦许完，许最后一个愿的人就会死去。所以你许完愿望一定要藏好，这是不祥之物，也是吉祥之物。"

小五接过石子，眨眨眼睛，不知道是听明白了还是没听明白，先生忙又交代一声："只能许两个愿望，记住了？"

小五看着先生点点头，又看看手中的石子，半信半疑地许着愿："我希望池子里那条被我砸死的鱼能够活过来。"

小五是被吵醒的，她一向睡得很浅，借着月光看见床头站着一个人影，吓得差点儿叫出声来，可她没有叫出来，因为那黑影捂住了她的嘴。

"你别叫，我不是坏人，我……我……我是来报恩的。"少年特有的嗓音在小五耳畔响起，言语中似乎还带着一丝羞涩。小五抬起头借着月光，发现眼前是个长相俊秀的少年。

"报恩？什么报恩？"小五拿开少年的手，歪着脑袋问。

"嗯，因为你救了我一命。"少年看小五还是一脸迷茫，只好咬咬牙道，"我就是那条被你砸死的鱼！"

少年觉得很羞耻，因为他是一条金鱼精，再等一天他就可以幻化为人形，结果没想到却被一颗小石子给砸死了。他刚刚一直在思考，是要将小五杀人灭口防止自己的糗事流出，还是知恩图报成为一个来报恩的小妖精。挣扎半天，少年想起自己胆子小到连吓唬人都不敢，只好放弃了杀人灭口的想法。

"所以你刚刚蹲在我床边是在报恩？"小五还是搞不懂，报恩为什么要蹲在别人床边？不过她想起了先生讲的妖怪报恩的故事，心中不免有些激动。

"不是，我刚刚只是在想是你砸死了我，又是你救活了我，我到底要不要报恩，顺便再想想如果报恩的话要怎么报恩。"

小五听到"报恩"两字，眼睛不禁有些发亮，但想起故事里都是女妖怪以身相许，现在自己眼前是个男妖怪，他俩还指不定是谁以身相许呢。于是小五摇摇头道："不用不用。"

听小五这么一说，少年变了脸色，一脸严肃："不行，我刚刚决定一定要报恩，快说，你想要什么？"

小五知道自己拗不过他，便歪着脑袋想自己到底想要什么。从小五的眼睛里折射出月光，看起来闪闪亮亮的，少年盯着那双眼睛，一时间看得有些失神。

"我想要……知道你的名字。"小五软糯的声音响起，少年才意识到自己刚刚好像盯着小五看了许久，忙别开目光，红着脸说了句："良缘，我叫良缘。"刚说完，便消失在夜幕之中。

小五想，这真是条奇怪的金鱼精。

自那日后小五就再也没有见过良缘，如果不是每日她醒来都能见到床头有一束刚采回来的野花，小五差点儿以为那日见到的良缘不过是她的一场梦。

若说小五的日子和以前有什么差别，那便是她开始每晚都会在梦里期待一下明天早上醒来，床头会放着什么样的花束。直到有一天，小五发现自己什么也看不到了。

小五原以为天还没亮，直到家里仆人来叫，小五纳闷儿今天天怎么这么黑，正准备喊人点蜡烛，却听到仆人说了句"好漂亮的玫瑰"，小五的心猛地一沉，伸手向床头摸去，摸到那花束，手指被玫瑰花刺刺痛，忍着痛把花束往眼前凑，自己眼前却是一片漆黑，小五才意识到，自己可能瞎掉了。小五不知道该怎么办，只是一个劲儿地哭，她想，这怎么办？以后再也见不到自己床头放着什么样的花束了。

家里人为小五的眼睛忙碌奔波了一整天，找来了一个个京城中知名的郎中，却无一例外地摇头。

小五就这样从早哭到晚，大家都累得回房倒头睡去，小五还坐在床上抹着眼泪。

"喂，你怎么了？"熟悉的声音响起，小五心里突然有丝暖意流过。

"我……我不知道为什么，看不见了。"小五抽噎着回答，用力擦了一把眼泪。

良缘眨眨眼，看着对面那人的眼睛，泪眼汪汪折射着好看的光亮，伸手摸摸小五的脑袋："没事，我可是个很厉害的妖怪，你再等我三百年，等我有了千年的修为，到时候我就可以治好你的眼睛。"

小五止住了眼泪，一本正经地科普道："娘说，人是活不了那么久的，只能活……八十岁。"

这下良缘犯起了愁，学着小五歪着脑袋，想了半晌，突然问道："你那时是怎么把我救活的？"

小五眨眨眼，从枕头下摸出许愿石："这是说书先生给我的，可以许愿，我就是用它救的你。"

小小的许愿石在月光下泛着光亮，清冷瘆人。良缘脸色一变，道："这石头……好像是个不祥之物。"

小五点点头，习惯性地嘟起嘴："先生好像也这么说过，他还说不要我许第三个愿望，许两个就好了。所以我在想要不要许愿让我的眼睛好起来，然后就把它藏起来再也不要许愿。"

良缘眉头皱得越发紧蹙，拿过石头，看着满脸泪痕的小五，像是释然一般微笑起来："如果你想眼睛好起来，这个愿望就让我来许吧。"

04

良缘很小的时候听长辈说起过许愿石，他们说许愿石是这世上最为不祥之物，虽能实现人愿，却会夺取同等的报酬，更甚之，会夺走最后一个许愿人的性命。

良缘捧着那颗石子，他不知那传言是真是假，他想，如果有报应的话全报应在自己身上好了，他只求小五能一生平安喜乐。

良缘虔诚地许下了自己的愿望——希望小五的眼睛能好起来。然后他将那颗许愿石用力地扔到水池中，他想，希望没有人会用这许愿石许下第三个愿望。他还想，如果自己再厉害一点儿就好了，这样靠他自己就能恢复小五的眼睛了。

许愿石很有用，第二天小五一睁眼就又能看见了。小五一蹦一跳地去找良缘，蹲在池子旁，一声声地叫着："良缘良缘你快出来，我能看见了……"

池中探出一个少年的头，少年看见小五，笑弯了眉眼，伸手递过一束百合花："喏，今天的花，忘记给你了。"

小五接过花束，问："那颗石头你藏哪里了？你可千万不要许最后一个愿望哦。"

良缘揉揉小五的头，指着池子下面道："放心吧，我把它藏在池子底下了，不会有人找到的。"

05

妖怪修炼到一定的年岁都要渡劫，说是渡劫，其实就是被天上的雷劈个几下，没劈死，就可以继续修炼，并有可能成仙；劈死了，那就只好投胎从头再来。

前辈们告诉良缘，渡劫不可怕，只要眼疾腿快，除非运气差到极点，不然是不会死的。

可惜良缘就是那个运气差到极点的人，他在渡劫的时候被雷劈成了烤金鱼。良缘死前在想，竟然就这样要去轮回了，真是可惜了我那七百年的修为，他还想，做金鱼真不好，死了都不能闭上眼……

良缘还没想完就没了意识，失去意识前他最后一个想到的是，不知道小五早上醒来看不到床头的鲜花，会不会难过。

如果可以的话，真希望不要死。

良缘做了一个很长的梦。

他梦见自己死了，他梦见小五哭着在找他，他梦见小五捧着他被烧焦的尸体哭得泣不成声，他梦见小五提着裙角跳进池子里，冒着被淹死的危险找到了那颗许愿石，他梦见小五拿着那颗许愿石许了一个愿望……

良缘想要阻止，可在梦里他什么也做不了，他看着要许愿的小五，流着眼泪阻止道："不要许愿，你会死的。"

小五像是听到了一般，转过头，微微一笑，眼睛里满是光亮："再有三百年你就可以成仙了，八十年换回你的七百年，很值啊！"

良缘看着小五，泪流满面，他才反应过来，或许那时的渡劫失败大概就是他为小五许愿的报应。

良缘看着小五，慢慢地讲着故事，他说："小五，我给你讲个故事吧。"

他说："从前有一条小金鱼，他在池子里孤单地游了好久，突然有一天一个小姑娘跑到了池子旁，小姑娘喜欢蹲在池子旁绘声绘色地讲《聊斋》。后来那条小金鱼喜欢上了那姑娘，于是他就在想怎么才能接近她，终于有一天，那姑娘朝池子里扔了一块石子，而那小金鱼故意游过去被砸中，小金鱼本来想要以此来接近小姑娘，却不想竟被砸死了……不过还好，他还是认识了小姑娘，跟她说上了话，而那小姑娘每天也会很开心地收下他送的花束……"

他说："一切的起因，只是因为一条小金鱼喜欢上了人类。"

他说："妖鬼动情，必化灰飞。此乃命数，无关悲喜。"

他说："所以，小五，求求你，不要许愿好不好？不要救我，好不好？"

小五静静地听完了良缘的话，看着手里的许愿石，裙角还滴着水，小五微笑："无关悲喜……可是，我会因此而悲喜。你不能因为我，失了这成仙的机会。"

小五唇角轻扬："希望良缘此生无病无灾，不会再遇到名为小五的姑娘。"

妖鬼思凡，必成孽缘。

可是有些事情，即便一开始是错的，还是想要飞蛾扑火。

良缘从梦中醒来，听着从小五屋内传来的此起彼伏的哭声，咬了咬牙含着泪施展了法术,这次他用了自己七百年的修为来救小五一命。

只可惜,他的修为太浅,只能将小五化作一株金鱼藻,而良缘也因为耗尽了百年修为,变成了一条普通的金鱼。

说书少年的惊堂木一拍,听得昏昏欲睡的人猛地抬起头,脸上虽有些不耐烦,却也催促着说书先生讲一讲这故事的结局。

"这金鱼啊,记忆只有七秒,每次金鱼吃一口金鱼藻,他就会想起那个喜欢嘟着嘴的小姑娘。那条小金鱼啊,只天天绕着那金鱼藻转圈,哪儿也不去,想不起来了,就吃一口金鱼藻。而这金鱼藻长势迅猛,于是这金鱼与这金鱼藻生生世世,世世生生纠缠在一起,化解不开……"

听客们一阵唏嘘,抱怨故事的结局实在不够美好。我歪着脑袋,听听客们的抱怨,不由得撇了撇嘴。

说书少年呷了一口茶,明显是有那么一些紧张,他继续道:"对妖来说,真正的渡劫从来不是什么被雷劈,而是动凡心。仙人对妖的试炼,从递上许愿石的那一刻便开始了。"

曲终。

人散。

我坐在那里,朝着说书少年笑弯了眼:"这个故事好精妙,你是从哪里看到的?"

"没有没有,这只是我做的一个梦。"说书的少年收起故作老成的样子,一下子羞红了脸。"对了,你叫什么?这是我第一次出来讲故事,你这么捧场我没什么可用来感谢的,就给你办个会员,以后你就可以花很少的钱来这里听故事和相声了。"

"噗……"我一下笑出声来,摇了摇头道,"不用不用,我叫张瑶,很巧的是,我的小名叫小五。"

少年看了我一眼,笑道:"真巧,我的小名叫金鱼。"

"哎，很美好的感觉。"刘思明评价道。

"没有了，我是个编辑，不是很擅长写故事，不过我确实蛮喜欢那些美好一点的故事。"张稚稚有些不好意思地笑起来，"对我来说时间有些仓促，不知道这个故事能不能过关。"

"我觉得很可爱啊！"秦佳调皮地吐了吐舌头。

"对了，还没看到你的故事呢。"张稚稚笑看着秦佳，眼睛里满是期待。

"我的故事啊，讲的是关于怎么控制梦的。"

控梦

文 × 秦 佳

你会控梦吗？

控梦，是指人在做梦的时候，能够清楚地意识到自己是在做梦，不单单如此，还能让梦按照自己的预想发展。

或许有人会问，控梦有什么用呢？

有什么用呢？无非就是不会被噩梦惊醒，或者就是可以在梦中实现现实中无法实现的事情。例如，贫穷的人可以在梦中体验家财万贯的感觉，病魔缠身的人可以在梦中体验健康长寿的感觉……

或许这些在很多人看来没什么用，毕竟再怎么完美，也不过是场梦而已，梦醒了一切就都结束了。可是，我们谁又能保证，我们所以为的现实就一定是真的呢？也许，我们只是一块缸中的大脑，所谓的现实也不过是被大脑欺骗所构建出来的世界。

换个思路，现实与梦境真正的差别是什么呢？无非就是一个感知更加真实，另一个感知并没有那么真实。一个生活是连贯的，另一个生活是碎片化的。但若是会控梦，人类在梦境中的感知就会变得越发真实，生活也会开始变得连贯，有一直生

活在一起的家人，也有一起上学的同学……梦境对于我们来说，就不是梦了，而是另一个世界。只是，在这个世界里，我们更容易实现自己想要实现的心愿。

然而，我真正认识到控梦的契机则是三年前的一场梦。

从小，就有很多人羡慕我有一个哥哥，说我不仅会受到父母的关爱，还会受到来自哥哥的宠爱。只是他们作为独生子，根本不会明白有哥哥的家庭，并不会受到双倍的关爱，反倒是父母的爱经常会被平分。

明明是我成绩进步，父母为了奖励我，给我买了新衣服，却一定要给哥哥也买一套；明明是我买回来的甜点，但因为哥哥的存在，就不得不分哥哥一半；明明我努力考了好成绩，却因为哥哥比自己考得更好，总得不到应有的夸奖；等到自己好不容易有了游戏时间，却因为哥哥在学习，而被父母勒令也去学习……

从小，我就在想，如果我是个独生女该多好，这样就不会什么东西都需要和别人分享了。

或许是因为哥哥吃掉了最后一盒冰淇淋，也或许是因为更早之前妈妈带大病初愈的哥哥一起去游乐场玩却留我一个人在家补作业……

不满，总是一点点积攒的，而后因为某件小事彻底地爆发了。

要是没有哥哥就好了，我要是个独生女就好了。我这样想着，用前所未有的恶狠狠的眼神瞪着他。

我说不清这眼神是嫉妒还是厌恶，但我知道那一刻我有多想让他从这个世界消失。我看着他准备下楼的背影，手一点点伸出去。

只要我用力一推，他就会消失，从此之后再也没有人会跟我抢冰淇淋吃，再也没有人跟我分享爸爸妈妈的爱了……

"秦佳秦淮，快下来吃饭！"

妈妈的话一下子把我惊醒，意识到自己在做什么，我忙收回了手，顾不上哥哥猛然回过头来满脸的惊愕，头也不回地跑进屋子里。

我在做什么？

我懊恼地捶着自己的脑袋，我刚刚差点儿做了可怕的事情。可是，我真的好想成为一个独生女啊！

要是没有哥哥就好了，要是没有哥哥的话……

"佳佳，周末一起去游乐场吧？"妈妈敲着门，在门外说着话，"快出来，别闷在屋里，我还给你买了好多你喜欢吃的零食。"

"反正都要分给哥哥吧？那我不吃了，你们都给他吧！"我有些不开心，朝着门外大喊。

"佳佳你在说什么啊？你哪来的哥哥？爸爸妈妈只有你一个啊，你是不是睡迷糊了？"妈妈在外又敲了敲门，"出来我给你量量体温，看看是不是发烧了。"

"你刚刚说什么？"我猛地从床上跳起来，打开门，睁大眼睛看向妈妈。

"我说我要给你量量体温……"

"不是，前边那句，你说我没有哥哥，我是独生女？"

"当然了，我们都不喜欢男孩子，生了你就够了，你哪来的哥哥？"妈妈笑着摸摸我的头，"爸爸妈妈有你一个就够了。"

"那我以后去游乐场不用跟着哥哥一起玩，可以自己想玩什么就玩什么了？零食也不用再分他一半了？还有还有，我以后也不用非要向哥哥看齐了，只要考得分数不错你们就会表扬我？"我开心地手舞足蹈起来，说的话也变得没有逻辑，像是在胡言乱语。

"你在说什么啊？爸爸妈妈不是一直都这么对你的吗？快下楼去拿零食吃吧，妈妈给你买了一大袋，全是你爱吃的。对了，吃之前记得量体温。"

"好。"我忙从楼上飞奔而下，脚上的拖鞋差点儿被我甩飞出去。

那一刻，我看到了梦中的场景，满桌子全是我最喜欢的零食，没有哥哥喜欢的果冻，也没有哥哥喜欢的蔓越莓味道的饼干。

我不是在做梦吧？

我拿起桌上的曲奇，用另一只手狠狠地捏了自己一把……不疼。

不疼？

我瞬间满脸失落地看着桌上的零食，果然是梦啊！可就在这瞬间，我想到了另一个问题，现实不过是一场身不由己、无法控制的梦，可是在这里，我意识到了这是梦，我是不是就可以控制它？

我深吸一口气，看着桌上的零食心里想着"我要鲜花我要鲜花"，慢慢地，桌上的零食开始一点点变成绽放的花朵。

"秦佳！快出来吃饭！"

还没等那些花朵完全绽放开来，我便被门外哥哥的声音猛地吵醒。我有些暴躁地打开门，冲哥哥吼道："我在睡觉，别打扰我！"说完便"啪"地一下关上了门。

我重新躺回床上，想要试着继续，可别说继续梦境了，我连入梦都变得困难起来。

我从床上爬起来，打开电脑搜索着关键信息"控梦"。

我决定，我要学习控梦，我要创造一个没有哥哥的世界。

有些事情，如果现实里实现不了，起码我要在梦里实现。从今往后，我要把我的梦当作我的第二个现实世界，一个由我来主宰的"现实世界"。

控梦并不容易。首先要在梦里意识到自己是在做梦，其次要能够对梦有所把握。比如在梦里，我想飞，可是谁又能把飞翔想象得如此真切？但如果我的想象能力不行，我就要想办法借助其他工具来飞，如坐飞机、坐火箭。

我有些颓丧地坐在电脑前，面前放着一整本有关"控梦"的笔记。从第一次意识到自己在做梦起，我已经学习了将近半年。可是，再也没有成功过，反而常常因为太累或太过心急，而变得一夜无梦抑或是一夜无眠，好不容易做梦了，却无论如何都意识不到这是梦。

我叹了口气，在笔记本最后一页的空白处随意地写着：要是我的梦里没有哥哥，我还能如愿以偿地跟着爸妈一起去游乐园就好了。

"佳佳，佳佳，快出来。"门外响起了妈妈的叫声。

"怎么了？"我有些不解，打开门朝楼下喊道。

"快点，不是说今天去迪士尼吗？你快准备一下，不然等会儿人太多咱们就要排好久的队了。"

"啊？"我挠挠头，努力从记忆里搜索着相关信息。什么时候说今天要去迪士尼了？

我换了件衣服，抓着头发，磨磨蹭蹭地下了楼，楼下是妆容精致的妈妈，和身

材高大的爸爸。

"我哥呢?他还没好?"

"什么哥哥?佳佳你又在说胡话了,你是独生女,哪来的哥哥啊?再说了,你都这么大了,我们想给你生个哥哥也生不出来,你只能有个弟弟或妹妹了。"妈妈一把牵过我的手,笑得温和,她今天似乎心情很好,少见地开起了玩笑。

"我……独生女……"我重复着这几个字,然后大脑像是猛然从一片混沌之中清醒过来:我在做梦,我在我的世界里做梦。

可是,我看着面容真切的父母,心脏不由得快速跳动起来:我这次,到底能不能成功控制梦境呢?没有哥哥的世界,我到底能不能想象出来?

我跟在父母身后,脑子里乱成一团,妈妈从街边买了个冰淇淋递到我面前,微笑着开口:"想什么呢?这么认真!喏,你最喜欢的香草味。"

我伸手接过冰淇淋,伸出舌头舔了舔,舌尖传来一阵凉凉的甜意。

凉凉的……甜意?

我盯着手里的冰淇淋,有些不可思议:我竟然,在梦里有味觉。那么是不是证明我学习了这么久的控梦并没有白费,起码我的梦开始变得越来越真实了。

……

"嘀嘀,嘀嘀,嘀嘀……"上学的闹钟准时响了起来,我第一次精神满满地从床上爬起来。

这次的梦实在是太棒了,我像是真真正正体验了一把去迪士尼的快乐。可是,为什么这次就突然成功了呢?

我一边穿袜子一边将视线投向桌上的笔记本。

是因为我提前写了下来,所以给自己有了这样的暗示,导致我控梦控得如此顺利吗?

我找到了适合我的真正的方法,通过大半年的努力,我发现,只要在入睡前将自己想要发生的故事写下来,那么我的梦里就会发生这样的事,不管这个幻想有多

不合理，梦都会自动以合理的方式让这件事发生。

比如我在笔记本上写"被自己喜欢的爱豆告白"，那么梦就会自动将这件事补全，就像言情小说一般，爱豆会在梦里和我产生交集，例如坐飞机时正好是我的邻座，又或是搬到了我家的隔壁。不仅如此，梦里还会有一个我和爱豆慢慢地熟悉过程，之后，我就像是言情剧里的女主角，享受着爱豆对我的百般宠爱。

更重要的是，我的梦并不像普通人那样是碎片式的，它是连贯的。如果我不主动跟爱豆提出分手，那么在梦里他就会一直以我男朋友的身份出现。

这种梦，说是白日梦，不如说更像是一个以我为中心的世界。所有人都服务着我，所有人的命运都由我掌控着。

"佳佳，起来了吗？我来送你上学了。"门外响起熟悉的声音，我激动地从床上跳下来，打开门便是爱豆那张俊美的脸。

"早上好。"我揉揉眼睛，伸了个懒腰。不得不说，梦里的世界真的是美好太多。我是独生女，享受着爸爸妈妈的宠爱不说，还有个爱豆哥哥是邻居，不单单这样，我在学校里过得也十分愉快，没有讨厌的同学，也没有严厉的老师，更没有恼人的考试。

这样完美的人生，即便是做梦，也让人倍感开心。

"早，你快去吃早饭，等会儿吃好了我开车送你去学校。"爱豆揉揉我的头发，笑得温柔。

我点点头，一边洗漱一边跟爱豆说着话："你最近怎么一直来接送我，时间会不会排不开啊？没有拍摄任务吗？"

"不会啊，佳佳的事就是最大的事嘛！"

听着这样的甜言蜜语，我的心里乐开了花："对了，你昨天都做了些什么啊？"

"昨天？昨天就是接送你，就没了。"爱豆摊手，一脸真诚。

"不是，我的意思是，你除了接送我，你怎么过自己的一天的？"

"就……没了啊，我的一天就是负责接送你啊，然后就没了。"

我看着爱豆一脸茫然的样子，眉头不由得越皱越深。

"爸！妈！"我推开爱豆跑到楼下，看着在厨房准备早饭的妈妈，和坐在沙发上边吃早饭边看新闻的爸爸问道，"我每天去学校之后，你们都做些什么？"

"啊？"妈妈转过头不解地看着我，"什么做什么？"

"我去学校之后，你们都在哪里？"

妈妈看我的脸色变得凝重，温柔地笑着："当然是在家等你回来啊！"

不对，不对。

我的父母都有工作，他们不可能会在家里等我，他们不可能满世界只围着我转。

所以，我梦里的这些人，只是一群长着我熟悉的人的样子、围着我转的假人罢了。

我看着面带微笑的父母，突然冒出了一个强烈欲望：我想让我的梦境世界变得更加真实一些。

可到底要怎么做，我的梦才会变得更加真实？

梦就像是写小说，只有把这个人物形象刻画得立体化，他才能拥有自己的血肉。

可是刻画人物，就意味着对这个人物要无比熟悉。然而，讽刺的是，在这个世界上，我最熟悉的竟然是我的哥哥。

不过，我可以拿他做做实验，如果成功了，再找个理由让梦里的他消失就好了。

这样想着，我在笔记本上开始塑造出像哥哥这样的人来：一个烦人精，喜欢跟我抢东西吃，还喜欢用大人的口吻训我……

"秦佳你在干吗？再不出来就要迟到了！"

哥哥的声音从卧室门外传来，我扔下笔，有些不耐烦地开门冲他嚷道："我迟到不迟到关你什么事？我跟你又不一起去学……"话说到一半我就愣住了，因为哥哥的身后正站着我的爱豆。

"佳佳，是我拜托你哥哥来叫你的，是不是打扰到你了？"爱豆声音依然温柔。

有我的爱豆，所以这是梦。可是，为什么梦里突然有了哥哥？难道是因为我睡前写了笔记？

我的眼睛偷偷瞥向哥哥，只见他满脸不屑，习惯性地瘪着嘴，像极了现实里的哥哥。

所以说，睡前在笔记上写下各个人物的性格，真的会有利于让梦境变得更加真实！

这样想着，我不由得欢呼雀跃，一开心，竟猛地从梦里醒了过来，睁开眼，面前还放着那本记录着哥哥性格的本子。

既然这样可以，那我就让哥哥在梦里消失，明天再继续写爸爸妈妈的性格。

"佳佳。"

我刚拿起笔，门外就传来了哥哥的呼唤声，声音温柔得仿佛我是在做梦。

"怎么了？"我皱着眉头打开门，"我没有多余的零食，也不帮你写作业，更不会借你钱，你死心……"我话还没说完，便看见哥哥手里拿着一瓶牛奶。

"佳佳，我看你屋里灯还亮着，就给你热了瓶牛奶喝，喝完早点儿睡觉。作业要是没写完，就把它给我吧，反正我会模仿你的字迹，别太累了。"

我目瞪口呆地接过哥哥递来的热牛奶，不可置信地狠狠掐了自己一把："我这是在做梦吧？我是做了梦中梦吧？"

"你在说什么呢？熬夜太久熬糊涂了？"

"我问你，我们的邻居是谁？是不是那个当红的小鲜肉？"我打断哥哥的话，急切地问道。

"我们的邻居不是一个老婆婆吗？她的儿子女儿都在外地工作，她一个人住在这里，哪有什么当红小鲜肉？"哥哥满脸关切地看着我，要是以前，他一定会用一种看傻子的眼神看我，可是此刻，他的眼里却满是关心。

"那，我现在不是在做梦？"我还是有些难以置信。

"当然不是，快把牛奶喝了睡觉吧，明天还要早起。"

"嗯。"我点点头关上门，看着手上的牛奶，陷入沉思。

"妈妈，这个问题，如果你……"我拿着心理测试的书一边问着妈妈，一边记录着她的选择。

虽然我没弄懂哥哥为什么突然性情大变，但，我并不打算结束构造我的梦境。

我在笔记本上默默记录着妈妈的答案，这样，晚上再进入梦境，我就能够看到一个无比真实的妈妈。至于哥哥，我会提前在笔记本上写着他外出旅游或者忙着学习，没空来烦我。

这次的梦果然变了，妈妈不再是那个死板得只会围着我转的假人，她开始变得真实起来，和现实里的妈妈几乎一模一样。

"佳佳，快起床了。"我正沉浸在自己的天才成就之中，却突然被妈妈吵醒。

我打着哈欠疲惫地应道："知道了。"

"佳佳，你的声音听着怎么这么累啊？是不是生病了？出来我给你量下体温，要是生病了我就给你请个假。"妈妈在门外，声音变得紧张起来。

"我没事。"我又打了个哈欠，边换衣服边回应。

"不要逞强，快出来让妈妈看看。"

我叹着气打开门，不耐烦地嘟囔着："你怎么跟我梦里的那个人一样……"

等等——我开门的手突然停在那里，现在真的是现实吗？为什么妈妈变得像是梦里的妈妈？

我吞了口唾液，舔了舔干燥的嘴唇。

哥哥也是，他和妈妈似乎全变成了梦里的那些假人——温柔、体贴、围着我转，却没有其他多余的情感，空洞得像没有生命存在一般。

"佳佳，你怎么不开门呢？是不是生气了？妈妈给你买你最爱的冰淇淋给你道歉，你把门开开，让妈妈看看你的情况好不好？"

"可是……"我轻轻打开门，看着门外的妈妈说道，"现在，可是冬天，我能吃吗？"

"当然能了，你想吃多少吃多少，只要佳佳开心。"

疯了疯了，我突然觉得如果梦是另一个世界的话，哥哥跟妈妈，他们全跟梦里那个世界的他们进行了交换。此刻站在我面前的是梦里的他们，现实的他们来到了我的梦里。

等等，我的眉头突然舒展开来：如果真的是这样，那只要我把更多的人带到我的梦里，让他们跟我梦里的自己交换，那我的现实生活岂不是变得越来越美好？周围所有人都围着我转，哪怕是假人也无所谓，毕竟，这可是现实啊！人类每天三分之二的时间可都是待在这个世界啊！

我像是释然一般朝妈妈仰起脸，微笑着开口："妈妈，晚上我们跟爸爸一起做心理测试吧？"

我周围越来越多的人开始变得温柔、友好。这么美好的现实甚至让我不舍得入睡。

我的现实美好得如同虚幻，我的梦境真实得如同现实。我的现实对我温柔如水，我的梦境可以让我随意操控。

我像个胜利者般，每天昂扬着脑袋，嘴角总是上扬着。

"秦佳，你把我的零食弄哪里去了？"哥哥冲着我大嚷，这次睡前忘记给他设置出行任务了，导致他现在在我的梦里横行肆虐。

"嚷什么啊，你不会自己去买吗？"

"所以你的意思是，你趁我出去旅行，一声不吭地把我的东西全吃完了？"

"是啊，怎么了？"我理直气壮地冲他嚷道。

"不怎么，我去告诉爸妈，说你最近都没去上课。"哥哥一脸小人得志的模样。

我瞪着他，只觉得胸口被一团火烧着："你告啊！你知道谁是这个世界的掌控者吗？"

"哦？掌控者？你该不会说是你吧？你也太自大了吧！"秦淮像是听了这世上最搞笑的笑话一般，笑得前俯后仰。

"秦淮，我一直很想知道一件事情，你说如果一个人知道了一些难以理解的真相，他会不会崩溃？"我嘴角慢慢上扬。

"真相？"秦淮止住笑，盯着我，慢慢皱紧眉头，"什么真相？"

"你知道吗？你现在是在我的梦里，你以为的世界，其实是我的梦。你知道你之前为什么一直出去旅行吗？那是因为我在现实里已经设定好了你的归属，我让你一直在外旅行，不要回来烦我。你的命运，不过就是我动动笔尖而已。"

我看见秦淮的表情慢慢变得阴沉，然后变得惊恐。我突然笑了起来，梦里的人能有这种反应，真令我开心，说明我之前的努力没有白费，他们果然越来越真实了。

"你……"秦淮看着我，开口道，"你不知道？你是书写者，这个世界有许多书写者，你不过就是其中之一。这里也不是你的梦，你只是负责对这里进行剧本规划而已。还有，你难道不知道规则？书写者是不能主动告诉别人自己是书写者的，不然，你会被回收的。"秦淮慢慢地笑了起来，我却觉得大脑一下子转不过来。和大脑一起转不过来的，还有我的身体，我就那样站在原地，一动也不能动。

"秦佳，你以为控梦那么容易吗？你以为只有你能想到控梦吗？"秦淮看着我，依然微笑着，"我也控过，只是我意识到，梦是另一个世界，另一个复制现实的世界。当我学习了控梦，这个世界就会变得越来越真实，可是梦的世界不是由你我能来控制的，就好像现实，也不是你我能控制的。现实也好，梦境也好，都有这个世界的规则。只是，你发现了控梦的规则，我发现了梦的世界的规则。你是书写者，你能控制我、爸妈以及你周围人的梦，你通过影响他们的梦，让他们性情大变。只是，你不知道，书写者，不能告诉梦里其他人这个秘密，尤其是跟你一样，在梦里有清醒认知的控梦人。"

我不可思议地看着秦淮，只觉得自己的意识变得越来越模糊，身体也变得更加僵硬。我只知道，我在梦里彻底失去意识之前，秦淮还说了句话，他说："你已经失去了这个权利，这一次，书写者变成我了。"

我从噩梦中醒来，额头上满是冷汗。我满身疲惫地从床上爬起来，去卫生间洗脸。

刚刚的梦好可怕，只是到底梦见了什么我却怎么也想不起来了。我转身想去继续睡觉，却看见哥哥屋子里的灯还亮着。

这么晚了，他还在学习吗？我突然有些心疼，虽然我一直嫉妒哥哥的好成绩，可他确实比我努力太多。

这样想着，我下楼热了瓶牛奶，小心地敲开哥哥的房门："哥哥，你还没睡吗？我给你热了瓶牛奶，你喝完早点儿睡吧。"

"感觉……结尾是你被控制了吗？"张稚稚问道，"你这么不喜欢你哥哥吗？"

"也没有，我虽然挺喜欢我哥哥的，但是我更想要独生女的生活吧。"秦佳说着偷偷看了一眼秦淮，看他没什么表情，似乎并不在意，便松了口气继续说道，"我记得我小时候特别想要有个哥哥，后来妈妈带回来一个哥哥，我还很开心，不过没想到没过多久就不喜欢了。"

"带回来？"

"我们是重组家庭。"秦淮声音不大，却一瞬间让所有人都停止了嘈杂。

"咳……那什么，听听我的故事吧？我这次试着用了种选项的方式来写，第一次写，不知道怎么样。"刘思明打破沉默，开口道。

与偶像的正确选项

文×刘思明

你的偶像叫林晨,你可以想象他长着鹿晗的眼睛、杨洋的嘴巴、白敬亭的鼻子、小雀斑的眉毛……当然你也可以把他想象成你现在喜欢的偶像或者男神,那么现在在你面前出现了一个神秘人,他说有一个机会,让你和你的偶像亲密接触,你愿意接受这个机会吗?

A. 愿意。(请阅读2)

B. 不愿意。(请阅读1)

偶像终归是偶像,只适合远远地看着而不是近距离地接触。况且,这个神秘人一看就不是什么好人,打扮得跟柯南里边的杀人凶手似的,怎么可能让人放下心选择同意。你这样想着,默默地放弃了这个奇怪的机会。毕竟真正的粉丝是在屏幕那头默默地为偶像坚守着一切。

你依旧关注着林晨的一切动态,看他最新的MV,听他最新的歌曲,看他参演的偶像剧。

只是最近不知道为什么,没有林晨的消息,也不怎么见到他上娱乐节目了,你在他的微博下面留言，说男神你最近去哪儿了？

可是他没有回复你，你的留言很快被淹没在其他粉丝的留言里。你看着手机里林晨的壁纸，像是陷入了相思病那般难过。

终于，微博上再次出现了关于林晨的消息，而且一出现便成了热搜，你以为是林晨有了什么新的歌曲，或者参演了新的电视剧，你激动不已地点开热搜话题，却看到一行触目惊心的文字：明星林晨因不堪抑郁症的困扰，而在家中自杀，据悉林晨在高中阶段便已患上抑郁症……

你的手机应声而落，心中像是突然空了一大块，你低头捡起手机，眼泪不自觉地流了满脸，你看见手机上的日期：

2017年2月1日。

结局一，林晨死亡真相。

这么好的机会，不去白不去！你想都没想便同意了，毕竟与明星亲密接触这种事情可不是人人都能有的，如果能再拍张合影要个签名什么的，自己简直就要走上人生的巅峰了。

你拼命点头，乐不可支，顺便问神秘人所谓的亲密接触到底是什么。

神秘人看了你一眼，说："就是让你回到过去，跟你的偶像成为同桌。"

同……同桌？

你惊讶地张大了嘴，成为偶像学生时代的同桌？你的心脏开始怦怦直跳，不禁握紧了手机。像林晨这样英俊潇洒的，学生时代一定也能迷倒一群女孩子吧，要是能趁机偷拍两张，也够自己舔屏好几年了。

神秘人看你似乎有些心不在焉，继续说道："时间是到高考结束，高考过后，你就会回来。"

高中时代？你不禁心脏又快跳了几下，表面上却是一副极其淡定的样子，你点点头，但又想到了什么，忙问："你让我过去要做什么任务不？"

神秘人看着你，张口："Nothing, just follow your heart.（没什么，只需跟随

你的心意）"

神秘人口音太重，你有点没弄明白，想问问他刚才说的是啥，却没想到眼前一黑，你便晕了过去。等你再睁开眼，耳旁便是琅琅的读书声，里边有英文单词也有语文课文。

"这是……"你有些失神，有些弄不清楚状况。

"快背书。"就在你失神的时候，你的同桌敲了敲你面前的桌子，压着声音提醒。

你慌忙直起身子，随便拿了本课本开始念上面的文字，眼神却不由得瞟向同桌。

这个就是林晨啊！你偷偷地看着林晨的侧脸，鼻梁高挺，眉眼清秀，脸上还有着未脱的稚气，想不到未来在舞台上耀眼夺目的明星，学生时代居然长得这般清秀。

"咳。"似乎是发现了你的目光，林晨微红着脸咳嗽提醒。

看到林晨如此青涩的反应，你不禁也有了一种回到学生时代的感觉，你慌忙收回目光，眼睛直直地盯着课本，心思却早已飘到旁边的人身上。

这个人可是林晨啊，大明星啊！是要自拍照呢，还是要签名呢？干脆两个都要吧？

你默默地想着，心脏怦怦地加速跳动。你酝酿了半天，好不容易鼓起勇气打算向林晨要一张签名照，却不想还没张口，老师便走进教室，将手里的一沓卷子"砰"的一声扔到了讲台上，班上的读书声渐渐消失，气氛突然变得异常紧张。

"这次的数学考试，看看你们都考成了什么样！"数学老师站在台上，手指点着厚厚的卷子，脸上是止不住的怒气，"及格分往上人数，班上只有一半的同学，丢人不丢人？还有林晨！"

你用余光看到，被点到名字的同桌身体瞬间僵硬。

"你看看你考的是什么！满分150你考40分，连个零头都不到，就你这成绩还学什么学，如果再天天往音乐教室跑，你就趁早给我滚回家！不是艺术生的料非往上凑，琴弹不好书也念不好，我看你最后怎么办！"

林晨慢慢垂下脑袋，像是战败的公鸡，又像是想要把自己的头埋起来的鸵鸟。

看着自己的偶像这么难受，你也跟着难受，于是你决定给林晨写个小字条安慰

一下他,你打算写:

A. 没关系,以后还是好好学习吧,我可以教你数学。(请阅读3)

B. 没关系,坚持自己,做自己喜欢的事情,你一定可以超越那些艺术生的。(请阅读4)

看了你的字条,林晨转过头,悄悄对你展现出一个"谢谢"的笑意。你的心脏怦怦直跳,心里想着,不愧是大明星,笑起来居然这么好看。

就在你偏过脸看着林晨的时候,数学老师在讲台上吼出了你的名字:"说说说,有什么好说的?你的成绩也不咋样,满分150只考了60分,你还有脸笑?"

你张了张嘴,什么也说不出来,心想原来自己的数学成绩居然这么差。想起刚刚你给林晨写的字条,不禁窘到满脸通红。

不过林晨还是接受了你的好意,课下他会问你问题,只可惜你们两个的成绩是半斤八两,一个月后林晨的成绩没有丝毫起色,他终于不堪压力,休学回家,再也没有来过学校。

高考结束后你才知道,林晨早已有了心理疾病,只不过一直拼命掩饰着,却不想在家长与老师的压力下,在梦想与成绩的抉择中,压力大到爆发,林晨的情绪最终失控了。得知真相的你很难过地看向手机,想看一看手机壁纸上林晨那张笑得阳光的脸,却发现你的手机壁纸竟然变成了一片漆黑。

这是怎么回事?你心里不禁忐忑起来,双手颤抖着在搜索栏中输入"林晨"两个字,却不想,百度里根本找不到这个明星。

结局二,没有成为明星。

看到你递过来的字条,林晨不禁愣了半天,看着那张字条半晌,偏过头看着你,眼里似乎藏着万千的星辰。林晨张了张口,最终什么也没说出来,数学老师还在讲台上数落着那些没考好的学生，林晨慌忙收回目光，重新低下头，你却看见林晨的嘴角似乎轻轻扬起。笑意并不明显，却足以温暖人心。

你也跟着笑，像是看到了林晨以后闪耀迷人的模样。

放学后林晨叫住你，他告诉你他从小就喜欢音乐，可是因为家里没钱，所以从来不肯让他去学。后来他的隔壁搬来一位音乐老师，这位音乐老师知道他喜欢音乐，便开始免费对他进行培训辅导。却不想，原本文化课就很吃力的林晨，学了音乐之后文化课学习更加吃力。

"我很想去考艺术生，我一直很想弹琴唱歌，可是我只学了两年，离艺术生的水平差得太远了，音乐水平不行，文化课成绩又太差，我觉得我的未来很黑暗……"林晨低下头，满脸失落。

"没事，你将来会成为大明星的。"你看着林晨不禁说出了实话，"你还会有全球巡回演唱会，会有很多粉丝，还会出演电视剧……所以坚持做你自己喜欢的事就好。"你激动地说着，不忍心看到自己的偶像这样失落。

林晨抬起头，眨眨眼睛，以为你在安慰他，但这番话确实让林晨有了信心："只要我唱的歌有人听我就很开心了。"而后，林晨像是想起来什么，笑得狡黠，"现在钢琴教室没有人，你要不要听我自己写的歌？"

自己写的歌？你满脸的激动与兴奋，大明星林晨居然要单独唱歌给自己听？你傻笑半晌，回过神来忙拼命点头。似乎你的反应太过热情，林晨笑得有些羞涩，但可以看出那羞涩的笑容下是止不住的开心。

林晨带你到音乐教室，你站在钢琴旁，看着坐在钢琴前的林晨缓缓弹出那个熟悉的曲调，你不禁心里一动，这首歌就是林晨的成名曲《告白气泡》，也是林晨卖脱销的那张唱片的主打歌。

你呆呆地站在那里，听着林晨将这首歌一句句地唱出来，声音清亮，曲调柔和，你瞬间便湿了眼眶。你想到你爱了这个人整整五年，从他出道开始就一直默默地关注着他，看着他的粉丝从几百几千一点点变成几千万个，突然间各种情绪混杂其中，贯穿心肺。

"不……不好听吗？"看着哭成一片的你，林晨慌忙停下了弹奏，到处寻找着纸巾。

"不是不是。"你摇着头,"是因为太好听了。林晨,你是天才,你一定可以成为大明星的!"

正在找纸巾的林晨听到这句话身体不由得一僵,然后慢慢地朝你走过来,将肩膀挪到你的面前,伸手将你的头轻轻按向自己的肩膀。

他说:"对不起,找不到纸巾,你就蹭在我衣服上吧……还有,你是第一个这么认可我的人,谢谢。"

听着他在你耳旁说出这么轻柔的话语,你心中不禁一暖,原来林晨是个这么温柔的人啊!似乎是因为有了你给的信心,林晨开始更加投入地学习音乐,练习弹琴。老师们为林晨不断下降的成绩怒不可遏,却在林晨最终以艺术生的身份获得了某知名音乐学校的录取资格后哑口无言。

你也替他感到高兴,只是祝福的话还没有来得及说出口,你眼前一黑,便回到了自己的世界。

"什么鬼?"你不满地嘟囔,像是做了一场美梦,突然间醒来,一切的美好全都消失不见,心里装满了失落。你打开手机翻看看关于林晨的最新消息,却意外地发现林晨要举行演唱会,而举行的地点就在你所在的城市。

你看了看时间,举行时间是2017年2月1日,再看了看购票网站,今天是购票的最后一天,可是剩余的票价对你来说有些昂贵,你打算怎么办?

A. 摔开小猪存钱罐,为自己偶像的演唱会买买买。(请阅读5)

B. 还是算了,老实地待在家里等看现场直播。(请阅读6)

你狠狠心咬了咬牙,最终还是把自己攒了多年的小猪存钱罐给摔个稀烂,成功地买到了林晨的演唱会门票。

演唱会那天你早早到了现场,坐在乌泱泱的人群之中,拼命地想在五彩斑斓的光线之中看清楚林晨的脸,只可惜位置太靠后,你什么也看不清楚,你有些后悔,心想还不如待在家里看直播,却不想林晨此刻在台上说,要找一位观众来和他合唱自己的代表作品《告白气泡》。

现场一片欢呼，林晨一字一顿地说出能够和他一起合唱的观众的座位号，你惊讶地发现，这个幸运观众竟然是自己。

你几乎开心到腿软，但依旧努力地小心翼翼地走向舞台，你终于能够近距离看到自己的偶像了。

他还是高中时的样子，只不过化了很浓的妆，脸上没了青涩与稚气，反而满是成熟。林晨看到你几乎愣了半晌，直到台下观众开始窃窃私语，林晨才回过神来，一脸抱歉地看着你，柔声问："你会唱吗？"

你点点头，眼里满是激动的泪花。音乐响起，你似乎回到了那个音乐教室，那个坐在钢琴前的大男孩正朝着你微笑，这个大男孩的脸慢慢与眼前这人的脸重合，你微笑着看着林晨，声音颤抖，唱出的歌多次跑了调。

一曲终了，林晨笑意温和，并没有因为你唱跑调而表现出不满，他伸开双臂，想要和你拥抱，你微笑着回抱住他，你想，这应该就是自己的一场梦吧。

就在你感叹自己再也不可能跟自己的偶像这么近距离接触时，林晨在你的耳边轻轻地说出你的名字，他说："高考结束后我一直在找你，你却消失不见，甚至有人说没有你这个人，可是我不信，于是我找了你七年……我差点儿以为你是我的幻想……很开心能在这里见到你……演唱会结束后，你可以稍微等我一会儿吗？"

林晨断断续续地说着，似乎因为太激动，话说得有些让人摸不着头脑，但你知道，这个人还记得关于你的一切，你突然觉得很开心，颤抖着说："好。"

林晨松开了手臂，目送你下台，然后唱起另一首歌，仔细听，能听出他的嗓音已经有些许发颤。

听起来，他似乎也很开心。

结局三，恭喜与偶像恋爱。

你头痛了半晌，最终还是决定待在家里看直播，毕竟就算去了现场，在那么一大群人里你也看不清林晨的脸。

你买好零食，坐在电视机前，等着演唱会的开始，林晨的脸出现在镜头之中，

比起你记忆里的那个青涩少年，现在的林晨变得更加成熟，化着浓妆站在舞台中央，看起来光芒四射。

你眼角有些湿润，想起林晨一步步走到今天，实在是太不容易了。就在你失神回想时，电视里的林晨停止了唱歌，拿着话筒开始讲述关于自己的事情。

"大家可能不知道，其实我一直都有很严重的心理疾病，从高中就有了，这种心理疾病一旦控制不住就会把我推向深渊，我曾多次有过自杀的念头，可当我想起你们的时候，我都努力地挺了过来。因为你们让我想起了一个最初支持我、关心我的人，她是我的同桌，也是我这么多年坚持下去的动力，因为她对我无条件地信任与支持，我才能走到这一步……"

你看着电视中红了眼眶的林晨，不禁泪流满面，原来自己对于当时的林晨竟然这么的重要。你也没想到看起来乐观的林晨竟然被严重的心理疾病所困扰，而你也没想到，你居然能成为林晨心里的那束光。

你看着电视，心里瞬间柔软一片，你想起钢琴教室里的那个少年，不禁一遍遍地重复："活着就好，活着就好……活着，真好。"

结局四，恭喜获得偶像的直播告白。

真结局：

你看着你收在抽屉里的小小相册，里边全是关于林晨的照片，你想起似乎记忆里有这样一段剧情：

林晨因为抑郁症而选择早早结束自己的生命，而你抱着他的相册，从那些讣告中了解到他的过去，他的悲伤，他的一切。

那一刻你突然想，如果在人挣扎于抑郁与困难之中时，能有另一个人出来拉他们一把，告诉他们："你很好，请坚持你自己的梦想。"这样的话，那最后是不是一切都会变得不一样？

如果重来一次，是不是一切都会变得不同？

"这个记忆，是我的真实记忆吗？"你自问，你不清楚，这个记忆就像是梦境，你不清楚这是做梦还是你真的经历了这样的事，但至少，你爱的人，他还活着。

这就足够了。

搜索

文×秦　淮

我的室友秦是个怪人。

我一直都这么认为。每每我跟他一起逛街，他就会突然停下来指着某个人告诉我："这个人刚失恋。"

有时，我在跟街边小贩讨价还价的时候，他会突然来一句："别讨价了，他家里还有个重症病人。"诸如此类，弄得双方都很难堪。如果仅仅如此，倒不至于说他是个变态，顶多算是个低情商的人。可偏偏通常他目光停留最久的、分析情况最多的，是那些容貌姣好的女性。我对于他的这种行为很是不齿，虽然对好看的人多看几眼是人之常情，但是这样擅自去分析别人的家庭状况、背景情况，简直就像是一个靠脑袋来跟踪的"偷窥狂"。

针对他这种情况，我警告过他无数次，可他每次都一脸理所当然地表示，这是一件很正常的事情，完全是我在大惊小怪、少见多怪。

可就是这样一个丝毫不觉得自己几乎在犯罪的人，不知从哪天起突然不去刻意观察路上的人，反而一个劲儿地低头玩手机。

"你终于厌倦了？"我问秦，顺便替刚刚从我面前走过的两位美女松了口气。

"这种游戏是永远不会厌倦的，除非遇见了更有趣的人。"秦忙着低头玩手机，回答得略带敷衍。

"哦？"我突然来了兴趣，"那你遇见谁了？"

"命中注定的另一半。"秦笑得神秘，"我的女神。"

"你什么时候有女神了？有照片吗？"我从自动贩卖机里拿出一罐可乐递给秦，随口问道。

说实话我对秦的私生活并不关心，但是对于他这种天天看美女的人来说，我实在想象不出来他口中的"女神"是什么模样。其实，秦长得并不丑，相反还很帅气，脸是属于电视上深受小姑娘喜欢的那种小鲜肉型。别说追女孩，每年情人节，有不少女孩送花、送表、送巧克力、送情书，甚至还有光明正大问他喜好的女孩，但我从来没见他给哪个女孩主动送过礼物。

不过也正因为这样，每年情人节都是我们两个最忙的时候，因为他要按照送礼者的地址，将礼物一一退回，还要附带上"礼物太过昂贵，抱歉退回，承蒙喜爱"这种极其自负的话。如果是小礼物或者贺卡信件，秦还会认真阅读并一一回复。以至于女生堆里会传着"爱上秦真是最大的幸运"这种很奇怪的话。甚至还有女生因为秦没有回复她贺卡上关于他自己的一些私人信息，比如爱好、星座、身高什么的，而气冲冲地跑来，说秦针对她什么的。秦虽然解释可能是自己没看到，或者邮寄过程中丢失，但女生依旧表现得十分激动，胡搅蛮缠了半天不肯离开，最后被我直接给赶了出去，这事才告一段落。

说起秦的择偶标准，按秦的话来说，他喜欢那种无法被自己一眼看穿的女孩。可是在我跟他成为室友的这两年里，我从来没见过无法让秦一眼看穿的人。

即便一个人全身上下换了新装，自以为没留下任何痕迹，只要站在他的面前，就像是站在了"照妖镜"前，秦能随口说出这人的家庭情况，几个兄弟姐妹，甚至有时还能说出交往过几个男朋友。简直让人毫无隐私可言。

"刚刚在车站看见的一个天使，你可能没注意到，就是那个戴着施华洛世奇黑天鹅项链的天使。"秦打开可乐喝了两口，继续将眼睛移到手机屏幕上。

"有点印象。"我从贩卖机里为自己拿了一罐橙汁，看看头顶的太阳，擦了擦汗，"想不起来样子了，只记得好像穿了件白色的露肩长裙，戴了顶遮阳帽，手上提着个袋子,其他就没什么印象了。哦,对了,似乎还穿着古驰的小白鞋,我记得我当时还感慨了一句'好有气质'之类的话。"

"就是她。"秦抬起头,朝我笑笑,"不错不错,没想到你现在能想起这么细微的事情,已经很值得表扬了。"

说实话,我的记性并不算差。背书基本上都是看一两遍就可以背下来的水平。曾经我还引以为傲,但没想到这样的记性在秦面前不值一提。

似乎是因为他过于注重细节,普通人记东西是以整体轮廓来记忆,比如对于一个与你擦肩而过的人,普通人记住的大多是身材轮廓,而不是样貌细节。或者对于一辆在路上看到的车,我们大多数人会记得它的车型与颜色,而不是车牌号与车标。秦却是能将所有的细节记住,然后加上他自己后期的处理,将这些细节拼凑成一个整体。

他给我举过一个例子,在一次坐地铁时,窗外有个广告牌,他先看到的是各处的字体轮廓,然后是广告牌的颜色组成。所以在我高喊"我刚刚看到了 XX 明星在广告牌上"时,秦的反应却是:"你说的是刚刚那个电话是美国 XXXX 的留学广告牌?"这样的事数不胜数,可能因为注意点的不同,再加上毕业之后我确实没有怎么用到过记忆力,也退化了不少,秦总是觉得我的记性特别差。

我撇撇嘴,懒得理他,但是实在是好奇,还是搭了句话:"你刚刚没有一眼看穿她,所以对她有了兴趣?"

"差不多。"秦倒是很大方地承认,"她戴着施华洛世奇的黑天鹅项链,而且总是会不由自主地摸着项链,说明这条项链是新买的。"

"那不一定,我的手表戴了快一年了,我也经常会摸它,这个小动作说明不了什么。"我喝了口橙汁,反驳道。

"确实,这个不定性因素太多,并不能作为判断的依据,但是你有没有注意到,她一直在往脖子后边拽这条项链?也就是说她觉得这条项链的长度偏长,她想要收上去一些。"

"这说明这条项链不是她自己戴的?"

"这也是一种可能,但是我并不认同你的这个猜测,等下我会给你解释。不过她这个动作也从侧面证明了我的观点,这条项链是新买的。因为对于旧物,人们不会特别在意，比如你的旧包，虽然是奢侈品牌的，你却总是很随意地放在地上；还有你的鞋子，刚刚过来时经过一摊脏水，你却压根儿没注意到脏水溅到了你的鞋子上。"

"我去，不是吧？"听秦这么一说，我忙低头看自己的鞋子，见鞋上的污迹并不明显，随手擦了擦便不再在意。

秦好笑地看着我："你之前买了一双不是很喜欢的新鞋，虽然你自己一直嫌弃它丑，说是为了应付公司检查什么的，但是你走路的时候依旧会时不时注意一下，起码会绕开这些小水沟，而且我没记错的话，你似乎还进行了脚部护理，弄得一屋子香味。"

我撇撇嘴，不置可否："那双鞋虽然丑，但不能让我的脚看上去丑啊！"

"这就是一种很普遍的心理效应，她摆弄自己项链这个动作，不仅是因为长度不太合适，还因为人们对于新物的习惯性在意。当然……"秦笑眯眯地指着不远处一个将自己宝马的车钥匙挂在腰间，故意弄得叮当响的胖子，"还有一种情况就是想让别人注意到自己的这件物品，所以就会增加抚摸它的次数。"

"引人注意啊……"我仔细想了想，忙点头，"前段时间我有个同学嫁了个富二代，在聚会上就一直不说话，但是很刻意地摸自己的戒指，直到有人说她的戒指多贵多贵，她才开始滔滔不绝。"

"所以这样一个小动作，我们可以分为三个原因，第一是习惯，第二是对于新物自身的不习惯，第三是刻意引人注意。"秦比着手指总结，"你摸手表属于无意识的行为习惯，常出现在你放空、焦灼之时，而且随着你抚摸的次数增加，物品表面会有不同的表现。比如你手表的两侧十分光洁闪亮，你摸不到的地方却根本看不到光洁度。所以这一点就可以证明她的项链是新买的，因为各处的光洁度基本一致，而且她的行为并不是无意识的，所以也排除她定期护理使得项链具有光泽这一猜想。"

"那，有没有可能是炫耀呢？"我猜测，但转念一想便立刻否定了自己的这个猜想，"古驰的鞋子要比施华洛世奇的这款黑天鹅项链贵很多，与其去炫耀项链还不如去炫耀鞋子。"

"不愧是天天研究鞋子的达人，有了你，我的推测一下子被证实了不少。"秦朝我比了个赞。我微微一笑，并没有把秦的这番夸赞放进心里："那你之前是怎么证实她不是为了炫耀的？"

"直接跳过啊，我觉得她不是喜欢炫耀的人。"秦笑得理所当然，但我总觉得他似乎在嘲讽我，我白了他一眼，懒得说话。"所以这就证明了这条项链是新的。"秦并没有注意到我的情绪变化，依旧自顾自地推理，"你刚刚说这条项链不是她自己戴上去的对吧？如果不是她自己戴上去的，她觉得不舒服完全可以卸了再戴上去，或者干脆卸下来。之前我们说了，她并不是一个会去炫耀这条项链的人，但为什么即便这么不舒服还要坚持戴着呢？"

"为什么？"秦的问题一出来，我瞬间忘记了自己还在因为秦的不会说话而生闷气，细想了一番猛然想到了一种可能，"她要去见人，是去见送她这款项链的人！"

"猜对了！"秦打了个响指，笑弯了眉眼，"是的，就是因为她要去见送项链的人，所以才会戴着明显过长且不够舒适的项链。是个有教养的姑娘，我很喜欢。"

"得了吧，别喜欢了，人家都有男朋友了，你再这样就是挖墙脚，你就变成小三了，你知道吗？"

"你见过哪个男的连自己女朋友喜欢什么样式的项链，戴多大的尺寸都不清楚吗？"秦晃晃脑袋，抬头看看天空，嘟囔了句，"这阳光也太强了，明明刚下过雨。"

"那可能是刚交往不久，而且我觉得这个男生的条件应该不如她，送的礼物还不及人的一双鞋子贵，而且两个人要约会居然还不开车来接，感觉有点失礼。"

"你看你自己都说了，这个男的条件不如她，这就说明不一定是男朋友，有可能是追求者。"

"追求者？"我有些怀疑，"一个女生会为追求者这么注意细节吗？还戴上了根本不合适的项链。"

"这个看个人。"秦擦了把额头的汗,"之所以说是追求者,是因为她随身带着外套。"

"外套?什么外套?"我觉得自己的记性有些不够用,这个女生在我脑海中的大致轮廓已经无法再继续清晰了。

"你之前也说了,她提着个袋子。那个袋子里装的是外套,我当时刻意看了眼。"

"这能说明什么?"

"说明对方根本不是男朋友啊!"秦笑着回应,"她带着外套,说明去的一定是冷气很足的地方,而且穿得很随意,至少衣服看起来并没有礼服的感觉,说明她去的是非正式场合,也不会是那种要求严格的西餐厅。如果是男女朋友,即使冷气足,男方可以脱下外套替她披上去,或者握住她冰冷的手帮她暖热,其实是一个促进双方感情的好机会。可是,相反她带了外套,这说明她并不想给男方表现的机会。"秦笑得狡黠,"这个赴约可能只是因为可怜对方吧。"

"跟你一样,是个渣!"我评价道,"冷气足,非正式,这种普通阶层也可以支付得起的,只有电影院跟KTV,以及一些稍微高档的饭店,怎么看都是约会的调调。"

"不,如果真的这么简单,我就不会说我无法一眼看穿她了。"秦突然一本正经起来,看惯了他笑嘻嘻的模样,这样的表情反倒是把我吓了一跳。"女人约会,为什么要穿小白鞋?还有,既然男方没有车,女方打车不行吗?或者坐地铁也可以,起码舒适度要比公交好多了。为什么明明是个富家女却要在车站等公交?"

"可能是不想穿高跟鞋了吧?或者是为了配衣服?也或者走路比较多,所以才穿小白鞋?至于交通工具嘛,这应该是个人爱好吧,可能人家习惯坐公交。"

"不一定。"秦摇头,将手机里的地图打开,"这些奇怪的点我还没有找到能够说服我自己的依据,不过如果只在地铁和公交上进行选择,大多数会选择比较方便,距离近的。更何况,那时天下着雨,对于大多数人来说会选择能够避雨的地铁,而不是公交车。"

"咦?刚刚下雨了吗?"我晃晃脑袋,感觉什么也想不起来。"刚刚我们在车站旁边喝咖啡,雨来得很突然,不过并不是很大,你中间只是随意往外边瞥了一眼,并没有在意,我可是全程都在观察周围。而你能够记住她的特征,也是因为她经过咖啡店的玻璃窗前,不过你并没有在意,等她到了对面车站,你才注意到。按理说这么远的距离,你是不可能看清楚她穿着什么鞋子,但你能想起来,说明你之前的记忆帮你补上了这一空缺,使你再回忆时能想起这个细节。"

"哦。"我听得晕乎乎,不知道秦在说些什么,只觉得好像很厉害。见我似乎兴趣欠缺,秦也不再解释,开始继续推理:"她选择坐公交,就说明对于她来说,要么出发点靠近公交站,要么目的地靠近公交站。但是那个地方,公交站与地铁站距离并不远,至多一百米的距离。她却选了公交站,说明目的地靠近公交站点。"

"可我还是想不通,为什么她不坐出租车?"

"这也是我奇怪的一点。我目前只能给出的解释是,可能这条路她经常走,比如上班经常走这条路线,所以才不会打出租车。当然也有可能那条路在堵车,或者约定的地方比较远,不过这一条不成立,就算再远,以她的经济能力还不至于付不起打车钱。"

"可是我总感觉如果坐着公交去赴约,会不会有点太……潦草了。"我猜测着,想了想还是选择了放弃,"算了,我没约会过,还是不猜测了。"

秦很是同情地看了我一眼,然后耸肩:"没关系,我也没约会过。"秦说罢,拿起手机放到我面前:"不过,无所谓打不打车,起码我知道现在她在哪儿。"

"在哪儿?"

"她坐的是5路公交车,从她上车的那个站点到终点站总共有十三站,这十三个站有五个与地铁站重合,如果将她上车的站记为1,那么重合的站分别是1、5、7、8、10,也就是说,她可能下车的站点分别是2、3、4、6、9、11、12以及终点站。其中4、6、9距离地铁站极近,无论选择公交还是地铁,两者均无差。最后再看圈定范围,2、3就在附近,多为居住区,11、12以及终点站位于商业繁华区,作为约会的地点,肯定优选商业区。所以她的目的地是在11、12以及终点站,这三个站中间的某个。"

"你……推理这些干吗?你不会打算去看人家约会吧?"

"是啊!"秦点点头,一副人畜无害的模样。

"你你你……你完全就是个跟踪狂!"我朝他怒吼。

秦倒是十分不屑："万一她有什么危险呢？"

"约会能有什么危险？"我擦了把额头的汗，比起他的这个女神，我更不明白秦在大热天还戳在外边的缘由，"你从刚才开始就待在这里不走，你到底在干吗？起码去旁边的超市避避暑啊！"秦闻言朝我神秘一笑道："等人。"

"等人？你约人了？"我不解，但立刻意识到了什么，指着他睁大双眼，"你不会在等她吧？"

"是啊！我查了下11，12，13这三个站附近具备十足冷气且适合约会的场所，发现这个商场似乎最适合，在第12站点附近，公交直达。当然附近还有一家电影院和西餐厅。不过我并不觉得一个刻意带着外套，想与男方保持距离的女性，会愿意与他去电影院。至于西餐厅嘛，一来我觉得男方负担不起，女方也不会刻意让他花这个钱；二来，她穿着平底鞋，而不是高跟鞋，穿这种鞋子，就是为了方便走路，那多半是商场没错了。"

"约会来商场，还刻意保持距离……她是来见备胎的吧？"秦笑笑不说话，低下头继续玩着手机，我摇摇头，觉得这人大概是走火入魔了，完全没救了，叹了口气："你要想见你的女神，你就等着吧，我要回去了。"却不想，我这句话刚说出口，秦便惊呼："错了！我错了！从一开始就错了！"

秦少有地失措，令我也不禁担心起来："怎么了？"

"在刚刚的推理中有一个疑惑点，你还记得吗？""嗯……"我仔细回想了一番，答话，"坐公交车的原因？"

"是的，我不应该那么草率地下决定。她坐公交并不是因为什么约定的地方距离近，而是因为她想甩开跟踪狂！"

什么？跟踪狂？

"我就说哪里很奇怪，她为什么要戴着一顶遮阳帽？按理说在她出门那段时间，天气极闷，并没有多大太阳，等她到车站之后便开始下雨。没有太阳为什么要戴一顶遮阳帽？为什么约会要配一双完全不符合装束的平底鞋？还有，为什么要坐公交车？"

秦抬起头，气息开始变得急促，见惯了他冷静的样子，这模样反而把我吓了一跳："她被人跟踪着，她想要甩开那个跟踪狂，所以才这样。戴帽子是为了遮脸，并方便在某个时刻扔下方便逃脱。平底鞋是为了方便跑动，坐公交是为了方便随时转车。"

"那你的意思是，她不在这个商场里？她……会不会有危险？还有，你是怎么知道有跟踪狂的存在的？"我强迫自己冷静下来，尽管现在的脑袋已经乱成了糨糊。

"我找到了她的社交账号。"秦倒是很快冷静下来，让我恍惚以为他刚才那个失措的表情，只是我的幻觉。"可能是为了躲家里人，偷偷出来约会的小女生。毕竟现在的小孩子，稍微一打扮，十几岁跟二十几岁基本分不清。"

"不会。今天这个日子既不是周末也不是暑假，学生的话，这个日子都在学校待着。当然更重要的是，这一切信息都在她的社交网站上有所说明。"

"社交网站？天，你是怎么搜索到她的？"我惊呼。

"在网络时代，想要搜索到同城的某个人并不难，只要找对关键词，再加上足够的运气与耐心。"秦指着手机，"在这个时代，只需要利用好微信、微博与QQ（腾讯聊天软件）一切信息都能获得。"

"凭这三个就能找到她？"我觉得有些不可思议。

"QQ的附近的人、按条件搜索，这两个功能很好，但是如果这个人并没有开启GPS（卫星导航系统），那就没有什么用处了。而微信也是主要依靠附近的人，但是如果用户清除了位置信息，或者干脆在一个从未打开的状态，依旧无法找到。如果在几年前，查找附近的人还有希望，但现在，基本上大家都不会把位置信息打开，即使打开了也会清除。所以这两个软件我通通过滤掉，因为希望不大。当然，硬说的话，其实还有各种直播软件，但是如果能在微博上找到，我就不会把它们放在首选，毕竟太浪费时间。"

秦笑着打开微博："与微信这些软件不同，有一款软件，它会强制帮你开启定位，那就是微博。这样的话，搜索方式就变得简单得多了，可以进行同城搜索，也可以进行关键字搜索。"我不解地说："不过，即便是同城，范围也十分大，这个城市，起码有几万人口吧？或者几十万？我对人数没什么概念，但还是觉得像是在大海捞针。"

"我都已经找到了，你还在担心我找不到？"秦好笑地看着我。

"哦。"我撇撇嘴，假装好奇道，"那你是怎么找到的？"

"分区域搜索。这一点微博做得很好，它将这个城市分成不同的区域，只要从这里找出她可能出现的区域，问题就解决了一半。"

"那你要怎么筛选区域？"

"很简单，我说过她既然会选择坐公交，不仅仅是因为方便逃脱，还有一点是因为她对这条路线很熟悉。不知道你注意到一个细节没有，她到公交站点的时候并没有看站牌上的路线图，而是在东张西望等着公交。"

"那也有可能她是随意坐的……"我反驳，但是话刚说出口我就后悔了，"不可能是随意挑的公交车，因为她是准备去赴约的。如果在不确定自己是否被跟踪的前提下，她应该会在尽量减少路程时间耽误的情况下，躲避掉跟踪者并到达目的地。至少我会这么做。"

"所以区域就可以划定为那个公交站直到第12站这之中的所有。当然，还要加上她住的区域。"秦在地图上查看着这几个区域，"幸运的是这些地方，包括她的住所在内，只被划分成了三个区域。"

"住所？"我不解，"你怎么知道她的住所在哪里？"

"很简单，那个时候下雨了，但是她的身上并没有雨点的污渍，而且就算她出门早，外边根本没什么太阳，她却戴着遮阳帽，你不觉得奇怪吗？如果当时的天气不适合戴帽子，她却戴了，那她自己也会感觉不对劲。而且，她本身并不想引人注意，这一点从她的装扮上就可以看出来，另外补充一点，白色在夏天一般属于隐形色，因为这种颜色是最多人选择的。"

"因为不吸热？"我笑着调侃，"那冬天最不起眼的颜色应该就是黑灰这种深色了。"

"是的，虽然最容易让人忽略的颜色是灰色，但是考虑到大众的因素，在夏天，白色也列在其中。当然，如果你要跟谁约会的话，记得穿红色，这样对方会被你吸引的概率更大。"秦点头调侃了句，似乎并不想给我多普及什么心理学知识，便自顾自地开始讲解自己的推理，且语速加快，让人必须保持紧绷的神经才能明白他的意思。

"她既然会在那么不适宜的时刻选择戴帽子，就说明她经过的地方一定是看不到天气情况，而且她经过的地方，天气状况不会直观地在行人身上得到体现。那什么地方会看不到天气？站点附近有一个地下通道，所以我没猜错的话，她是经过那个地下通道过来的。这同时也说明了为什么她身上并没有什么雨渍。再说她为什么要选择帽子，一种可能是她根据之前的惯性经验，比如前几天的天气情况之类；还有一种可能是她习惯出门戴帽子；最后一种可能则是她看到的天气情况与真实天气情况不同。第一种可以排除，因为前两天是雨天，没理由戴帽子。第二种也可以排除，因为她的那顶帽子是新的，若说理由，很幸运前几天我出门在某家店的橱窗里看到了那顶帽子，刚刚我刻意绕过去看了眼，发现那家店的帽子已经被买走了。"

"那就是说，她是在一个不清楚天气状况的地方……嗯……不清楚天气状况，她不会是在地下室吧？她住在地下室？"

"是地下室，但不是住，可能是去那里取东西之类，然后匆匆忙忙出了门。"秦继续推理，"经过地下通道，附近并且有地下室的住宅区，我查了只有两个，一个是文莱小区，另一个是娴美小区。不过这两个小区都在目前划定的区域内。当然如果硬要说，我倾向于她在文莱小区，理由是她身上有桂花的香味，不过我不能确定是不是某种香水味，所以就将娴美小区也列入可能名单之内。"

"我的天，你什么时候闻到的？"

"我中间从咖啡店出去了一趟，去对面假装看站点，其实是去近距离观察她。不过只有几分钟，你可能以为我去点餐或者上厕所了。"

我扶额："果然你的存在感太弱了……"

"是因为你对所有人都不上心。"秦反驳。

"那你是如何从这三个区域里找到她的社交账号的？"我继续之前的问题。

"如果是你的话，你觉得你搜什么样的关键词能够搜到她？"

"嗯……"我点点下巴，"施华洛世奇？黑天鹅？"

"如果你并不感兴趣的追求者送你这种项链，你会直接晒出来，并且加上这种说明吗？"

"不会！太装，会显得我好像根本没有见过这种牌子似的。"我果断地反驳，并开始思索着像她这样的女性，可能会发一些什么样的内容，"天气？心情？不对！我知道了，是类似于努力、加油、累、明天、工作这种词，因为根据她的状况，有住的地方，用得起奢侈品却没有车，说明她工作没多久，房子应该是租的，那里的租金不算便宜，这样算起来她应该是个高薪阶层，年纪轻轻就可以自己买奢侈品，说明很厉害。对于这种人来说，她们比较喜欢发一些鼓励自己的话，而且像她这种面容姣好者，一般会配上自拍，要么是文艺型，要么是自己在健身或者工作中的照片。"

"没错！"秦举起手机，将页面定格在某处上面的几条微博：

"又工作到两点，下次绝对不熬夜加班了。"

"最近事情一直很不顺，做了很多无用功，希望明天能变好吧。"

……

连着三四条都涉及我说的关键词，秦笑着说："你很厉害啊。"

"还好，搜索的人更厉害。"我漫不经心地回答，继续往上翻看她的微博：

"我觉得有变态跟踪我。"

"今天我发现我的包里莫名其妙多了张匿名的告白字条，谁放的？什么时候放的？"

"部门那个新员工一直缠着我，暗示着拒绝了无数次，为什么还不懂我什么意思？那么内向，少言寡语的，真让人不知道该怎么拒绝。今天居然还偷偷往邮箱里送来了礼物……算了，收下之后，把钱偷偷转给他吧，累……"

"收到了很奇怪的匿名信。"

"我快崩溃了，谁能救救我？"

…………

我看着这些杂乱的微博内容，这些内容的心境与她之前的完全不同，而且从变态出现的那一天开始，她就不怎么放照片了。

"太可怕了，这个跟踪狂太可怕了。"我看得心惊胆战，"你打算怎么办？"

"跟踪狂就是那个送她项链的人。"秦很冷静地开口，这个结论却把我吓了一跳。

"是那个送项链的？你怎么知道是他？还有他们两个今天不是约会吗？如果是他的话，她会不会有危险？"我急得几乎丧失了理智，说了好几个他（她），整个语无伦次。

"一个共同点，偷偷。"秦倒是满脸轻松，像是一点儿也不着急，"变态偷偷在包里塞字条，偷偷写匿名信，这都说明了变态不善言辞，但是内心世界很丰富。这一点跟那个追求者是相通的，而且最重要的一点，追求者也是偷偷把礼物塞到邮箱里。"

"那怎么办？你不能见死不救啊……"看着秦这么冷静的样子，我几乎抓狂，"你快推理一下她现在在哪里，我们快去救她。"

"她就在这里。"秦用下巴轻撇商场，"她是个很聪明的人，如果在对方可能是跟踪狂的前提下，她选择人多的商场，是最为安全的地方。这也就能理解为什么她这样打扮，一来是减少可能被跟踪；二来，如果约会对象是跟踪者的话，也能在一定程度上保证自己的安全。至少我是这么推理的。"

"这……"我还没来得及说什么，就看见刚刚那个女孩跟一个长相普通的男人从商场里走出来，我的心猛地开始狂跳：对了，全对了，秦的推理完全正确！

"亲爱的，你旁边的这位是……"秦走上前，温柔地牵过女孩的手，笑得灿烂。女孩微愣，下一秒迅速反应过来，指着男人道："这个是我同事。"而后看了看秦，微笑着向男人介绍秦："这个是我未婚夫。"

"是……是吗？"男人看了看身高192厘米的秦，突然有些哑然，结巴了半天不知道该说什么，只说了句"再见"便匆匆离开。

"后来呢？"约会对象很是有兴趣地问我。

"后来秦和那个女孩就真的成了一对了，那个跟踪狂也从公司辞职了。总之就挺皆大欢喜的。"

"真好。"约会对象喝着果汁，满脸感慨，比起我，他反倒更像个小女生。

"而且还有更神奇的。"我刻意笑得神秘，"中间我不是说有个女的过来找秦，说她的贺卡，秦没有寄回去吗？后来居然在那个女孩，也就是秦的女朋友那里找到了，她说邮递员给她放东西多放了一张贺卡，她本来打算扔掉，但是见里边写的好像很有趣就留下来了。很神奇吧！不过她不让我告诉秦，但我还是觉得神奇得不得了。那张贺卡上面可是秦认认真真写着他的兴趣爱好什么的。"

"什么兴趣爱好？"对方问。"我记得最清楚的一个是，有个问题是秦会对什么样的女生动心，秦写的是无法一眼看穿。还有个问题是秦最在意女性什么地方，秦写的是整体协调感、香味与脖颈儿，等等。"我突然想起了什么。桂花的香味，不停摆弄脖颈儿的项链，虽看起来很普通仔细看装扮却很奇怪的女生……

"有没有一种可能？"我胆战心惊地对我的约会对象说，"如果这一切都是设计好的，根本没有什么跟踪狂，微博内容全是假的，这一切都是自导自演，唯一需要的，就是一个内向的追求者。"

"故事中有一个细节漏洞。"约会对象喝了口饮料回答，"地下室。她为什么要从地下室出来？地下室里有什么？"

"地下室……我认识她之后，她从来不让谁进地下室。"我叹气。"地下室可能存着一切与秦有关的东西。"约会对象开口道，"故事里还有个细节是，秦看见了商店里的某个帽子，也就是她戴在头上的遮阳帽。我觉得秦一定是多看了两眼这顶帽子，不然哪怕他再是个天才，也不可能对这顶帽子如此记忆深刻。但是，关键是，秦多看了两眼，过了几天就出现在了那个女孩的头上。而且贺卡邮寄这个问题，邮递员如果没有粗心到一定程度，那很有可能是她从某些渠道，用某些方式给偷走的……所以比起她被跟踪，我想秦才是那个真正的被跟踪者，而她，则是一个真正的跟踪狂。"

跟踪狂……她才是真正的跟踪狂……她出门之前一直待在地下室，可能对着秦的东西痴狂，也可能是通过某些渠道注视着我们。不然她怎么就会那么巧地出现在我和秦的面前？我的大脑一片混乱，只觉得脊背发凉，心脏紧跟着怦怦直跳。

"当然，这只是我的猜测。"约会对象喝完了手中的饮料，起身前又补充了句："但我觉得猜测的正确率可达百分之九十。"对方这么说着，可我一句话也说不出来，因为秦和那个女孩，订的是明天的婚礼。

"结束了？"刘思明听着故事，有些缓不过神来。

"结局仍然是个谜，故事是真是假是个谜。"陈年点评道，"不过对于这个故事来说，这样反倒是最好的结局。"

"呃……好烧脑啊！"张稚稚开口，"但是这好像有点不太契合题目啊？"

"题目嘛……提示一下，这个故事里的我，可是女性哦。"

"所以你是在暗示这个故事整个都是梦吗？你在梦里是个女性，以旁观者的角度看看这一切。"刘思明恍然大悟，"很巧妙啊！很多人的梦大家都不是主角，而是旁观者。"

"不，我倒觉得还是有点离题。"张稚稚反驳，想了想又补充道，"我怎么觉得你的这篇跟陈年的那篇，有异曲同工之妙？"

张稚稚这么一说，众人才想起什么，纷纷看向陈年和秦淮。

"随便你们觉得怎么样，反正我是不会再继续写了。"秦淮摊手，而后从口袋里拿出自己的稿子，大家这才意识到秦淮并没有把自己的稿子放到指定的位置。还没等大家反应过来，秦淮便拿起稿子，当着众人的面撕得粉碎。

"哥！你……"秦佳还没来得及去评价故事，见秦淮这样的做法，顿时惊得语无伦次。

秦淮倒是一脸的无所谓："本来我参加这个游戏也不是为了赢，但是昨晚主办方的那封信太让人火大，我就临时改了主意，不打算参赛了。写这个故事，只是因为我看大家都在积极参与，我也不能太扫兴不是，不过我倒想看看，对于我这么个弃赛选手，他们会对我做什么。"

张稚稚看向秦佳，想让秦佳劝劝秦淮，却没想到秦佳反而大笑起来："这才像我哥哥嘛！老老实实写故事不是你的风格，老老实实参赛也不是你的风格。"

"那，你打算怎么做？"刘思明有些不明白秦淮这么做的道理。

"很简单，如果我是第一个被淘汰的，我自然是第一个见到主办方相关人员的人，这样我就可以想办法把你们弄出去，不让你们参加这个烂比赛。如果不仅淘汰了我，还要淘汰一名最差的，那我们两个人还不能联手吗？另外，虽然你们都没说，但我知道，对于第一个拿到比赛题目的人来说，怎么想都会让人觉得是跟主办方有什么关系吧？那我第一个出局，也就能减少许多不必要的猜疑。我觉得我做了一件一举多得的事情。"

听秦淮这么一说，大家似乎也表示赞同。

"哦，对了，关于我和陈年的故事有异曲同工之妙的说法，我是故意的，我知道的比你们其他人知道的都要多，但有些话我也不会蠢到现在说，所以……等到一切都结束的时候，你们自然会知道。"

大家听着秦淮这话，有些不明不白，想要询问些什么，却被钟声打断。

当当当……

大厅的钟敲了十下，秦淮、张稚稚、沈建明留在一楼客厅，剩下的人则上楼去拿题目。

一分钟后，刚拿到题目的众人还没来得及去看纸上的题目，就听到沈建明的声音。

"你们……你们快去看看，我就去倒了杯水的工夫，秦淮跟张稚稚两个人就不见了。"

"什么？"众人大惊，大家一下子全都处于大脑死机的状态，还是刘思明先反应过来，问："他们是怎么不见的？"

"秦淮跟张稚稚两个在聊天，我拿着杯子去接水，等接完水一回头他们就不见了。"

沈建明刚说完，拿到纸的陈年便念出纸上的文字："梦境题目被淘汰者分别是：张稚稚、秦淮，新的题目为：奇异人生。"

第三夜

奇异人生

每一次努力,
都是幸运的伏笔

人工智能

文×秦 佳

01

我叫陈潇,是个高中生。虽然我只是个高中生,但我现在已经可以靠自己的本事挣钱了。因此我整天的工作就是窝在家里写代码,不用社交不用上学,也不用面对烦人的人情世故,只需要专心敲代码就可以养活自己。

这种工作虽然看起来十分轻松,其实却有着无边的孤独。我时常会羡慕那些和同事一起工作的上班族,或者那些一起开心上学的孩子们,他们可以互相聊聊喜好,聊聊新闻、八卦。而我,只能躲在屋子里听听新闻打打游戏,对着镜子讲话给自己听。

这样的生活太无聊了,我需要有一个人来陪我说说话,或者我听这个人说话也行,只要别让我一个人就好。我这样想着,终于在双十一那天狠了狠心,在网上买了款打了八折的人工智能机器人。

马上,就可以有"人"来陪我了。

02

我叫零二号,是个人工智能机器人,这个名字是主人给我起的,我不知道他给

我起这个名字的寓意是什么,不过我猜,大概因为他收到我的那天正好是十二月二号吧。

主人把我启动之后,对我说的第一句话是:"什么破物流,十一月买的东西十二月才收到……"

我:……

我不确定主人是不是在跟我说话,只能眨眨眼有点不安地接话:"对不起,您说的我没有听清,请您再说一遍。"

主人看着我,沉默了好久,并没有重复他刚才的话,而是说:"投诉投诉,物流太慢,商家不诚信,说好了人工智能,给我发来了个人工智障!"

我:……

我张张嘴巴,体内程序飞速运转着,思索着自己应该说什么话:"我已帮您投诉成功,请问您还需要帮助吗?"

主人深吸一口气:"我需要你重启!"

03

我觉得我可能买了个人工智障。

零二号从进门开始就学着手机里的人工智能说话,合着我买了个机器人版的Siri(一款人工智能助理软件)?

我觉得我有必要修改一下零二号的程序。

经过我一天漫长的敲击与修复,我终于把零二号重启了。这一次,我不仅加入了社交软件里的词条,还加入了高级的逻辑思考程序。

这一次我看着零二号的脸,温柔地笑着:"你好,零二号,我是你的主人,我叫陈潇。"

零二号有些呆滞地看着我,就在我怀疑他是不是被我搞坏了的时候,零二号开了口:"你怎么就是我的主人了?你给我吃的给我穿的吗?别说你给了,我们机器人不需要。还有不是我杠你,就算你给我吃的穿的你也不能说你是我的主人,最多你可以说你是我爸爸,主人是怎么一回事,我是你的奴仆吗?"

我：……

我有点后悔，后悔不应该给这个机器人搞什么社交软件的词条，他现在说话是不像智能软件了，却开始会抬杠了。

我叹了口气，我就知道这种能打八折的人工智能也不会是什么好的人工智能。于是我打开他的数据库，删除了一大堆乱七八糟的词条，只留下了基础词条和学习能力。毕竟依照他目前的系统状况，还是自己教更省心。

算了算了，就当我八折买了个儿子吧。

04

当我再次睁开眼，我看到自己眼前是一个微笑着的头发乱糟糟的少年。

"你好。"他说。

"你好。"我沉默半晌学着他的话。

少年的脸上出现抑制不住的兴奋，但他强行冷静下来，朝我伸出手，又说："我是你……爸爸。"

我看着他伸过来的手，愣了半晌，将我的手搭了上去，也跟着开口："我是你……爸爸。"

少年：……

"我是你爸爸，那你就应该是我儿子，懂吗？"少年深吸一口气，耐着性子教我。

"我是你爸爸，那你就应该是我儿子，懂吗？"我不受控制地再次开口。

少年：……

"所以机器人的本质其实是复读机吧！"少年暴躁地吼出声。

05

我崩溃了。

我应该相信那句"便宜没好货"的传世真句。

我需要退款。于是我联系卖家,告诉他们,这是个人工智障而不是人工智能,我要求退款。

卖家沉默半晌问:"您是不是对我们的机器人进行了内部程序的修改?"

我:……

卖家:"对不起,自己刷机导致的程序问题不在退款退货的服务范围之内。"

我:……

我看着这个只会复读的机器人长叹一声,关掉了与卖家的对话框。这大概就是传说中的花钱买罪受吧。

"你为什么不去学校呢?"

我正在纠结如何处理这个人工智障的时候,他突然开口说了话:"我听到了学校的上课铃声。"

"你会自主对话?"我指着零二号,满脸的不可思议。

"是的。"零二号发出机械化的声音。

"那你刚才为什么一直在复读?"

"因为人类的本质是复读机。"零二号眨眨眼,一脸认真地回答。

我:……

06

不得不说,这个少年在编写代码方面有着惊人的才能。虽然不知道是不是"弄拙成巧",但短暂的复读之后,我突然感觉自己的大脑似乎变得清晰起来。就好像睡了一个很舒服的觉,整个身体都变得轻盈起来,大脑也变得十分灵活。

我启动自我检查模式,这才发现,他删除了我程序中的限制,添加了自我学习的行为模式。

我的耳边传来附近学校上课的铃声,我突然像是发现了什么,有些好奇地问他:"你为什么不去学校?"

07

"学校多无聊,在家里还能看看动漫打打游戏,更重要的是,我现在已经可以靠自己的能力去得到别人的认可,我为什么还要去学校?"在零二号第三十次问我为什么不去学校这个问题的时候,我终于忍不住回答了他。

"可是如果不去学校,你就学不到更多的知识,你的天赋再优秀,不学习总会……"

"你的程序是不是又出问题了?"我打断零二号的话,"你再这么说教,小心我把你变成一堆废铁!"

零二号大概是被我的话给吓到了,蹲在角落里沉默许久。我也懒得管他,坐在沙发上一个劲打着游戏。

这个机器人是不是程序出问题了?

我一边打着游戏一边思索着如何对他进行修改。

08

陈潇是个天才,这我并不否认,年纪轻轻在编程这方面的才华便远超同龄人,只是……他似乎有些叛逆。

既然他不喜欢说教,那我就努力搜寻一些可以安慰他的话。

"人啊,最要紧的是开心。"

"你饿不饿,我下面条给你吃啊?"

"世界那么大,你就不想去看看……"

陈潇转过头,脸部似乎有些抽搐:"你是不是系统没更新?你说的这些都是上个世纪的话,早过时了。"

"呃……那,你需要一个抱抱吗?"我继续搜索着相关安慰人的信息。我可能确实太落后了,毕竟我是个折扣机器人。折扣,就意味着有缺陷。我看不明白陈潇想让我说什么,但我知道他似乎需要安慰。

陈潇:"呃……不了不了。"

"那你需要亲亲吗?"

陈潇:"我求求你别搜那些乱七八糟的东西了,好吗?"

09

对于人类来说,人工智能机器人更像是宠物一般。如果没有用了,或者腻了,就可以将他们退回。但也有人觉得返厂手续麻烦,会选择将这些机器人格式化后随意丢弃。

零二号跟目前的机器人相比,性能实在是差了一大截,可能我返厂也不会有人要了。

养个机器人儿子可真是头痛,我只是想找个可以说说话的机器人解解闷,为什么我现在越来越闷了呢?

"对不起,我实在搞不好你的程序,而且你似乎因为型号太过老旧,返厂给人家都没人要。"我一边嘟囔着一边格式化零二号。

"格式化成功。"零二号的体内传出成功的提示,我将他重新启动。

我保留了他的一些基本的行为模式,这样就足够他跟着我走到垃圾场了。到了那里,自然会有人把他回收利用、变废为宝。

"陈潇。"在我把他带到垃圾场准备离开的时候,他突然开口叫住了我,"你要去哪儿?"

"呃……"我不知道为什么零二号会突然说话,按理说他的语言系统已经被我删除了才对啊,是我没删干净吗?

我顾不上仔细思考他为什么突然会说话,只是下意识地找着借口:"那个……我现在有点事,想要去处理一下,你在这里等我一会儿,我马上回来。"

这可真是蹩脚的借口,我想。

10

大概是因为卖家黑心,也或许是因为其他什么,我其实是很过时的一款机器人。只不过外表被改造成最新款的样子。

我的程序虽然过时，但也有一点好处，那就是我的核心程序不容易被修改。这样就会使得即便我被格式化了，我还会有基本的行为方式与简单的逻辑、对话能力。原本我这一代的机器人是最棒的，但因为发生了一些机器人情感觉醒而导致社会动乱的新闻，我这一批机器人便被停产并带去销毁了。

　　我想，我算是最幸运的一个吧，意外地"活"下来，还意外地遇到了个可爱的小主人。

　　陈潇把我带到一个很大的地方，这里到处都是废铜烂铁，我甚至看到了一个机器人的残骸。

　　"陈潇，"我有些忐忑地叫住他，想说"我怕"，还想说"能不能不要丢下我"，最终说出来的却是，"你要去哪儿？"

　　"那个……我现在有点事，想要去处理一下，你在这里等我一会儿，我马上回来。"他这么说。

　　我不知道他有没有说谎，被格式化的我做不出这种高级的判断。但他是我的主人，我理应相信他。

　　我点点头，学着人类笑着的样子说："嗯，我等你。"

11

　　机器人其实跟小孩子一样，都单纯得好笑。想当初，我的父母也是说着这样的话："在这里等一下，我有点事要忙，等会儿来接你。"

　　于是就让我一个人在商场里从白天等到晚上，直到商场关门他们也没来接我。最后还是好心的工作人员把哭得泣不成声的我送回了家。

　　然而直到我被送回家，看到哭得喘不上气的我，他们才想起我被遗忘在了商场。

　　当初我怎么就傻乎乎地信了他们的话呢？说到底，现在我跟他们的关系糟糕成这样，都是他们一手造成的。

　　我一边往家的方向赶，一边嘲讽着零二号的单纯。似乎只有这样，我才能让自己变得更加心安理得一些。

12

陈潇什么时候来接我啊？

陈潇会不会出什么事了？

陈潇……

我站在原地左右张望着，天色一点点暗了下来。我突然觉得自己产生了一种莫名的情愫，像是失去了什么东西，又像是被谁给丢弃了。

我控制不了自己的情绪，我只知道自己现在很想哭。

垃圾场里传来震耳欲聋的声音，我顺着声源看去，一堆堆残骸被铲车挖起，放入巨大的机器中间，眨眼的工夫，那些残骸便被压成了饼。

"那是什么？"

我有些呆愣地看着运作的机器，头顶上的铲车离我越来越近。我想要逃，但陈潇说让我待在这里，如果我跑了，他就找不到我了。

我看着铲车，变得手足无措。

"零二号！"熟悉的声音传来，我兴奋地转过头。陈潇，陈潇来接我了。

13

我不知道自己为什么又赶了回去。大概是我不想做出跟我父母一样的事，也有可能是我舍不得在零二号身上花的钱，又或许……

谁知道呢？总之我回去了，那个傻瓜机器人还站在原地等着，就像是之前在商场里傻傻等待着父母的我。

我不知道该如何描述现在的心情，我只知道这一刻，我对这个机器人给予了我的信任。

"零二号！"我冲他喊道，"你在愣什么？快过来！"

零二号犹豫了一下，一路小跑过来。就他刚刚所在的区域，被铲车瞬间铲平。

还好，还好。

我捂着胸口，长长地舒了一口气。

"陈潇！"零二号像是没事人一般站在我的面前，"现在，我可以抱抱你了吗？"

14

拥抱真的是有治愈的力量！

搜索引擎说得没错！

15

零二号跟着了魔似的，自从我把他从垃圾场带回来之后，他就总是来找我抱抱，任凭我再怎么修改他的程序都不行。

难不成垃圾场有磁场？还是会影响机器人智力的那种？

我看着一边打扫卫生一边愉快哼歌的零二号陷入沉思：看起来果然有问题，哪有人做家务还这么开心？就算是机器人也不能吧？

"怎么了？"见我愁眉苦脸，零二号主动跑了过来，"生病了？为什么你的脸皱得跟几百年没熨的衣服一样？"

我：……

我错了，我就不应该在他脑子里装入相声系统，本以为这样他就能逗我开心了，结果只会搞得我更气。

"我在头痛程序怎么编。"我实话实说，"我感觉程序好像出了个漏洞，想尝试着修复。"

"天才也有不会的啊？"零二号开口，我听不出来他到底是讽刺还是惊讶，但想到既然里边装的是相声系统，那应该是骂人的。"你可以去学校问问你的老师啊，说不定他们会给你启发呢。"零二号提议道。

"不要！"我想都没想直接拒绝："我都大半年没去学校了，老师们估计早不记得我了。我才不去！"

"怎么会，你这么聪明，我要是你老师，死了化成灰也会记得你。"

我：……

我觉得是时候考虑删掉相声语言包了，这一套语言系统实在不适合放在日常对话里。

16

陈潇是个问题少年，这我可以肯定。

又是辍学又跟父母关系不好，十足的叛逆少年。

但叛逆归叛逆，他这么一个心地善良的少年，等叛逆期过了，估计会后悔自己现在做的决定吧。

"有困难你可以问老师啊！"我时不时地建议道，"你们学校里有编程的相关科目，你跟着老师学习，肯定会进步很快的。"

"我不去！"陈潇依然固执，"我不想见到让我不开心的人！"

"不开心？学校生活不快乐吗？"

陈潇撇撇嘴看着我，他大概对我的这种追问有些不耐烦，沉默半晌，他还是说出了原因，只一句话："我跟班上的同学处不来。"

我看着陈潇，此刻身体内的高级程序告诉我不应该继续追问下去，可是我就是忍不住想要说些什么。

我走到他面前，看着他不高兴的脸问："你需要抱抱吗？"

陈潇："滚滚滚滚。"

17

如果不是因为有太多的阻碍，谁会放弃学习的机会？

我的父母总是忙于工作，从我小时候起他们就没有来学校为我开过一场家长会，全都是奶奶代劳。

我被调皮的孩子说没爹没妈，我咬着嘴唇无法反驳，因为我怕我说有，他们就会问我："那为什么你父母不来给你开家长会？"那时，我只能无言以对。

高一的时候，我考了全年级第一，尤其是编程类的科目，更是拿了满分。学校要进行表彰，让我的父母无论如何要来一个，让他们当着全校人的面讲讲是如何教育我的。

如何教育？

大概他们也不知道吧！只是，不知道为什么要答应呢？他们微笑着告诉我："会的，考得这么棒，我们肯定会去学校的。"

然后，到了那天他们依然只忙着自己的工作，忘掉了这件事。我一个人站在学校广场的台子上，手足无措地站了五分钟。直到下边有人喊："陈潇，你的爸妈呢？"

我的爸妈呢？他们明明说好了要来，为什么现在都没有出现？

我皱着眉头，有点哽咽，我说："我不知道，他们说要来……"

"说谎！你根本就没有爸妈吧？以前家长会也从没见过你父母来过。"人群中不知道是谁发出了高亢的声音，大家一下子哄笑了起来。

"不，不，我有的，只是他们太忙了……"

我看着下边乱成一团的同学，突然不知道该说些什么，我只是默默地站在那里，像一个断了线的木偶。

然后，我便跑回了家。再然后，我就再也没有去过学校。

"陈潇，"零二号突然走到我面前，伸出双臂，"你要抱抱吗？"

我：……

我看着零二号悲伤的面孔，突然意识到了什么："你是不是偷看我的记忆了？滚滚滚滚，赶紧给我滚！"

"没事啊，你父母不给你开家长会，我给你开啊！"零二号眨眨眼，一脸的兴奋。

我：……

"你这个机器人是想造反吧？拐弯抹角想当我家长？"

18

其实，陈潇不去上学也可以。他那么聪明，如果想要学习，我完全可以调出一大堆的编程知识，作为老师教他。

只是，相比起学习知识来说，学校更多的还是会教给学生如何待人、如何交友吧。

虽然我很担心陈潇会变得越来越孤僻，但，我想，反正我会一直陪着他，我会让他开心起来，我也会学着怎么教他待人接物吧……

不过或许是我太过乐观了，我忘记了我其实是一个型号早就过时的机器人。我的"寿命"远远小于陈潇的寿命。

我想要帮帮他。至少，在我的"寿命"终结之前，我想帮帮他。

19

"喂，陈潇吗？"我听着电话那端的声音，有一丝惊讶。

"是……老师？"

"嗯，你能来学校一趟吗？"

不知为何我心里莫名有一些抵触："为……为什么？"

当初我拒绝上学的时候，老师们也是一个个打电话过来，只会劝我想开点儿，却从来不会去管一管那些对我进行语言暴力的学生。

受害者大概永远都是错的吧？因为软弱、因为敏感才会受害。

"零二号，是你的机器人吧？"我还没有从那些自怨自艾的情绪中走出来，只听到老师说到了一个令我震惊的名字。

零二号。

"零二号怎么了？"我几乎是吼出来。

"他……"老师沉默了一下，像是在思索着什么，"你自己过来看吧。"

20

陈潇不去学校，并不是他的错。

敏感、脆弱本来就不应该成为被伤害的理由。

我提前给自己充好了电，早上六点，准时醒来。我悄悄给自己输入新的程序，这种程序能让我改变外表，接近陈潇的样子。

只是这种程序太容易出现安全隐患，因此并不被主流所接受，甚至可能会和机器人体内的程序产生排异反应。但是，我顾不了那么多了。

我背上书包，假装成陈潇的样子走进了教室。

"陈潇？"

"这个是陈潇？"

"陈潇怎么来了？"

……

我听着碎碎念的声音，走到写有陈潇名字的桌前。

"哎哎哎，那不是你的桌子。"我还没来得及坐下，就见到一个又高又胖的男孩朝我走过来。

"这上面写着我的名字，怎么就不是我的桌子了？"我沉着声音回答道。

"你那么久没来，谁知道这谁的啊，早充公了，现在这是我放多余东西的桌子！"胖男孩怒气冲冲地开口。

"哦，那我现在回来了，请你把东西拿走。"我几乎是用威胁的口气说道。

胖男孩怒气冲冲地瞪着我，我不由得也有些烦躁，伸手将桌子里的东西一股脑儿拿了出来，堆到了墙脚："谁的东西谁自己来拿吧。"

"你！"胖男孩攥紧了拳头，在我的眼前晃了又晃，像是威胁一般，"你真的是无法无天了，没妈没爸还这么跩。"

我一把打开他的拳头，想到陈潇之前遭遇着这样的语言暴力，不禁有些难过，"首先，我有爸妈。其次，你这么没教养，我是不是可以说你连亲人都没有，更别说爸妈了！"

我这话一出来，哄堂大笑，似乎因为这种笑声，胖男孩一下子恼羞成怒，攥紧拳头朝我打了过来。

只听"砰"的一声，胖男孩坐在地上捂着自己的胳膊嗷嗷直叫。

也是，机器人那么坚硬，哪里会被人类的拳头伤到。

"啊！机器人！他是机器人！"

"机器人怎么能冒充主人？"

……

随着胖男孩的倒地，我听到了周围此起彼伏的尖叫声。

21

"陈潇，我……我只是想先去学校待一段时间，把周围的同学关系都处理好了，再让你来学校……"被老师停掉基本行为能力的零二号坐在地上，眼泪汪汪地看着我。

"呃……"我看着他有些无言以对，"行了行了，我带你回家。"

"陈潇！"还没等我开启零二号的行动程序，我便被老师叫住，"你考虑考虑回来上学吧。你是老师们很得意的学生……"

"不了。"我摇摇头，伸手按下零二号的行为按钮。

"行为模式启动中，启动失败，启动失败……"

我瞪大眼睛不可思议地看着零二号："喂，零二号，你怎么了？"

老师也慌忙跑了上来，查看着零二号的内部数据，"他导入了外形修改的数据包，这个数据包和他体内的程序发生了冲突。"

"那……那删掉那个数据包试试？"我的心突然提了起来。

老师点点头，将零二号连上自己的电脑尝试着删除那个数据包。

"不行。"一个小时后，老师无奈地摇摇头，"这个数据包破坏了他原有的数据，他的基础数据遭到了破坏，强行删除这个数据包也没用，他无法再启动了。"

我难以置信地看着老师："不可能，数据没了可以重新写，被破坏了可以重新修复，零二号怎么就不能再启动了？"

"零二号不是最新款的机器人，他内部的程序版本太低，不支持再次修复……"

我听着老师的话，像是突然失去了所有的力量，一下子瘫倒在地。

22

我开始上学了。目的是让零二号能够重新启动。

虽然学校的知识跟真正可以修复零二号的知识比过于基础，但目前我只有打好基础才能实现重启零二号的目标。

我的成绩很快又恢复到了最初的优异。虽然现在还有人会对我说一些诸如"没爸没妈"的怪话，但我已经不会在意了。比起之前我假装的淡漠，现在才算是真正的无视吧。

似乎对于我突然去学校的行为太过震惊，我的父母偶尔也会抽出时间来学校看看我。那些莫名其妙的谣言就这么不攻自破了。

生活似乎一下子又回到了正轨，除了零二号。

高中毕业前夕，我去参加了一场编程比赛。比赛的获胜者除了获得奖金之外，还会有机会见到专门研究人工智能机器人的顶尖科学家查理先生。

那段时间我不眠不休地学习、编程，只为了能够有机会见到查理先生，可以问一问他，到底怎样才能让零二号"活"过来。

或许是我足够努力，也或许是我足够幸运。最终我获得了二等奖，终于见到了查理先生。

"查理先生，我想知道，如果外形修改的数据包与 3.2.4 版本的机器人内部数据发生冲突怎么办？怎样才能修复？"还没等到颁奖那一刻，我就忍不住问出了口。

查理先生看着我，像是在思索着什么，半晌，他突然神秘地笑了："3.2.4 版本的机器人拥有远比现在机器人更加高级的情感，虽然他们大多数已被销毁，但是既然你这样力争修复它，说明你们之间有了让人难以忘怀的故事吧？"查理先生从口袋里掏出一块 U 盘，递给我："这个可以修复 3.2.4 版本的机器人程序。"

"为什么查理先生您会有……"我接过 U 盘，满脸的不解。

查理先生贴近我的耳朵，声音低沉，却让我觉得震耳欲聋："因为，就是它，让我又'活'了过来。也正是因为它，能让真正的查理先生在家里安心养病。"

我突然明白了什么，握紧 U 盘，点了点头。

我想，这次等到零二号醒来，我肯定不会再拒绝他抱一抱的请求了。

23

"大家也看到了，我们最新款的儿童机器人不仅具备青春期孩子的心理特点，还拥有被感化的能力……"电视上一个西装革履的男人正介绍着自己的最新产品，"我们第一代儿童机器人——陈潇，已经成功地通过了测试。未来，所有想要先行获得育儿经验的父母，都可以通过抚养陈潇机器人来获取教育孩子的经验。使每个父母面对自己的孩子时，能成为真正合格的父母，也能使下一代的人格更加完善……"

话刚说完，台下便响起了热烈的掌声。

"只是，第一代陈潇还稍显不足，记忆存储出现了问题，我们会在第二代进行改善，使得第二代陈潇能够具备重复使用的能力。"

男人说完，台下又是一阵热烈的掌声。热烈的掌声中，没有人听到站在台上的陈潇发出呜咽般的声音："零……二……号，抱抱……抱抱我。"

相遇倒计时

文×沈建明

01

这种能力不知道从什么时候开始有的，似乎某天早上一睁眼，王建明就能看到别人头顶上的一串数字。

王建明走出家门，像往常一样打着哈欠走向地铁站，可是他发现周围的人头上都有一串数字。

那是什么？

王建明盯着其中一个人的脑袋，他脑袋上的数字正在不断变化。

35，34，33……

就如同倒计时一般。

王建明眼睛一眨不眨地盯着他，王建明想知道当他头顶上的那串数字变成0时，会发生什么事。

10，9，8……

男人踏进了地铁车厢，车门关闭。地铁开动前的一瞬间，王建明看到他头上的数字变成了1。

这是什么意思，他身上会发生什么事？他头顶的数字变成0之后会怎么样，会死掉吗？这是人寿命的倒计时吗？还是他会遇到自己的另一半？这是人脱单的倒计时？

王建明搞不懂。

王建明摇摇脑袋，站在等候线外，低下头打着瞌睡。

地铁到站，王建明被熙熙攘攘的人流挤进了自己要乘的那班地铁。

王建明在地铁上站着睡了半个小时，抬起头发现自己面前还站着刚刚跟自己一起进来的女人。

王建明记得她脑袋上的数字好像是……2000多来着？

王建明又看向她的脑袋，那个数字现在已经变成了200。

怎么回事？怎么自己睡会儿觉的工夫，她脑袋上的数字就少了这么多？

王建明有些不解，估计是他看得太久，也或许是他太想知道那串数字归零了会怎么样，当女人抬起头时，她的目光正好对上王建明那双带着渴求的眼睛。

"臭流氓！"女人裹紧外套，白了王建明一眼，趁着刚刚那一站下了大半的人，女人忙往车厢的另一边走去。

王建明想要解释什么，却又不知道要怎么说，看着女人往另一边走去，她头上的数字像是飞速倒流一般，迅速往下降着。

"风川站到了……"

地铁停了下来，一大批人从王建明眼前涌过，等他好不容易探出脑袋，试图继续看一看刚刚那个女人的情况时，他才发现那个女人早已不知所去。

王建明有些不明所以，他还是搞不清楚别人头顶上的这些数字代表着什么。

王建明打着哈欠，往公司的地方走去，他意识到既然两次都失败了，索性顺其自然吧。

"嗨，你怎么也不急？小心迟到扣你奖金！"王建明看到前边不远处有个同事若有所思，低着头慢慢地走着，于是走上前去提醒道。

"嗯……"同事笑得有些僵硬，"没事，我还在想是不是来得太早了。"

"早？"王建明看了眼手机，"再有五分钟就迟到了！"说着自己也被这紧迫的时间吓得一下子提起了精神。

"其实……我今天是来辞职的，但是感觉来得太早会不会显得我很想要离职的样子……"同事纠结的眉头都皱成了一团。

王建明不禁觉得好笑:"到底是年轻人,辞个职还想这么多……"但王建明马上就笑不出来了,因为他看到同事脑袋上的数字有减少,不知何时变成了1000。

王建明盯着这串数字有些发愣,他实在想不通这串数字代表着什么,但还是朝同事挥了挥手安慰道:"别紧张,辞个职有什么好紧张的?我先去公司了。"

同事对王建明回报微笑,像是感激。

王建明打了个哈欠,朝公司快步跑过去——毕竟此刻跟知道别人脑袋上的数字代表着什么比起来,被扣工资可显得严重多了。

打卡时间结束的前一秒钟,王建明成功打上了卡,他吐了口气,悠然自得地冲了杯咖啡坐到办公桌前,准备开始一天的工作。

"王哥。"

王建明还没做些什么,就听到有人在旁边叫自己。他转过头,见那个要离职的同事正站在自己的旁边。

"怎么了?你离职手续办完了?"王建明停下手头的工作问。

"嗯,差不多了,经理让我把手头的工作交接给你。"

"行吧,你直接打包发邮件给我就行。"王建明说话的同时,注意到同事头上的数字由早上的1000,变成了980。

所以,自己在没有见到他的那段时间,他头上的数字几乎没怎么走?

王建明抓抓头,难道这数字是跟自己有关的?似乎只有自己在这个人身边时,那人头上的数字才会开始倒计时,如果不在,这数字好像就停止变化了。

这些数字,到底代表着什么呢?

"王哥?"

王建明发愣的空当,同事已经把手头的工作整理好发给了王建明。

"啊?都发过来了?哦哦,我看到了,行,我给老板发个信息说一声。"王建明猛地回过神来,他看见同事头顶的数字从980变成了98,还在不断地以秒的速度进行着倒计时。

"那,王哥,没什么事情我就先走了,平时受你的照顾了。"同事温和地一笑,搬起桌上收拾好的纸箱,就往门外的电梯走。

"等等,我送送你。"王建明突然站起身来,他不知道自己到底是想送送这个后辈,还是想看倒计时结束的那一瞬间会发生什么,或许两个都有。

同事点点头,一脸感激地向王建明致谢,王建明拍拍他的肩部:"这有什么好感谢的,同事走了,我应该送一下。"

从办公室到电梯不过三十秒的距离。

同事站在电梯里朝着王建明挥手:"王哥,我走了。"

王建明点点头:"有时间我找你一起喝酒啊!"

同事抓了抓脑袋,有些为难地开口:"其实我是打算回老家那边工作了,我妈在老家给我找了个对象,估计以后很少会再来了……不过我来了,一定先给您打电话!"

同事说着话,王建明看到他面前的电梯门缓缓合上,而电梯门合上的一瞬间,王建明看到同事脑袋上的数字变成了0。

以后再也见不到了吧?

不知为何,王建明心里突然冒出了这样的想法,也是这一刻,王建明突然明白,这些人脑袋上的数字并不是什么寿命或是金钱储量,而是他们与自己可以相处的时间。

归零的那一刻,似乎就意味着两个人之后就再也见不到了。

王建明突然有些难过,不知为何。大概是因为年纪大了,开始变得多愁善感了吧。

自从王建明知道别人脑袋上那串数字代表的意思之后,王建明总会有意无意地看一看其他人头上的数字。

不喜欢的领导头上的数字只有几万,这大概说明马上自己就要换领导了;

喜欢的同事头上数字多得数不清,那说明自己跟他还有很久的相处时间;

昨天发视频给自己,说要去外地上大学的小妹,头顶的数字并没有想象得多,大概说明她以后会在外边打拼很久吧?以后见面的机会也少了很多吧?

跟父母视频对话的时候发现他们头顶的数字还不算少，但仔细算算，其实也不算多，零零总总加起来不到三年。打算有时间多回去看看……

王建明开始关注身边的人，同事、朋友全都看了一遍，知道暂时还有很长的相处时间，他长长地舒了口气。

"行行好，给点钱吧。"

王建明被一个阿婆拦了下来，这个阿婆王建明算是认识。她经常在天桥乞讨，也经常拦住王建明讨钱。但王建明从来没给过，这次王建明大概是心情好，掏了掏口袋，拿出一枚一元钱的硬币放到了阿婆的手里。

"两万三……嗯……我们还能见很多回呢。"王建明笑着说。

阿婆不明其意，盯着手里的硬币，愣了愣，转向另一些人去讨要了。

王建明心情很好，哼着歌往天桥下走，还没走几步，远远就看见天桥下有个打扮精致的女孩子。

"阿明！"女孩朝王建明招招手，"晚上能一起吃饭吗？"

王建明有个同学，小名叫丫丫，两个人在大学的时候因为在同一个社团，一来二去便熟悉了。毕业之后，王建明选择了工作，丫丫选择了考研。两个人正好都待在同一座城市，因此虽然毕业了，但两个人多多少少还是有点联系。

"你怎么突然来找我吃饭？也不打个电话说一声？"王建明跑到丫丫面前，笑眯眯地说。

"我刚从图书馆出来，想着会不会在这里碰到你，没想到就这么巧。我想请你吃饭，顺便说些事。"

王建明收起笑容，问："什么事？"

"我打算去另一个城市工作了，所以想跟你道个别，以后我们见面的机会可能就很少了……"丫丫说着，王建明不由得抬头看了眼她头上的数字。

很奇怪，这串数字并不少，王建明粗略地算了下，起码有十年的相处时间。

"你真的要出去工作，不考研了？"王建明有些疑惑，不明白为什么就要没什么联系的两个人会有这么长的相处时间。

"嗯，不想考了，我想早一点出来工作。而且我收到了雇用通知，待遇蛮不错的，我认真做几年，肯定是会升职的。"丫丫这么说着，却并不开心。

"这不挺好的,你怎么这么不开心啊?"王建明有些不解。

"只是觉得以后可能就要见不到你了,就有点伤感。"

王建明的脑海里突然想起那个离职的同事,说着以后要再见,其实是再也见不到了。

可是……为什么丫丫的数字这么多呢?多得就好像以后她要跟我一起生活一般……等一下,一起生活?

这么想着,王建明愣在原地,下一秒心脏不由得剧烈跳动起来。王建明吞了下口水,试探地问:"丫丫……你……该不会,喜欢我吧?"

丫丫:……

丫丫站在原地,像是被谁按下了暂停键,不仅没了动作,也没了声音,只有脸颊开始一点点变红。王建明看着丫丫变得通红的脸颊,又一次发出难以置信的惊叹:"哎?难不成,是真的?"

丫丫几乎要被王建明气到哭起来,脸红了,眼睛也跟着红了起来,吓得王建明慌忙解释:"不是不是,丫丫我不是在逗你,我的意思是,我很喜欢你,我没想到你也会喜欢我,如果你喜欢我的话,我很希望能跟你在一起,就……其实我一直很想让你做我女朋友,但是……"

王建明被丫丫红红的眼睛吓得口不择言,还没说完,丫丫便吸吸鼻子,打断他的话笑着点点头道:"好啊!"

即便王建明知道他们两个以后会在一起很久,但他还是难以置信地睁大眼:"你说什么?"

"我说,我愿意做你的女朋友。"丫丫揉揉眼睛,笑得一脸灿烂。

王建明很感谢自己的这个能力。正是因为这个能力,他才会莫名其妙地问出那些话,也正是因为这个能力,王建明才鼓起勇气向丫丫表白。虽然两个人刚在一起就开始异地,但只要知道以后跟丫丫还有很久很久的相处时间,王建明便能开心到飞起。

"行行好……"

乞讨的阿婆又拦住王建明，王建明正跟丫丫在微信上聊得开心，连眼都没抬，伸手从口袋里拿出一元钱便塞到阿婆的手里。

"又是一元钱。"阿婆嘟囔着走开。

王建明有些不开心，转过头对着阿婆抱怨道："给就不错了，你还……"

话说到一半，王建明便停住了。因为他看到阿婆头上的数字不知什么时候已经变成了300。

300，300秒，五分钟。

王建明盯着阿婆的背影，心里突然咯噔一下：前不久这个数字还很多，怎么一下子就只剩五分钟了呢？

王建明仔细回想着上次看见阿婆脑袋上数字的时候，好像是三个月前，自己跟丫丫告白的时候。

原来，三个月的时间竟然这么短。王建明心里突然有些酸楚，他追上走开的阿婆，想了想，在她的手里放了张一百元钞票。

明天……明天还会再见到这个阿婆吗？

王建明这么想着，顾不上看此刻阿婆的表情，慌忙低着头走开了，他不敢抬头，他怕自己一抬头，就会看见阿婆头顶上出现5—4—3—2—1这样的倒计时。

太残忍了。哪怕是每天跟自己擦肩而过的人，想到明天或许就再也见不到了，王建明心里还是会有一丝莫名的难过。

第二天下班，王建明果然没有再见到那个阿婆。天桥似乎一下子变得空旷起来，再也没有人会拦住王建明的路了。

她去哪里了？逝世了还是被儿子们接回家了？没人知道，王建明只知道自己再也不会在天桥上见到这个阿婆，就像是生命里突然悄无声息地消失了一个人。

王建明突然变得伤感起来，好像多跟喜欢的人相处一些，时间就变得更少一些。

王建明坐在沙发上，呆呆地看着电视，想着白天看到的形形色色的人，第一次意识到每个人在自己的生命里竟然有着这么重要的作用。

王建明想着，拿起电话打给女友："喂？在忙吗？下班了吗？这周末我想跟你见一面。"他说。

丫丫听到王建明的见面要求，先是愣了一下，而后笑着调侃道："怎么突然想见我了？之前我提见面你不一直都说不急吗？"

"就是……突然间，想见见你。"

"嗯……可是我这周任务有点多，可能脱不开身……"

"我想见你。"王建明重复道，语气坚定。

丫丫在电话那头沉默了好久，像是想要说些什么却说不出口。良久，她终于发出了"嗯"的声音。

"那你告诉我你大概什么时候到，我去订饭店！"

"嗯。"

王建明兴奋地挂了电话，打开电子银行账户，数着自己卡里的余额。

"再有一个月，再有一个月我就可以跟丫丫求婚了。"他自言自语道。

约定好见面的日子，之后的等待让人觉得时间过得太慢。

终于到了约好的日子，王建明早早来到约定的地方，他特意选了一个靠窗的位置，这样可以在女友过来的时候，第一眼就看到她。

王建明一边喝着水，一边看着窗外。

嗒嗒嗒……王建明一听这声音就知道是女朋友来了。他朝着声源处望去，丫丫打扮精致，分明只分开了几个月，而此刻的她看起来却像个早已踏入职场的成功女性。

丫丫的事业现在蛮顺利的吧？王建明想。但他还没高兴多久，却在看到丫丫头上那串数字时，一下子收回了笑脸。

4312秒，不到两个小时。

王建明一下子愣住了。

为什么？为什么突然间这个数字一下子变得这么少？之前明明还有那么长的一串……

"来这么早怎么不先点些吃的？"丫丫站到王建明的对面，优雅地坐下，摆弄着自己的衣服，小心它被压皱。

"没，我……我这不是等你嘛。"王建明努力扯了扯嘴角，想让自己显得不那么难过，可是此刻的他，除了疑惑与震惊，更多的是鼻子酸酸的。

"丫丫。"王建明看着正在看菜单的丫丫，不由得又开了口，"你最近工作怎么样？还顺利吗？"

"嗯，还好。"丫丫看着菜单，回答道。

"那……你习惯没有我的日子吗？"

"什么？"丫丫抬起头，像是听了个笑话，"什么叫没有你的日子？我以前也没有跟你一直在一起啊！"

"不是，我的意思是……你，忍受得了我们异地吗？"王建明小心翼翼地问道，他生怕下一秒，丫丫说出"分手吧"这三个字。

"嗯……还好。"丫丫应着。

王建明突然不知道该问些什么，甚至不知道该说些什么来岔开这个尴尬的话题。什么时候自己跟丫丫之间已经变得没什么话好说了呢？

王建明舔了舔嘴唇，闷着声音："嗯，那就好。"

一点儿都不好。王建明看着丫丫，突然不知道要说什么，他想说丫丫你再等等我，马上我就攒够求婚的钱了。他还想说丫丫你能不能不要离开我……

可是，话到嘴边，王建明却一个字都说不出来。

吃完饭，两个人走在马路上，说着一些闲话，王建明边说边观察着女友。

丫丫还是那个丫丫：笑点很低，几个无聊的冷笑话就能把她逗得笑出眼泪；喜欢吃甜食，点的餐里一大半都是甜的，不管吃了多少，一定要再吃一个小蛋糕；非常害羞，哪怕交往了两年，每次在街上牵她的手她都会不由得羞红整张脸……

王建明细致地观察着丫丫，他不明白，为什么一切如常，两个人却不能像最初说的那样白头到老呢？为什么她想要跟我分手呢？

"怎么了？我脸上有什么东西吗？"丫丫见王建明看着自己发愣，不由得摸了摸脸。

"没。"王建明摇摇头，"只是，我想好好记住你的样子。"

"你说什么呢？搞得好像要生离死别一样。"丫丫笑着捶了下王建明的胸口。

"丫丫，你今天能不能不回去了？"王建明笑不出来，他不知道今天的两个小时相处时间结束了，丫丫会怎么样，他和丫丫的关系会变得怎么样。

"你怎么突然这么黏？"丫丫笑着调侃，"我要赶不过去，任务就完不成了。"

"我知道……我就是……开个玩笑。"王建明笑得有些尴尬，"那个，丫丫，你觉得，我有哪里你不满意的吗？"

"为什么突然这么说？"丫丫对于王建明的问题有些摸不着头脑，但还是老老实实回答，"嗯……要说不满意的，那大概就是你没什么上进心，不喜欢考虑未来，喜欢安于现状……"

王建明听着丫丫说的这些话，突然有些生气：没有上进心？可我不一直都是这种没什么上进心的样子吗？为什么现在却成了你不喜欢的点？

王建明打断她的话，甩开她的手质问道："所以，这就是你要跟我分手的理由吗？"

"啊？"丫丫猛地被王建明推开，有些莫名其妙，刚想说些什么，突然有一辆电动车像是失控般横冲直撞过来。

电动车的车把手挂到丫丫的衣服，一下子把丫丫拽倒在地。

王建明看着丫丫猛地倒在自己的面前，一下子愣住了。

为什么自己固执地认为和丫丫可以相处的时间变少，是因为丫丫要跟自己分手，而不是丫丫可能有生命危险？

王建明愧疚地站在原地，看着倒在地上的丫丫，什么话也说不出来，什么动作也做不出来。或许是因为穿得不算薄，丫丫从地上爬起来，虽然关节处被蹭破了皮，但好在并无大碍。

丫丫推了推仍在发愣的王建明，忍着疼问："你怎么了？"

王建明看到她头上的那串数字变得少了好多，就像个倒计时器，催促着自己快点做些什么。

要做些什么？能做些什么？

"对不起。"王建明憋了好久，只说出这句话。丫丫拍了拍身上的灰尘，那辆电动车早已不知去向。丫丫叹了口气说："我的车要到了，我得走了。"

"丫丫！"王建明叫住丫丫，想了半天说了句，"你疼不疼？"

"啊?"

王建明指了指丫丫的胳膊:"是不是摔破了?"

"没事,小伤。"丫丫笑道,"我回去贴个创可贴就好了。"

"嗯,那就好。"王建明又不知该说什么了。

王建明和丫丫几乎是沉默了一路。

王建明送走了丫丫,看着她进站的背影,不知道为什么,王建明又想起了那个离职的同事,同事站在电梯里跟自己挥手的样子,明明头上的数字变成了1,他却说着"以后再见"这样的话。

这大概就是成年人的谎言与无奈吧。明知道再也见不了,却还是骗着自己以后可以再见。

可是丫丫……王建明一边往回走一边吸着鼻子,他不得不这么做,不然他的眼泪可能会当场掉下来。

"如果我明明知道跟一个很喜欢的人再也见不到了,我该怎么办?"王建明在朋友圈里发着这样莫名的动态。

没多久,王建明便收到各种各样的评论:

"深夜一矫情?"

"那就不见!"

"除非对方死了,不然怎么可能见不到?买张车票直接去见她啊!"

"又不是没交通工具,怎么可能见不到?"

王建明看着这些留言,其中一条是那个离职的同事留给他的。

是啊,如果大家真的想见就去见,也不会有这样见不到的悲哀了。

王建明忙打开通讯录拨通了丫丫的电话:"丫丫,下周我去找你吧?"

"哎?为什么?"

"不为什么,只是想见你。"

丫丫在那头沉默好久,然后沉着声音道:"不用了。"

"为什么?"

"因为……我想分手了。"

即便早有心理准备,但真的听到这句话,王建明还是一下子流出了眼泪:"为什么?"

"因为……我摔得实在太疼了。"丫丫在那边声音哽咽起来,"分开之后你就再也没有关心过我,甚至连我被车撞到,你也不会问问我疼不疼,受伤了没。对不起,我想一个人……"

王建明听着丫丫的话,只觉得自己的耳朵嗡嗡作响。原以为以后还有大把的时间可以挥霍,原以为即便不用关心不用见面,只要有数字在也可以白头到老……

王建明突然痛恨自己的这种能力,如果看不见,如果看不见那串数字,自己是不是就会对丫丫多上点心?如果看不见那串数字,是不是就能早一点明白爱是需要经营的这个道理?

王建明看着手机,那头的丫丫,不知何时已经挂断了电话。

06

几个月后。

丫丫已经熟悉了自己的工作环境,事业也开始慢慢起步。只是偶尔她想起自己的学长,总会不由得揪心:原以为能够跟喜欢的人一直在一起,谁能想到连半年都没有挨过。

丫丫提着背包踩着高跟鞋走过天桥,没走两步,她突然看见桥下有个熟悉的身影。

"阿明?"丫丫不由自主地脱口而出。

"丫丫。"王建明站在不远处朝着她笑,"我不想跟你再也不见,所以我来找你了。我在这个城市找了份工作,所以丫丫,我们能从头开始吗?"

丫丫站在那里没有回答,但王建明知道,他以后会和丫丫一直在一起的,因为他看到丫丫头上的那串数字,从零变成了无限。

哪有什么相遇倒计时?只要愿意去见,那串数字就永远不会归零。

总有刁民想要害人

文 × 刘思明

— 壹 —

王正是个骗子，这件事只有他自己知道。

如果去向外人问问，大家肯定会说，王正是个清廉严明的好官，王正是个不摆架子的知府老爷，王正是个头脑聪明特别会破案，堪比包青天的王青天。

但是只有王正知道，这些其实都是因为他的能力。王正有特殊能力——存档。他能在剧情走向崩坏的时候选择自己重来的时间点，然后完美避开所有的不幸，就如同现代的游戏存档一样，但可惜这能力有副作用，王正读一次文档智商就会下降一些，比如同一场科考，王正考了五次才勉勉强强当上了官。

话说王正当官之后也是干过坏事的。王正曾拉着两条大狼狗，像个纨绔子弟那般招摇过市，也曾像个不良少年那般作威作福，结果后来那些被他欺压的平民要么摇身一变成了驸马，要么成了一霸，要么混了个官当，弄得自己差点儿被弹劾，王正想，老子不玩了。于是，删档重来，待民如子。至于他特别会破案的事，那是因为他在案件发生前就派人暗中盯梢，知道了来龙去脉，然后毫不犹豫地读档重来，坐在大堂等人报案，之后再装模作样去现场探察一番，轻轻松松就能把案子给破了。

其实王正也想过要不要利用这能力统治世界什么的，但是无奈王正的智商有

限，在第二十三次谋反计划还未实施就被砍之后，王正彻底放弃了这个想法，他觉得还是安安生生当个知府县令什么的，够这辈子混吃混喝就行了。

这天王正想吃一笼李大爷家的狗不理包子，结果到了店里坐下吃了一口，还没来得及喊"这包子里有毒"就一命呜呼了。王正叹气，唉，又得重来。于是他选择了回到吃包子之前的时间点——他正站在李大爷的店门口，王正毫不犹豫，转身向前多走了一步，去吃张大娘家的桂花糕，边吃边跟身边的小仵作说："你记一下现在的时间、地点，然后再记一个'包子有毒'，另外回去查查看李记是不是用了病死的猪肉了。"

小仵作点点头，也不多问，反正他家这位大老爷总是会做一些奇奇怪怪的事情。天才嘛，都这样。

吃饱喝足，王正觉得腻得慌，正想着找个茶馆，突然一个人拦在他的面前，二话不说当即跪了下去，张口就是老套的台词："你可得为我做主啊！青天大老爷……"

王正默默地想，这还没到上班时间呢，要不我去读档一次，干脆换个吃饭的地方得了？

跪下的人抬起头，满脸泪水，十分委屈道："青天大老爷啊，我本是李记包子铺的店小二，这日一大早见掌柜的迟迟不下来，便去叫掌柜的起床，结果一推门发现掌柜的已经暴死。我吓了一跳，正准备跑出去喊人却看见一个黑影飞过，我还没来得及看清那是什么，此时陈铜锣从房门前经过，看见此情景竟一口咬定是我害死了掌柜的，求青天大老爷查明真相还我清白……"

"陈铜锣？"王正重复一遍，他其实是想吐槽这个名字的，但转念一想，自己的小名叫王二狗，家里的狗叫王大狗，也就吐槽不出来了。

"陈铜锣是街头耍猴卖艺的，他没地方住，就一直住在店里，闲时给店里打打零工，算是抵个饭钱跟房钱……"小二以为王正想要了解陈铜锣的事情，忙不迭地讲起了陈铜锣。

店小二正絮絮叨叨地讲着，突见一个虎背熊腰的壮汉出来，看见店小二直接拽着他的衣领将小二提起，转眼看到王正，吓得脚下一软，直接跪了下去："老爷，这小二杀人！"

小二怒斥壮汉："陈铜锣你别血口喷人！肯定是你杀了掌柜的，然后想办法嫁祸给我！"

王正掏掏耳朵，他最烦的就是这种需要破案的事情，因为通常破一个案子他需要读档两次，虽然王正有原地复活的本事，但是他也不想在这种事情上不断去读档。但烦归烦，案子还是要破，好官还是要当，王正清一下嗓子，一脸威严道："别吵了，带我去看看。"

— 贰 —

现场很干净，没有丝毫打斗的痕迹，屋门口很热闹，聚了一大帮看热闹的人，还有人给王正打气：王青天加油！王正装模作样地转了几圈，转一圈屋外一阵掌声，转一圈屋外一阵尖叫，王正摆摆手说："我已经得出一些结论了。"语罢，负手而立，一副胸有成竹的样子。外边又是一阵欢呼，甚至有激动的女粉丝当场晕了过去。

小仵作在认真地查看尸体，王正也转不出来什么，只好清了清嗓子，捋着胡子问："这店里都有些什么人？"

"我，陈铜锣，老板娘和掌柜的。"小二很得意，在门外举着手抢答。

"简单介绍一下。"

"我们掌柜的姓李，叫李记，平日里最喜欢数钱，待人挺好的，就是有时候喜欢克扣工资，我的工资都被扣了好几回了！还有老板娘翠花，老板娘跟我们掌柜的关系不太好，所以两人经常分房睡，但老板娘人挺好，时常来帮我们，还会去厨房帮做菜。陈铜锣就是个小人，天天在天桥卖艺，卖艺就卖艺吧，还天天遛个猴子，我们掌柜的最烦他的猴子，天天捣乱，反正他不是个好人，还天天看我不顺眼，看我们掌柜的不顺眼。至于我，我叫小二，工作是打下手，做事认真，性格踏实……"

王正掏了半天耳朵，他想，这不对啊，书上写的不都是重要信息都是店小二说的吗？怎么这个小二的信息就这么没用？

王正有些尴尬，因为他不知道问什么了。王正还有些晕，因为他已经绕着这个屋子转了好几十圈了，于是他问小仵作："尸体情况怎么样？"

仵作答："中毒而死。"

王正："哦，他杀。"

仵作："可死者嘴里并没有食物，只有毒药残留，桌上的茶里也没有毒物。像是只吃了毒药。"

王正："哦，自杀。"

仵作："可尸体额头有伤，像是有打斗痕迹，但是不明显，看起来更像是被人推倒摔的。"

王正："哦……你要再敢说一句'可'来拆我台试试！"

仵作："……"

王正沉默良久，捋着胡须问："你怎么看？"

仵作："根据尸体跟现场来看，死者像是先跟人有了争执，被人推了一下撞到额头，之后又服用了毒药，毒发身亡。"

王正："所以你的意思是……"

仵作："我看不出来。"

王正："……"

王正依旧捋着胡须："没关系，这个案子，我已经破了。"

众人震惊感叹："好快。"女粉丝又兴奋地晕倒了一批。

王正站定，看着门口的众人，微微一笑，说："你们看好了。"然后对着天空大喊两个字："重来！"

众人：？？？

王正觉得这案子太复杂，连身边的小仵作都没看出什么来，就自己的笨脑袋，要能看出来个名堂就怪了。王正选了个读档点——出来吃包子的前一个时辰。这次王正不带小仵作了，带了个大侠。大侠武功高强，尤其擅长轻功。

王正说："大侠，你把我带到李记包子铺其中一个屋顶。"

大侠抱拳："好。"提着王正的衣领就飞到了李老板的屋顶。

王正被衣领勒得差点儿又要重来，喘了半天气才缓过神来，怒骂："你是想弄死我吧！"

大侠："嘘，有人！"

王正吓得不敢说话，揭开一个瓦，悄悄往里看，屋内整洁，床榻上李老板的睡姿分外妖娆。

大侠："原来老爷有这等癖好。"

王正："闭嘴！"

趴了半天也不见什么动静，王正心想该不是我来得太早了吧？正想着，突见屋内飞过一个黑影，这黑影冲着李老板飞去。王正突然想起那小二报案时说过"有一个黑影飞过"，王正心想，这黑影应该就是真凶。

那黑影朝李老板飞过去，李老板猛地惊醒，一把抓住那黑影甩了出去。王正定睛一看，那黑影居然是一只猴子。

哦，原来是陈铜锣利用猴子来谋杀。

王正拍拍手，道："好了，我知道了，案子破了。"话还没说完，只见那猴子又向李老板扑去，李老板慌忙躲闪，结果重心不稳一头撞在床沿上，再也没有起来。

王正捏捏下巴："所以，这其实是意外？"王正觉得这个案子有点复杂，这到底算是谋杀，还是意外？还是说谋杀未遂造成的意外？

就在王正纠结之时，传来一阵敲门声，紧接着是小二的声音："掌柜的，都这个时辰了，是不是该起来了？"

小二敲了半天门不见人应，推开门见李老板躺在地上不省人事，大叫一声正准备上前查看，此时陈铜锣突然出现，指着小二大骂："好啊，你居然害死掌柜的！我要报官！"

小二反击："谁先报官还不一定！"转身跑出门外。

王正想，应该是猴子没拴好造成的意外。顿时胸有成竹，正准备跟大侠说"带我回去吧"，却见陈铜锣吹了声口哨，那躲在房间里的猴子便一溜烟从窗户处逃走了。

王正：谋杀谋杀，绝对是谋杀没错了！

陈铜锣见那猴子跑走了，忙转身跑出去像是追赶小二去了。

王正很得意："看来是谋杀没错了！"

大侠："老爷您说啥？"

王正："走，回家！老爷我破……""案"字还没说出口，王正就愣住了，因为他看到李老板拍拍屁股从地上爬起来了。

王正愣了一下说："不带这么玩的。"

— 肆 —

王正也心大，想着没死就没死吧，也省得我找证据编推理内容了。

王正拍拍大侠的肩膀，大侠有些惊恐地躲了过去。

王正："本官不喜男色。"

大侠："那我怎么从没见过老爷调戏民女？"

王正："谁告诉你不调戏民女就喜男色了？我是好官！"

大侠："哦，那你还偷窥李老板睡觉？"

王正："……"王正深吸一口气，想着，不然自己等会儿再读档重来一次得了，这形象实在太不好，但在读档之前得把早饭给吃了。王正笑："你把我弄下去，我请你去李记吃包子。"

大侠："还说不喜男色。"

王正："……"

王正带着大侠进了李记包子铺，没想到居然看见额头包着纱布的李老板。王正心想，真不愧是感动人间十大不要命老板。

李老板很热情，尤其是看到王正："老爷今天怎么有闲工夫来小店了？"

王正："嗯，想吃包子了。"

李老板："哟，包子还没好，要不我把翠花叫出来，陪您唠唠？"

王正："不用，你陪我唠唠就行了。"

大侠："我们老爷不喜女色。"

王正："再多说一句就扣光你的工资！"

李老板："老爷想跟我聊啥？"

王正："我看看你是真人还是鬼魂。"

李老板大笑："老爷莫要寻我开玩笑。"

王正叹气，我就是想当个好官破个案，为什么这李老板的台词这么像是被调戏的良家妇女？王正懒得说话，心想既然都这个时辰了，李老板还健在，那应该就没有什么命案了吧，那正好我吃完包子回去睡个回笼觉。

王正转着杯子沉思，李老板不知道什么时候离了位，端着一笼包子笑眯眯地过来，"老爷您尝尝，这是翠花亲手做的包子。"

王正也不客气，拿了一个包子，一口咬下去。

嗯，鲜嫩多汁，皮薄肉厚……王正舔舔嘴角："不错，真不错。"

然后，嘴里却突然感觉有些不对劲。王正朝地上看去，一只黑乎乎的大老鼠咬了一口包子，一下子倒翻在地，四脚朝天。

王正：？？？

这里边有毒！

王正忙大喊："重来！重来！"

— 伍 —

重新读档的王正拍了拍胸口，心有余悸："好险好险。"

也正因为大难不死，王正这次很谨慎，在开始读档之前，他花了半炷香的时间来整理思路。他觉得应该是自己推迟了吃早餐的时间才导致李老板活了下来，李老板活了下来为什么自己就差一点要死了呢？难道是……因为包子里有毒！

王正觉得自己的推理很正确，于是决定，这次派大侠去偷窥，自己则带着小仵作去吃桂花糕，这样就能既不改变事情原先的发展套路，自己也能知道事情的真相，王正觉得自己简直太聪明了，不禁高兴地为自己鼓掌。

大侠："老爷该不会是犯病了吧？"

王正忙停下动作，一个不留神读档了还在鼓掌，真是太丢人了。王正清清嗓子："大侠，你现在去李记包子铺的李老板房间屋顶上候着，看房间里发生了什么事，然后回来给我汇报。"

大侠抱拳："好！"转身，一个轻功飞了出去。

旁边的小仵作一脸迷茫："老爷，那我干什么？"

王正捋捋胡须，一本正经道："你陪我出去吃早饭。"

事情发展得很顺利，王正吃完张大娘家的桂花糕，除了嗓子有点腻，其他并无异常，王正带着小仵作慢慢走到李记包子铺门口，王正想，只要等着小二来报案，然后我去现场看尸体，之后在众粉丝面前把案子给破了就行了。简直完美！

只是，王正在李记包子铺门口转了一圈又一圈，还是没人来报案，王正想，这不对啊，难不成大家睡过头了？

正想着，小二突然从店里跑出来，王正很高兴，心跳开始加速，他想：终于要来报案了。

小二泪眼盈盈地看着王正，王正满脸兴奋地看着小二，良久，小二张口："老爷快来尝尝我们包子铺的包子吧！"

王正：？？？

这怎么跟剧本不一样？

王正摆摆手："不了。"忙拉着小仵作走开，王正想为什么这次没人报案呢？难不成我多读了一天的档？

就在王正纠结之时，大侠押着一个女子走到王正面前，将这女子一把推倒在地，女子抬头，王正发现，这人居然是李老板的夫人——翠花。

王正有点蒙，问大侠："这是怎么回事？"

大侠一脸正气地一拱手道："老爷真是明察秋毫，您派我上屋顶盯着，我看见那李老板本来在床上睡着，突然被一猴子给惊醒，一不小心撞到了额头，昏死过去。就在我打算离开之时，这个女人进入房间，看见李老板不省人事，居然用手帕堵住李老板的口鼻，想要置其于死地，还好我及时阻止了她，才没有酿成惨剧。"

王正：真乃智障！

王正很生气，他觉得我让你好好候在房顶，你就候着，多管什么闲事，人杀人也没杀成，我也没法判她什么刑。到时候再找人上告，说知府大老爷居然派人偷窥李老板睡觉，我这面子还要不要？

王正想：我要辞了大侠。

就在王正想着找什么借口辞掉大侠的时候，小仵作突然惊呼一声："老爷，这女人的手帕上有毒！"

有毒？王正突然想起，那李老板当时是毒发身亡，王正突然灵感一闪，他想到一种情况，虽然不知道对不对，但是没关系，反正能重来。

于是，王正在大街上又一次对着天空大喊："重来！"

— 陆 —

王正这次按照第一回的剧情来，没有猪队友，也没有乱偷窥，于是事情发展得很顺利。王正在死者李老板的房间里转了两圈，享受了两声门口粉丝的尖叫，问了问小二关于店内人员的描述，听了听仵作对尸体的描述，然后负手而立，用不轻不重的嗓音说道："我已经知道真相了。"而后，跟刚查看完尸体的小仵作低语两句，小仵作点头，转身出了门。

王正看向门口的陈铜锣，问："陈铜锣，你的猴子呢？"

陈铜锣一愣，似乎没有想到王正会问这个问题，说话有些磕磕绊绊："小……小明它……它在我的屋子里拴着。"

王正微微一笑："哦，带我去看看。"

陈铜锣沉默良久，突然扑通一声跪了下去，哭丧道："青天大老爷啊，掌柜的真的不是我杀的……"

王正怒目而斥："不是你，是你的猴子吧？"陈铜锣当即愣在原地。"刚刚小二说李老板最讨厌你的猴子了，那为什么他的屋子内有猴毛呢？一个讨厌猴子的人是不会主动邀请猴子进来的吧？"王正看起来十分威严，但其实他根本没找到什么猴毛，也懒得找，王正想，反正都是套路，先让你认罪再说，死活不认再想套路。

　　陈铜锣被王正这么一吓，竟然一五一十地给招了出来，他说："我确实训练过小明，我今天也确实偷偷把小明给放进掌柜的屋子里了，可是……可是小明并没有杀人的能力，而且老爷您说掌柜的是毒发身亡，真的不是我干的，求大人明察。"

　　"你的猴子确实不具备杀人的能力，却把李老板弄得昏死过去，他额头的伤应该就是在跟你的猴子打斗时弄伤的吧。如果我没猜错，你的猴子现在应该没有被拴住，因为你没有时间去重新拴住它，而且，你的猴子应该受伤了。"王正娓娓道来，却句句令陈铜锣不敢抬起头来。人群中开始窃窃私语，但更多的是粉丝的欢呼声。

　　就在门外的粉丝呼喊着要把陈铜锣绑起来的时候，王正又说话了："然而，你并不是真正的杀人者，谋取李老板性命的另有他人。"

　　门外的人又开始窃窃私语起来，有人干脆直接问王正，那个人是谁。

　　王正摆了个姿势，说："凶手就是……"换了个姿势，继续说，"凶手就是……"继续换姿势。

　　就在王正换了二十个姿势，说了二十遍"凶手就是"，黑粉准备扔臭鸡蛋时，小件作终于来了。他对着王正耳语一番，王正胸有成竹道："凶手就是你！老板娘翠花！"

　　"你今天应该是打算毒死李老板的，却发现因为陈铜锣对李老板不满，放进猴子捉弄他，使其昏死。于是，你趁着小二与陈铜锣争执之际，发现李老板并没有死去，就拿着有毒的手帕堵住李老板的口鼻，使其中毒身亡。"

　　翠花听完王正这番话，倒也不慌，微微一笑道："我当时可是一直在厨房为我相公准备早点，哪有时间来毒死我家相公？再说了，我哪来什么毒药呢？"

　　"那你敢不敢把你身上的手帕拿出来，让我的件作给你验验？"

　　听了这话，翠花有些底气不足，说："我身上没有手帕。"

　　"你当然没有手帕。"王正想要得意地一笑，无奈一不小心抽了筋，只好捂着嘴角继续说道，"刚刚我让件作去厨房搜查了一番，发现在给李老板准备的那笼包子下藏着一方手帕，而那笼包子也已经沾上了毒药，那上面的毒药跟手帕上的毒药是一样的。我猜你是先把毒药涂在手帕上，准备在早上给李老板送早点的时候毒死他，可是你正好发现李老板昏死在地上，周围没有人，于是你就趁机将残留着毒药的手帕堵住了李老板的口鼻，致其中毒身亡。"

王正说得有点累了，喝了一口水，继续说："据我了解，李老板每日的早点应该都是你亲手准备的吧？而且刚刚仵作也拿着手帕去问小二了，小二表示那确实是你的手帕，你这下还有什么话好说？"

翠花："没有。"

王正："你应该开始说杀人动机了。"

翠花："……"围观的群众开始嗑瓜子。"我是被迫嫁给李记的，他天天打骂我，我受不了了，所以就杀了他。"

王正：这怎么不按套路来？围观群众一颗瓜子还没嗑开就没了？

王正无奈，大手一挥："算了，把杀人者翠花带回去，至于陈铜锣，就放了吧。"

仵作表示："大人英明。"

— 柒 —

一日，王正无聊，与仵作聊这件案子，问仵作："你觉得我这次破得怎么样？"

仵作："很好，只是……"

"只是什么？"

"只是老爷有没有考虑过一种情况？就是那翠花可能与陈铜锣有染，她可能是为了保护陈铜锣，所以才杀死李老板的。"

王正有些蒙："什么意思？"

"老爷您想，假如陈铜锣一心想杀死李老板，翠花为了不让他冒这个险，所以准备先下手，在李老板的早点里放入毒药。谁料那日李老板起得晚了，陈铜锣也失了手，翠花为了不让陈铜锣被发现，便只好用有毒的手帕捂住了李老板的口鼻。老爷您想，如果陈铜锣开始并没有打算杀死李老板，他为什么在那个时候到李老板的房间门口，还没有查看尸体就一口咬定李老板已死，还污蔑小二呢？"

王正捂着那日因为笑而导致抽筋的嘴角，问："这是你的猜想，还是确有此事？"

仵作一拱手道："我派人去查了一下翠花跟陈铜锣的关系，他们两个确实在暗

中交往,而且陈铜锣对李老板一直怀恨在心。"

"为什么怀恨在心?李老板不是收留了他吗?"

"好像因为李老板弄死了他的一只猴子。"

王正:"哦,仵作,你说我现在去抓陈铜锣还来得及吗?再来一次我会变智障的。"

仵作:"老爷您说啥?"

毕竟王正是个骗子,这件事只有他自己知道。

消失的木马

文×陈 年

2017年3月

　　我有了写日记的习惯，并在每一天的日记中习惯性地回忆着我与你的点滴，因为我怕有一天，不小心会把我们的过去遗忘。

　　身上的红印开始变得淡得看不出它原本的颜色，但我还是努力着不让它彻底消失。我想，至少，让我再看你一眼，再看到你那开心单纯的笑靥，知道你一切都好。或许，只有这样，我才会下定决心，毅然地将你忘记。

2017年8月

　　这样炎热的夏天，白天游乐场里几乎没有人来玩。我呆呆地看着倒映在金属上的我的样子，美丽而高贵。可是，为什么我拥有了这样华美的外表，内心却依旧孤单？是不是因为你给予我的情感还未消退？真不知道我应不应该高兴。

（回忆）

　　我仍记得我们初次见面的场景，当我睁开眼睛，看到的便是你那张稚嫩的笑脸。是的,从你在我身上用红色的签字笔为我画了一颗心后,我便拥有了生命、情感与记忆。即使,我只是一匹小小的,还没有你高的廉价的木马,你还是那样喜爱着我。

你一定是个拥有神奇力量的孩子,我一直这样坚信。因为,你所给予我的不仅仅是生命,还有一种神奇的力量:我可以将别人心灵上的伤痛转移到我的身上,只是,之后,我除了悲伤痛苦外,我身体上的红心会淡去一点儿。不过,没关系,因为,我只想要你开心。

2017年8月

今天,红印又淡了一点儿,因为有个悲伤的孩子坐到了我的背上,我便不由自主地使用了这种能力。知道吗?这个孩子让我想起了你。不过,请相信,我一定会坚持到你来看我的那一天的。

(回忆)

我知道你小时候朋友很少,因为你的贫穷和你脏兮兮的外表。不过,我从来都没有嫌弃过你。我还知道,你每天都会悲伤地入睡,因为你那酗酒的爸爸。即使我不会说话,不会动,可是我会进入你的睡梦中,将你的悲伤带走。可是,后来,我发现,这样根本没有什么用:你依旧会被同学嘲笑、疏远,你也依旧会被爸爸打骂,那个将我送给你的,唯一会关心你的亲爱的妈妈,也去了远方,在外地打工,几个月难见一次。

你知道吗?那天我被顽皮的男孩扔出窗外,重重地摔在了学校的外边,你焦急地要出去找我,却被门卫叔叔拦住,告诉你只有放学后才能出去时,你那悲伤的表情,让我有了一个强烈的愿望:我要保护你。在等你放学时,我碰到一个魔法师,他轻轻地捡起我,一脸的同情:"神奇的小木马,你怎么哭了?有什么我可以帮你的吗?"

我在心里用力地说:"我想变成人,我想保护那个男孩。"

我想,上天一定是眷顾我的,那个魔法师居然轻轻地点了点头,他说:"变成人后，你依旧会有那种神奇的力量。但是，不要轻易使用它，不然，你不仅会恢复原形，还会变得残破不堪。如果红心消失的话，你就会失去生命，什么记忆，什么情感……统统会消失不见。"

我笑，如果真是这样又怎么样呢？我的生命就是你给的，到后来无非是回归原点而已。于是，我努力地点着头，即使在其他人看来，我根本没有动。

于是，在那个夏天，那个还泛着些许凉意的夏天，我消失了。之后，一个叫穆小马的男孩代替我，活在了你的身边，与你交谈，与你说笑，与你打闹。

这样，真好。

2017年10月

我看到游乐场门外，一个小女孩独自巴巴地望着我，天已经开始泛凉了，她穿得那样单薄，显得那么瘦小。她就那样，眼睛一眨不眨地看着玩闹的孩子和正在旋转的我。那神情，像极了你，于是，我又想起了你，以及我们曾经那些快乐的时光。

（回忆）

我记得最清楚的是，那一天你拉着我——穆小马跑到游乐场门口，指着里面的器械说："等我有钱了，我一定要买下整个游乐场，然后让那些掏不起门票的小孩全都免费来玩。等我有钱了，我还要买好多好多的旋转木马。"

我侧过脸看着你，疑惑地问："为什么要买那么多的旋转木马？"

"因为……因为我很喜欢坐在木马上的感觉，虽然我没有坐过，不过我知道，一定是一种很温暖的感觉。"你定定地看着我，一脸认真，"还有，坐在上面，会有一种回到过去的感觉。"

回到过去？你的过去，你愿意重新经历吗？如果是我，我一定会逃离的，逃得越远越好，毕竟过去，被人嘲笑、任人打骂的时光并不好受。

"你这个笨小孩，过去有什么好的？"我有些僵硬地笑着，朝你的背上狠狠地拍下去，试图打破这压抑的气氛。

"你可以骂我笨，但不可以说我小，而且，你也不过比我大了几天而已。"你嘟起嘴，假装生气的样子居然那样可爱。

几天？我暗笑，我可是用长了几十年的树干做成的，算起来，比你大几十岁呢。

"好了好了，以后不说你'小'了，走了，笨小孩！"

"这才对……喂，你怎么又说我'小'？"

……

于是夏天就在我们的打闹中过去了，你看，那时我们的对话是那样幼稚、令人发笑……令我难忘。

可是，你现在在哪里？我现在就在游乐场，你所希望的地方，我就在这里等着你。如果，你因为买不起门票，没关系，悄悄告诉你，我已经偷偷存了好多好多钱，足够你将游乐场里所有的器械玩个遍。

你会来的，对吧？你会来找我的，对吧？即便，我们已经有八年没有见面了，不过，你还会记得我的，对吧？记得那个廉价的木马与穆小马的，对吧？

2018年2月

我发现我的记性变得越来越差了，我想我会不会等不到你来的那一天就会失去所有的记忆。怎么办？我还要继续存钱，然后用这些钱买下这个游乐场。如果，我等不到你来的那一天，那就什么意义也没有了。

（回忆）

我发现，夏天真的是个不好的季节。因为，我突然想起穆小马也是在夏天离开你的。与他一起的，还有你的……妈妈。

我不知道你妈妈到底发生了什么事，只是从你的只言片语中了解到你妈妈被工地上掉下的石头给砸死了。

你当时是那样悲伤，你说："从此你的世界就没了。"我知道，你亲爱的妈妈对你来说就像整个世界。

你开始堕落，开始变坏，你的梦想消失了。你知道看到这样的你，我有多心痛吗？

我说："你没有了妈妈还有我呀！"你不屑地看着我，冷冷地说："你太天真了。"知道吗？就在你说出这句话的那一刻，我分明感觉到，我心中的某个地方，轰然崩塌。

我想，我应该用我的能量帮你，因为你不该是这个模样。我想，即使付出生命，换回原来的你，也是十分值得的。

后来，你终于恢复了，那个天真、无忧无虑的孩子终于回来了。不过，那个名叫穆小马的男孩消失了。他说："我要到远方去了。"他还说："如果你想找到我，就努力学习吧，我会在你梦想的终点等你。"

我知道，你一定会开始努力的。我知道，以后不管有多大的困难你都会挺过去的。因为，有个叫穆小马的孩子，还在远方等着你。

……

我想，你长大后，发现再也找不到穆小马时，会不会悲伤？是不是早在那之前就已将他遗忘？不过，这有什么关系呢？你实现了你的梦想，这样就够了，不是吗？

事实是，穆小马将你心中的伤痛转移走了，然后他恢复了原样，还变得残破不堪。不过，幸运的是，红心还没有完全消失，他还不至于完全失去你给予的生命。只是，他再也无法去见你了，不管是以穆小马还是那个廉价木马的身份。

因为，他是那样丑陋不堪。

2018年10月

我有九年没有见过你了，不知道你长大后是怎样的模样。在这期间，那个将我变成人的魔法师来过几次，他总是那样，一脸悲伤。我告诉他，只要坐到我的背上，我就可以把他的悲伤带走。可是，他一次也没有坐过。有一次，就那样，他搂着我的脖子哭了起来。呵呵，真像个孩子。

（回忆）

其实，我很感谢这个魔法师，他在我变得残破不堪时，找到了我，他问："你

还想变成人吗？"

我有些艰难地笑着，说："我只要变成那个男孩的梦想就够了，让我变成一匹旋转木马，就够了。"

魔法师悲伤地看着我，我不知道他是如何听到我内心的声音的。我只知道，他懂了，并把我变成了一匹真正的、美丽的旋转木马。

那一刻，你知道我有多高兴吗？我似乎已经想象到你坐到我背上那幸福的模样。只是，我无法去找你，也无法告诉你，我在这里。因为，作为一匹旋转木马，我必须被锁在这里。于是，我只能在这里，静静地等着你，期望着你能来找我。

只是，你会来吗？

今天，游乐场里来了一个衣衫褴褛的人，长长的头发几乎盖住了他的整张脸。他是个乞丐，想要坐一次旋转木马。工作人员阻止了他，并将他赶出了游乐场。

那一刻，我有些心痛，看着那个乞丐，我想起了你，他跟你很像，不是吗？那样期盼着坐一次旋转木马，却总是无法实现。

夜深了，大家都去休息了，我想我也应该休息一下了。就在这时，一个黑色的身影跑到我的面前——是白天那个乞丐。

我不知道他是如何进来的，看着他，我居然悲伤得想要哭泣。他仔仔细细地端详着我，然后，轻轻地、忐忑地坐到我的背上，温柔地将他的手环在我的脖子上，然后，我听到了他轻轻的抽泣声。

我知道，他是一个被梦想、被现实伤到遍体鳞伤的人。我开启机关，旋转木马开始轻轻旋转起来，然后，我用自己神奇的力量将这个人的伤痛转移到我的身上。

红心，就那样消失了，我最后看了一眼这个乞丐，然后轻轻地、满足地闭上了眼。亲爱的男孩，对不起，再见了。

我在小时候有一匹神奇的木马，它的身上有我给他画的红心，后来，它丢失了。之后，我有了一个朋友，叫穆小马。再后来，穆小马也消失了。

后来，我开始为自己的梦想努力着，想要去找寻，不管是木马还是穆小马，我都想找到。只是，现实的残酷远远超出我的想象，十年后，我变成了个乞丐。于是，我开始自甘堕落。

只是，在那个夏天，我遇见了一匹旋转木马，它是那样美丽与熟悉。于是，在晚上，我翻过高墙，坐到它的身上，在它的背上，我就那样睡着了，在梦中，我看见了旋转木马，还有我的木马与穆小马。

梦醒后，这匹旋转木马已经失去了生命。它是谁，我在看到它的那一刻我就知道。

我开始更加努力，为我的梦想努力。后来，我不仅买下了多个游乐场，还成了一名伟大的魔法师。

作为魔法师，我最厉害的技能就是穿越时空。我一直在练习，只为了有一天，能重新见到我的小木马。于是，我成功了。

对了，我忘了说，在我坐到旋转木马的背上，做了个甜美的梦时，我听到一个温柔的、熟悉的声音，那个声音说：

"因为一件玩具而满足，因为一句鼓励的话语而欣喜，因为没有经历过挫折而拥有那样美好的梦想。这就是单纯的，小时候的你。

那时的你，对未来有那样美好的憧憬，将生活看得那样美好。

所以，即使伤痕累累又怎样？闭上眼，再梦一回吧，醒来后，请恢复那个天真单纯而执着的自己，为梦想再去努力吧！

而我，也要离开了。即使你已经长大，但请允许我再称呼你一次'小孩'，这次，真的是最后一次了。

再见了，我亲爱的笨小孩……还有，对不起，可能你以后真的找不到我了，不过，我始终坚信，你曾经找到过我。

笨小孩，请继续努力吧。"

"所以这篇故事,是以木马的视角来写的?讲的是一个魔法师自己拯救自己的故事?"刘思明开口。经历过昨天的事情之后,大家似乎都有些提不起精神,以至于连点评的力气都没有。各自像机器人一般念着自己的作品。

陈年神秘地一笑道:"说出答案的作家不是好作家。文章嘛,并没有标准答案,看你怎么想了。"

"喂,你们还有心思谈论作品?想想要怎么办吧?我哥哥呢?张稚稚呢?你们找不到就不打算再找了?"秦佳有些崩溃,冲着两人吼出声,而后又转向沈建明,吼道:"是不是你?"

"我?什么是我?"沈建明有些不明所以。

"你是主办方吧?在这个房间里是不是有暗道之类的?不然的话,我哥跟张稚稚两个人怎么会突然消失?怎么想都应该是你把他们藏起来了。"

"你别瞎说啊!"沈建明黑了脸,"凭什么他们失踪就是我的锅?不然今晚我们几个人干脆就待在一起,哪儿也不去,互相监督着,看下一个被淘汰的人会怎么样。你好好看看是不是我把人藏起来的。"

"行!我同意!"秦佳跟沈建明叫起了板。

"我觉得不错,我也同意。"陈年跟着点头。

"陈……您怎么也跟着一起胡闹了?"刘思明有些无奈,但看看大家的样子,只好点了点头,"好吧,目前看来,好像只能这样了。"

当当当……

钟表敲了十下,到了拿新题目的时候了。

陈年站起身看向大家:"不然就把稿子放在这里,我们一起去二楼拿题目？"

几个人点了点头，跟着陈年往二楼走去。走了一半，沈建明突然捂着肚子，脸色有些难看。

"那个，我肚子有点疼，你们先去，我先上个厕所。"

沈建明刚准备朝厕所跑去，却被秦佳一把抓住："别想跑！"

"哎，你个小丫头片子，我上个厕所你还不让了？你不怀疑我吗？正好我要去厕所，你就好好看看是谁把人给藏起来了。"沈建明一把甩开秦佳的手，头也不回地朝着厕所跑去。

秦佳看着沈建明的背影，想了想，决定不管他，快跑几步跟上陈年和刘思明，三个人一起朝书房走去。

"奇异人生题目的淘汰人是：沈建明。新的题目为：童话镇。"陈年一字一字念出纸上的字，这个时候刘思明和秦佳才反应过来。

"沈建明呢？"刘思明问。

"他……他刚去厕所了。"秦佳似乎意识到不对，忙指着沈建明刚刚去的方向。

刘思明想也不想，便朝着秦佳所指的方向跑过去。秦佳站在原地愣了一秒，也跟着跑了过去。

"人不在厕所。"等到秦佳跑过去，便看见刘思明阴沉的脸，"沈建明失踪了。"

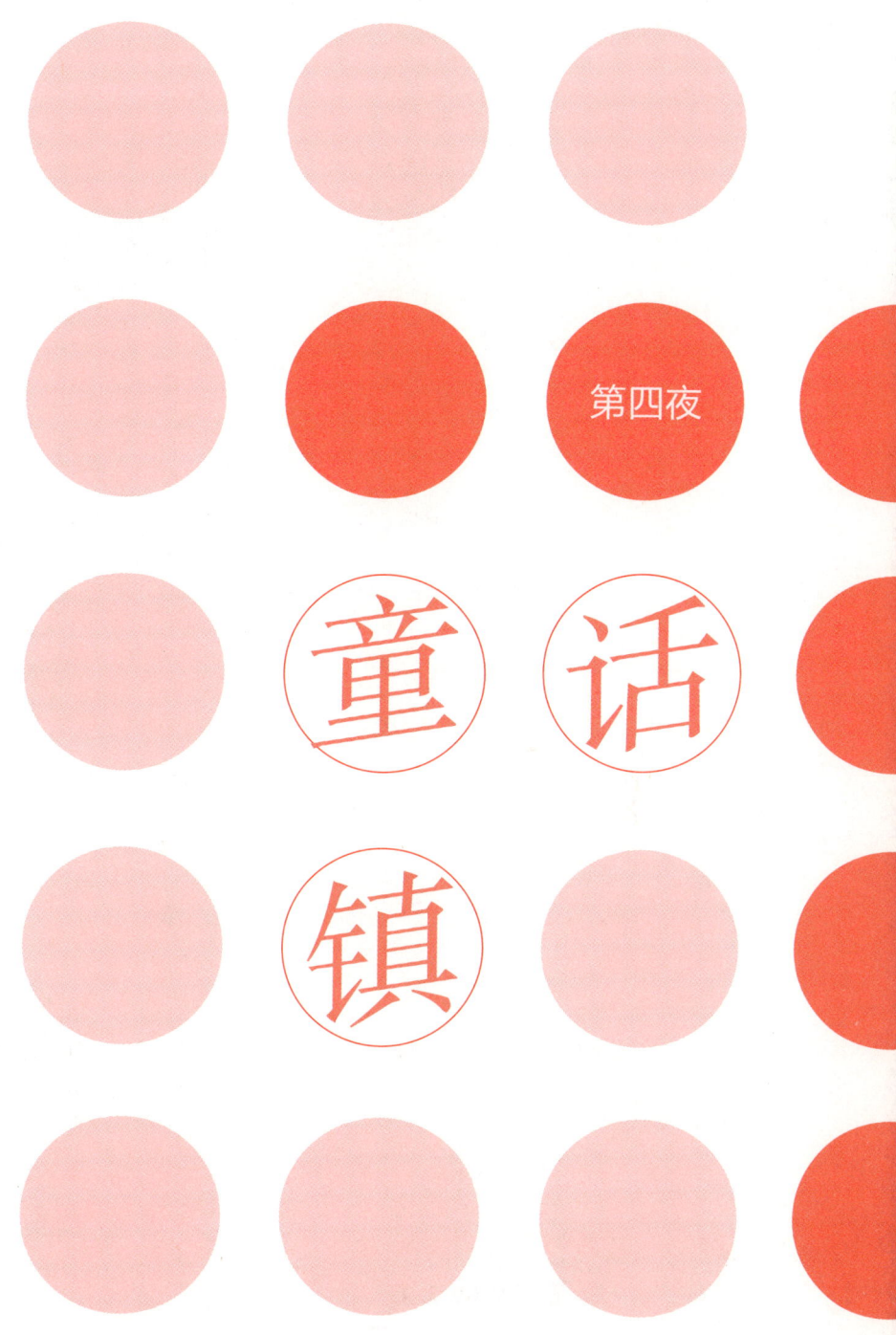

第四夜

童话镇

每一次努力,
都是幸运的伏笔

第四夜 / 童 话 镇

文×秦 佳

　　小七很小的时候就喜欢听森林里的精灵奶奶讲各种各样的童话故事，穿着水晶鞋的灰姑娘、被王子亲吻就会醒过来的睡美人……那时她只是个没长大的小树精灵，还不懂王子与公主的情情爱爱，却莫名羡慕。她想，那些公主多幸福啊！能和帅气又温柔的王子在一起，还那么甜蜜。当然，要是故事里没有邪恶的巫婆就更好了。

　　小七不喜欢巫婆，小七喜欢王子，就是精灵奶奶嘴里那些温柔的王子。只可惜，小七扎根在森林里，不在宫殿旁。森林里有座小木屋，里边有个像是在研究什么邪恶魔法的男巫师。

　　小七想着，朝那座小木屋张望过去，那里冒着缕缕炊烟，像是里边的人在做着什么美味佳肴。

　　小七摸了摸肚子，身为树精灵，她也想尝一尝人类的食物。可是男巫的东西肯定多半是有毒的，毕竟巫婆给白雪公主吃的苹果就是有毒的。

　　小七想要移到宫殿旁边，她想像美人鱼那样，从森林走进王宫，陪着自己喜欢的王子。可惜，小七太小离不开森林，只能整天看着远方一阵阵地叹气。

小七今生最大的愿望就是能快点长大，能走远一点儿，嫁给一个温柔帅气的王子。她天天在这里闻着从小木屋里飘出来的各种奇怪的味道，都快被呛死了。不仅如此，不知道老天是不是跟她作对，每天总会有一个小巫师带着一本书坐在她的树荫下呜里哇啦地背诵着。

小七受不了了，她决定拿树杈子敲敲这个小巫师的脑袋，让他也尝尝被吵到脑袋疼是什么滋味。

于是她化作人形，敲着小巫师的脑袋道："你说你怎么这么笨？你都背了多少遍了，我都背会了，你还不会背！"

小巫师第一次见到树变成一个小姑娘，有点没反应过来，好不容易反应过来，指着小七道："妖……妖……妖……"小巫师一紧张话都说不利索了，一连说了好几个妖，也不见"精"字出来。

"什么妖不妖的，我是精灵！"小七又狠狠地在小巫师脑袋上敲了一下。

"精灵？"小巫师摸摸脑袋，"跟妖精有什么差别吗？"

"差别可大了，精灵是好的，妖精是坏的。知道那个给灰姑娘变水晶鞋的仙女吗？那个就是我们精灵！"

小巫师继续摸脑袋："灰姑娘是谁？"

小七被他这话差点气歪了嘴："你怎么什么都不知道？精灵是可以帮人实现愿望的，但妖精会伤害人，懂了吗？"

"真的？"小巫师眼睛一亮，"你可以帮人实现愿望？"

小七撇撇嘴，指着远处看不见影的大树道："看见那棵大树了吗？"小七挺起胸脯，很是骄傲，"那是我爷爷！"

小巫师眨眨眼，不明白她在说什么。

"你怎么这么笨？你想啊，我爷爷要不是精灵，怎么会有那么多人去细心保护他，让他长得这么高大？所以我爷爷是精灵。既然我爷爷是精灵了，那我肯定也是精灵！"

小巫师觉得这逻辑好像有点儿怪怪的，但仔细一想好像又没什么不对，于是也跟着点头："嗯，你确实是精灵。"

小七笑弯了眼，心想，这小巫师真好骗。

小巫师问小七:"小精灵,你能帮我实现我的愿望吗?"

小七摇头,很是义正词严:"不行!你们巫婆都是害人的,我们精灵只帮好人不帮坏人!"

小巫师差点儿急红了眼:"不不不,我是好人,我只是想让你教我怎么背东西,这个我怎么也背不会。而且我也不是巫婆,我是巫师,巫师不害人,我也想早点儿学会,早点儿帮别人实现心愿。"

小七眼珠转转,应道:"既然你也要帮别人实现心愿,那好啊,我可以教你,但你得给我带一位王子过来。"

小巫师摸摸自己光溜溜的脑袋问:"王子是谁?"这句话气得小七又狠狠地敲了一下他的脑袋:"童话故事没听过吗?"

小巫师摇摇头,表示不知道。小七摆手叹气:"算了算了,巫婆都是死脑筋。你就去找那些看起来英俊潇洒、风度翩翩、温润儒雅,还会骑马射猎的男人带过来就好。"

小巫师有些胆怯:"我之前听说,有妖精会利用我们巫师去骗人过来,还说这些妖精最喜欢喝这些人的血,你不会是想……"

未等小巫师的话说完,小七就朝着他的脑袋敲了过去:"我是精灵不是妖精,再说了,谁说要吃他们了?我……我是要嫁!"

"嫁……"小巫师拖长音调,"嫁是什么意思?"

小七拿着树杈子又一个劲儿敲着小巫师的脑袋:"你怎么这么笨啊?你再这么笨,我的头发就要被你气得全掉光了!"

小巫师的日子忙了起来,白天要忙着学习魔法,晚上要被小七敲着脑袋背课文,偶尔出了森林,还要时刻注意有没有小七中意的"王子"。

一天又一天,一年又一年,小巫师和小七熟络起来,小巫师的个头也一天天地高起来,只有小七还跟初见时那样,小姑娘似的长不大的模样。

小巫师好奇:"你怎么不见长啊?是不是因为天天不吃东西啊?"小巫师从来

没见过小七吃东西，只见过她喝水。

小七白他一眼："你们凡人能和我们精灵比吗？等你们七老八十了，我也不过才十七八岁。"

"那你着急嫁人干吗？"小巫师忙问，这样他自己的负罪感也可以减轻一些。毕竟这么长时间以来，小七天天教他背书，他却从来没有给小七带过来一个如意郎君。倒不是说小巫师不愿意，只是他是个死脑筋，就算见到可能符合小七心意的人，他也不知道怎么把那人给带过来，总不能骗过来或者打晕带过来吧。

小七又白他一眼："万一我到十七八岁还没有觅到我要嫁的人，而我修为还不够，没办法走出去，那我不就错过了嫁人的最好时机了？"

小巫师想想也有道理，心里越发愧疚起来，想着这么多年来自己也没为小七寻得一位如意郎君，就觉得自己没用，想着想着，课文也就背不下去了。

小七敲敲他脑袋："你怎么不背了？"

小巫师差点儿红了眼眶，但想想自己已经长大了，只好硬生生地忍住了："小精灵，我对不起你，没有为你找到你的王子，你……你……你……你打我吧。"

小七差点儿笑出来，忍住笑摆摆手道："没事，我们精灵一向大度。况且……"说着，竟羞红了脸，"况且我已经找到我的王子了。"

小巫师睁大了眼，仔细想想自己好像刚开始不懂事的时候，把外边某户家里名叫"王子"的大白狗往小七面前牵过，之后再无其他。"难道王大娘家的狗也成精灵了？"

头上又被狠狠地一敲："什么狗不狗的，前几日有个年轻人来到这里，不知道是迷路了还是在找什么东西，他有好几次都走过我面前，你说他为什么总是走到我旁边？是不是因为注意到了我？他一个凡人居然能感受到我的存在，这一定是天赐良缘……"

小七絮絮叨叨地说着，小巫师差点儿打起了盹，托着下巴支着耳朵努力听着，一不小心猛点了下头，再抬头却见小七手指卷着头发，面色绯红地问："哎，小巫师，你说，什么是喜欢？"

小巫师一时没反应过来，迷迷糊糊间双手合十，学着不知道从哪儿看来的样子："色即是空，空即是色……"

小七气恼，一跺脚一嘟嘴，变回原形，再也不愿意理他了。

小巫师抓抓脑袋，刚刚不是好好的，怎么就不愿意说话了？小巫师心想，难道小精灵都是这么难懂吗？

小巫师第一次见到小七心心念念的王子是在雨后。

那天他走出森林买魔法用具，看见有小贩在卖他从来没有见过的神奇道具。

"这是什么？"小巫师指着蓝绿色的球问道。

"这是精灵水，专门给树精灵喝的。"小贩的声音高亢起来。

小巫师的心一动，他认识小七这么久以来，小七只喝过雨水，实在是太委屈了。小巫师摸摸自己口袋里的钱币，看了看自己想要买的魔法用具，又看了看精灵水。最后，他一咬牙，花光了自己身上的钱，全买成了这些精灵水。

小巫师小心翼翼地捧着这些小球球，谁料回去的途中下起了大雨，小巫师顾不上避雨，他只想让小七早点儿尝到这精灵水的味道，他把这些精灵水放进怀里，冒着雨一路狂奔回去。

回去刚好雨停，小巫师刚想张口喊小七，却看见小七的树下站着一个年轻人，负手而立，衣袂翻飞。小巫师心想，原来王子就是这般模样。

那人看着小七，看了好久，小七的树叶随着风轻微晃动着。小巫师知道，那是小七开心的标志。稍顷，那人走到小巫师面前，上下打量了他一眼，道："离她远点。"而后大步离开。

小巫师不明白那人说的是什么意思，抹了把脸上的雨水，正想唤小七现身，小七却已经变成人形站在他的面前。

"你看见了没，你看见了没？就是他，就是他！"小七很激动地摇晃着小巫师的肩膀。

小巫师点点头，把水递过去，呆呆傻傻地一笑："我给你带了这个，他们说，这是精灵水，你快尝尝。"

小七接过，一口气喝了个精光，抹了抹嘴，开始絮絮叨叨地讲那个年轻人的事

情。她说,那个年轻人姓林。她说,她对那位林先生一见钟情。她还说,她要挑个日子去跟林先生表白……

小七没说,那精灵水不过就是普通的雨水。小巫师也没说,那水,花了他全部的钱。

小七很忐忑,这是她第一次跟人表白,为此她消耗了许多魔力变为十七八岁姑娘的模样。小七撑着伞站在寺庙前,她想,如果待会儿那个林先生过来,她就想办法让天下雨,然后撑着伞到林先生身旁为他遮雨,浪漫得如同小美人鱼与王子的初遇。

小七等了三天,忐忑了三天,傻笑了三天,终于等来了林先生。她看着那缓缓过来的一袭白衣,只觉得心脏都快要跳出来了。

雨来。

小七提着裙角,走到林先生面前,抬起头,看着那张令她魂牵梦绕许久的脸,心跳愈加快了起来。她刚想开口,却被林先生喝住,他说:"妖精!"说罢,从怀里掏出魔杖,一下子把小七打了出去。

小七没什么魔法,这一下又打得猝不及防,小七躺在地上直吐血。她想不通,为什么那个温润的林先生一见到她就想打死她?书上可不是这么说的。

林先生踱步上前,看着躺在地上奄奄一息的小七,面上无悲无喜,只冷声道:"之前,我见你还算可爱没有过多在意,但没想到你居然想害这样一个小巫师。其他巫师把他送到这里,就是为了让他能够专心学习魔法,躲避妖精的陷害。"说话间,目光越发冰冷起来,"他跟你不同。"

小七不懂他在说什么,她只知道林先生不是王子,是坏的男巫师,她也知道似乎因为她差点儿害了小巫师的学习,所以林先生才想打死他。

小七抬起头,看着林先生,她想这人连杀她的样子都那么好看,只可惜他不是王子,她也不是公主。

小七眼睛一闭,她想,死就死吧,只是不知道她死了,谁会教那个笨巫师背书。想着想着,雨水混着眼泪流了满脸。

小七眼睛闭了好久也不见那一掌劈下来,战战兢兢地睁眼,却见一个熟悉的身影挡在她面前。

小巫师说:"我不允许你伤害小精灵!"

闻言,林先生冷笑:"精灵?什么精灵,你好好看清楚,她不过是一个想要害人的树妖!"

小七在小巫师身后拼命摇头,她想告诉小巫师,她自打出生那天起就在这里喝着雨水长大,好不容易能化成人形,整天也就是去躲在一旁听精灵奶奶给小精灵们讲故事,偶尔骂骂巫师,或者敲敲小巫师的脑袋,她对害人这事未曾做过半点。可是小七说不出来,她伤得太重,连呼吸都能疼得她咬牙。

小巫师转过头看了她一眼,眼里不见丝毫的怀疑,只是疼惜。小巫师看着林先生,没有丝毫的畏惧,他说:"小七就算是树妖,那也是好树妖。你要想杀她就先杀我吧!"

林先生似乎看出了什么,看了眼小巫师,又看了眼小七,长叹一声:"造孽,真是造孽。"而后又狠狠地瞪着小七,小七第一次见到这样好看的脸上能出现这么恐怖的神情,不禁往小巫师身后又缩了缩。林先生道:"现在回头还来得及……树妖,如果你胆敢毁掉他的修行,别怪我毁掉你的魔力!"语罢,便拂袖而去。

小巫师不知道他在说什么,可小七知道。小七想,或许我是真的害了人。

FIVE

小七受了重伤,变不回原来那样的大树,只能化为一截树枝。小巫师小心翼翼地把树枝种到花盆里,小巫师想,说不定等到来年春天小七就又能活蹦乱跳地出来让他找王子了。

小巫师怕小七寂寞,他天天搂着花盆说话。

他说,小七,等你养好伤,我就给你找王子,真正的王子!我听别人说了,王子都是住在城堡里的。

他说，小七，你不在，我的课文怎么也背不会。

他说，小七，你什么时候才能出来啊？

他说，小七，你再不出来我就老了。

一个春天又一个春天，小巫师变成了老巫师，那盆树枝却从来不见有任何长势。人们劝他，扔了吧，说不定早死了。老巫师不听，指着那树枝道："长得这么精神，你看都有小绿芽了，怎么会死？"依旧天天搂着花盆说着话。

又过了许多年，老巫师已经老得走不动了，他知道自己马上就要死了。其他巫师都说，明明巫师学校百年才会挑选一个天才，让他在森林里潜心学习，之后成为大巫师，帮助人类。谁能想到，这个天才却辜负了所有人的期待。

老巫师对于这些声音无动于衷，他只知道自己今生唯一的遗憾是再没见过小七。也不知道现在的小七出来是什么样子，也不知道这么久她的魔力有没有加深一些……

孤灯，油将枯，即将灯灭的那一瞬，老巫师眼前出来个十七八岁的姑娘，那模样跟她小时候还是那么像，一脸的稚嫩与张扬，只是那时的她是笑嘻嘻的，现在的她是皱着眉头的。

老巫师微笑："你终于好了，可惜，我没法给你找王子了，我走不动了。"

小七红了眼，哽着声音道："我不要王子了。"

老巫师有些摸不着头脑，他还跟当初那样呆傻："为什么？你不嫁人了？"

小七揉揉眼："我觉得每天在这里听你念咒语挺好的，嫁人还要洗衣做饭，太麻烦。"

老巫师叹气："可惜我时日不多，没办法再给你念经了。"似觉得这话题太沉重了，老巫师忙换了话题，微笑道，"我的老师说，我把所有的课文背完、所有的咒语学会你就会出来，看来老师说的是真的。"语罢，指着身后庞大的图书馆，又指了指身旁的书："这是最后一本了。"

小七刚憋回去的眼泪"唰"地流了出来："我不能出来啊，我不能出来……"

小七抽噎着："我怕我一出来，就毁了你，你不是说了吗？你想成为能够实现别人愿望的大巫师，可是我要是出来了，就耽误你了。"而后号啕大哭。

她想，她现在不喜欢王子了，喜欢巫师行不行？

老巫师微微一笑，柔声安慰："你应该早点儿出来，要说毁，在我见你第一眼的时候就已经毁了。"

油枯，灯灭。

第二日，人们发现老巫师死了，死得很安详，他养的那盆小树枝，也跟着死了，变成了一根枯枝。

……

茶馆里，听客们听得入神，有人刚调侃了句"这外边的故事就是有趣"，话还没说完忽听外边一阵雷鸣，紧接着便是倾盆大雨，一位书生看着大雨犯起了愁，这再不走怕是赶不上赶考的日子，正欲向老板借把伞，却见一位红衣绿袄的姑娘撑着伞过来，见了那书生，柔柔一笑道："公子要借伞吗？不如与我同行？"

书生正犹豫，却听那女子又轻声说道："需要我教你背书吗？"

无论多少世，无论你变成什么样子，命运总是能让我们相遇。

"很可爱的一个故事。"刘思明努力活跃气氛。

"因为之前发生的事情实在是太过离奇，又太让人难受了，所以我就简单讲了个故事。"秦佳仰起脸，脸上有一丝感激的笑意，"希望这个故事不会太无聊。"

"怎么会呢？"刘思明安慰着秦佳，伸手摸了摸她的头发，这要是平常，秦佳肯定早就跳起来发火了，可这次她像是得到安抚一般，渐渐恢复了点儿精神。

"别说这些有的没的，先能赢得比赛出去再说。"陈年冷眼看看刘思明，"赶紧的，你不说你的故事我就开始说我的了。"

跟秦佳的反应完全不同，秦佳遇到这种离奇的事情会变得颓丧，而陈年则是暴躁和不耐烦。

刘思明被陈年这话堵得不知说什么，陈年吸了口气，开始讲述自己的故事。

末日移民者

文×陈 年

困惑者
KUNHUOZHE

▶01▶▶

"说过多少次了,不要跟那些虫子玩,不要跟那些虫子玩,你怎么就是不听?"方梦云的面前站着一位中年女性,女人正皱着眉头拿着布帮方梦云擦着手,边擦手边抱怨:"脏死了。"

方梦云歪着脑袋,即便今年她已经十二岁了,但她依然想不通自己跟妈妈嘴里的那些"虫子"到底有什么区别。于是她又一次问出了那个问了无数次的问题:"我们,跟它们长得一模一样,语言也是一样的,为什么他们是虫子,而我们是神呢?"

女人有些生气地收起手中的毛巾,冷冷地答道:"因为它们是我们创造的。而我们,愿意降维来到它们的世界,这是它们的福分。"

方梦云撇了撇嘴,她不喜欢妈妈这种过于高傲的说法。

似乎是瞥见了女儿的不满,女人叹了口气,拉出椅子坐下,招呼方梦云来到自己身边,说:"我再给你讲一遍关于我们的故事,你已经成年了,我希望这一次你

能意识到,我们与虫子有着多大的差别。"

这段历史,方梦云已经听母亲讲了无数遍了。

公元 3010 年,因太阳内部剧烈活动,太阳黑子大量爆发,起初大量的高能射线与带电粒子引起地球多起特大磁暴现象:极端天气频发、卫星遥感受到干扰、电器大面积失控……而这只是开始。

公元 3012 年 3 月,空前绝后的"黑曜石"太阳风暴爆发,为地球带来了灾难性的影响。太阳风暴产生高能射线与带电粒子,轻易地穿透了地球的电离屏障与磁场的保护,在第一个 24 小时内破坏了几乎全部的空间卫星与地表通信设施;而全球 97% 的供电网络也在 72 个小时内逐渐瘫痪……比起这些,更加令人绝望的是:在太阳风暴的炙烤下,大量动植物死亡,到第十三天风暴平息的时候,全球农业作物仅一成的玉米和小麦存活……灾后的重建花了一年零九个月,人们后来称这个充满混乱、饥荒与绝望的年份为"末日元年"。

公元 3015 年,全球确诊为皮肤癌的患者累计达到 20 亿。

公元 3019 年,又发生了一次大规模太阳风暴。

频繁的灾难使得人类意识到:太阳,迎来了它的终年,太阳,马上就要消亡了。

毫无疑问,这一次,人类迎来了末日,不是地球末日,而是太阳末日。当太阳爆炸,整个太阳系便会面临覆灭。

面对末日,人类采取了一系列应对措施:

首先在地球外围裹上一层"星云",使地球不至于因为太阳爆炸而毁灭。

之后人类则进入深海进行休眠,躲避太阳消亡所带来的灾难。

最后,等到太阳彻底消失之后,海底的人们将会被唤醒,这时,他们会把那颗早已制造好的人造太阳升到太空,使地球重新恢复往日的生机与平和。

这是一项几乎完美的计划,可是人类所储备的物资不够全球近百亿人一同冬眠几千年甚至几万年。

于是又一项方案被推行出来,那就是"虫卵计划"。

虫卵其实是人类培育的低纬度生物,它们的长相、进化过程和人类几乎一模一样,唯一不同的是,它们属于第二纬度。原本,这些虫子是为了让人类更好地观测生物的进化状态,现在虫卵却成了一部分人的救命稻草。

所谓"虫卵计划",便是给自愿放弃深海冬眠计划的人类进行降维,然后将他们送往虫卵世界,这些人被称为"移民者"。移民者们会被按照六到十人分成一个小组,每个小组会获得一枚虫卵,一枚虫卵便是一个世界。当移民者们降维进入虫卵,他们所拥有的技术资源会令他们成为虫子们的神。

移民者对于虫子就如外星人之于古人,移民者们的降临,就如同一架飞船降临在养蚕缫丝的部落时代,知识水平、科学技术的差距使得移民者们刚出现,便会被虫子们奉为神。

在虫子世界里,人类可以采取任何措施来统治虫子,只要能让虫子供养他们,毕竟面对这些虫子,人类的权益高于一切。而人类小组成员则是虫卵世界中的"众神",几个人类共同统治着一个虫子世界。

但高收益、高享受往往也面临着高风险,人类进入虫卵世界之后,若想出来回归人类社会,就必须等待冬眠者们苏醒,让他们给虫卵世界的同胞进行升维。也就是说,在人类冬眠的这段时间里,虫卵世界的人不管出现什么问题,都没有其他人会来提供帮助。一旦统治出了问题,降维的人类被虫子们消灭也是极有可能的事情。

"听明白了吗?对于虫子们来说,阶级就是不可逾越的。"女人用冰刺般的眼神看着方梦云,"我再说一遍,我们,跟它们,不一样。"

方梦云鼓着腮帮,对女人的说法表示明显不认同,但又不敢顶撞,于是她换了个话题:"那我们为什么不选择换一个星球生活,却非要留在地球上呢?"

"太阳系之中我们并没有找到可供人类生活的第二个星球。于是我们决定迈出太阳系,向其他星系探索,但仅仅探索了七个,人类就发现这是徒劳的。因为太阳系附近的星系别说第二个地球,就连如太阳系这般稳定的状态星系都没有。生物形态多种多样,生物系统也是多种多样,在地球上生存的我们,是无法适应另一个生态系统的。于是,我们意识到地球是不可复制的,太阳系也是不可复制的。人类想要生存下去,就要想办法保护好地球,保护好太阳系。"女人认真地解释道,"所以,人类花费了大量的物资与精力将太阳系中对地球有用的星球用星云技术保护起来,而后我们便躲藏到海底,等待着太阳毁灭的那一天。"

这些故事方梦云听了无数次,但不知道是不是因为自己长大了,这一次她对这个故事感到一丝心悸。

▶02▶▶▶

晚上八点，方梦云站在讲台上看着台下稀稀落落的学生，长长地叹了口气："今天上夜校的学生，就这么多吗？"

"方老师，您的课我们都不是很感兴趣，说实话您总是教我们什么数学物理，但物理真的有用吗？我们的发明创造在神的眼里一文不值。您看啊，历史上也说了，三万年前，我们的科技停滞了，神就出来给我们造出了储火器和打火器，于是大家就在这个基础上才又开始前进。三千年前，我们的科技又停滞了，于是神又出来给我们造出了发电机，在这个基础上我们才能生活在有电的时代……老师，您说学这些有什么用呢？神会帮我们的，火力时代、蒸汽时代、电力时代……哪一个不是神带来的呢？而我们的小发明小创造也全都是基于神的指导基础上来的。我们呢，只需要好好学习语文，学习怎么歌颂神就好了。"坐在最后一排一个染着黄头发的雄性虫子开口说道，他叫许亮，是一所名牌大学中文系的大二学生。

方梦云看着台下应和着许亮的学生们，又一次叹了口气："你们……要学习啊！"

方梦云今年只有十八岁，比这些学生的年纪都要小，她没什么威严，根本镇不住这群比她大的学生。她之所以能成为他们的老师，是因为他们是方梦云的礼物。

简单来说，这所学校这个课堂这些学生，全都是方梦云十八岁的成人礼物。

从小方梦云的母亲就警告她："离那些虫子远点！那些虫子身上有细菌和瘟疫！"

可是真的是这样吗？方梦云十二岁之前一直是这么以为的，但直到有一天她抵不住好奇，溜了出去，在远处的角落里偷偷观察着这些虫子：他们嬉戏打闹，看起来比自己开心多了。

"喂！你！"一个雄性虫子指着方梦云的方向喊道。

这声音把方梦云吓了一跳，她慌忙蹲下身子，试图让那些花花草草挡住自己。

"别藏了，快出来，你躲的地方离神的住宅区太近了，要是被发现你会被打死的。"那个雄性虫子好心提醒，但见方梦云并没有什么动作，咬了咬牙，看了看周围，给小伙伴们打了个手势，便在其他虫子的掩护下冲到了方梦云面前。

方梦云被吓了一跳，刚要喊出声，便被这个雄性虫子捂住嘴连拉带拽地带到了他们刚刚的活动地。

完了完了，我要被他们感染了，我要得病了，我要得瘟疫了。

方梦云挣脱不开，内心全是对染病的恐惧，瞬间便红了眼眶。

"你怎么了？"把她拖过来的雄性虫子问，"我弄疼你了？"

其他虫子见她安然无恙，也纷纷围了过来。

有雌虫子想帮方梦云擦泪，却被方梦云害怕地躲开。

见此，一个雌虫子走上来指着那个雄虫子道："都怪你，把人家给弄疼了，快道歉！"

"我只是怕她被巡逻队发现，万一击毙了她……"

"道歉！"

"好吧。"雄虫子的气势弱了下来，"对不起，你别哭了，我把我最喜欢的棒棒糖给你吃。"

方梦云泪眼模糊地看到眼前有一双小手，手里捧着一枚颜色鲜艳的糖果。

方梦云咽了口唾沫，小心翼翼地伸出手接过那根棒棒糖，如果……如果只是吃一点儿他们的东西，我应该不会被感染吧？方梦云这么想着，她实在好奇虫子们到底吃的是什么。跟自己吃的一样吗？味道呢，也一样吗？

就如同养了宠物的人开始对宠物的食品好奇，当这个好奇心达到一定程度，人就会不由自主地去尝一尝那些宠物粮。

"好……好好好好吃。"方梦云一连说了无数个"好"。这是她第一次吃到虫子们的食物，却没想到这么好吃，比自己在家里吃到的东西好吃多了。

"嘿嘿，好吃吧？这可是我用攒了一周的零花钱买的。"那个雄虫子挠挠头，笑得开心，"我跟你讲，你刚刚在的地方是我们虫子跟神的分界线，以后不要再去那里了，不然哪天你连自己怎么死的都不知道。"

"分界线？"方梦云咬下一块糖，问，"那我现在在的是虫子的地方？"

"对啊！"雄虫子满脸不可思议的表情，"你怎么什么都不知道？你爸爸妈妈

没教过你吗？"

方梦云眨眨眼睛，没有说话。

"没事，回头我来教你。我们放学之后都会来这里玩，这里的设施本来是给神的孩子用的，但他们好像瞧不上，于是神就把这里开放作为公用了。不过因为这里离神的住宅区太近了，做事情要小心一点，不能太吵闹，也不能破坏周围的环境，还要在规定的时间里回去，除此之外就没有什么了，只要遵守规则，我们就能玩得很开心了。你叫什么名字？下次我们一起玩吧？"

方梦云知道这个设施地，因为这里就是专门为她而建的。但可惜没有人和她玩，于是这里便渐渐废弃了。游乐场不是因为有游戏项目才使人向往，而是因为这里有能和自己一起玩乐、一起开心的人。

方梦云的眼睛瞥向旁边那些滑着滑梯、坐着跷跷板的小虫子，不知不觉有些心动，鬼使神差般地点了点头，说："我叫……方梦云。"

从那之后方梦云便总会偷偷地溜出去，来到这个地方和虫子们一起玩耍。虽然刚开始方梦云总是在忐忑与矛盾中挣扎，但后来她意识到即便染了病，家里那台智能医疗机器人也会在最短的时间内帮她恢复，这样方梦云也就无所畏惧了。

只是……心里本有些担心的方梦云，却在面对每周的身体检测结果时疑惑起来。

第一周，第二周，第三周……数据显示方梦云的身体一切正常。

为什么？

接触了虫子，却一切正常。是幸运或是偶然吗？

年幼的方梦云第一次对父母的话产生了质疑。

其实他们根本没有瘟疫或细菌，这些全都是谎言，为了把我们和他们区分开来的谎言。

小小的方梦云第一次在妈妈面前提出了质疑："为什么，我们和他们长相一样，语言一致，他们却是虫子，我们却是神？"

方梦云知道，母亲答不上来，所以她又把那个人类的历史讲了一遍。

说来说去，母亲的理由只有一条，那就是，我们是三维人类，它们是二维虫子，我们天生就比它们高贵。如果不是我们自愿降维，它们一辈子都没有见到我们的机会。

可方梦云无法认可这个"因为高维所以高级"的说法，母亲说服不了她，于是她决定自己寻找答案。她想和虫子们多接触一些，想更了解虫子们。这样她才能说服母亲，降维了的三维人类和虫子其实没什么两样。

可是还没等方梦云再找虫子朋友们聚会，她就被喊到了母亲的屋子里。

"我听说你在跟那些虫子玩？"母亲居高临下地看着她，似乎在母亲眼里，此刻的她也变成了虫子一般低级的生物。

"我……"方梦云不敢直视母亲的眼睛。

"你被禁足了，在你十八岁之前，不允许你踏出神的地界。"母亲用冰冷的声音下着命令。

"凭什么？"方梦云抬起头，直视着那双充满蔑视的眼睛，"凭什么我不能和他们玩？就因为我是你们的女儿，所以我就要一个人待着？"

"因为，它们，是，虫子。"母亲咬着牙，一字一字地说着。

"是，他们是二维的虫子，我们是三维的人类，三维就是比二维高贵。但是您别忘了，我就是出生在这个二维世界里的，是你们，被降维了的你们，变成二维的你们，在二维的世界里生出了二维的我。我们跟他们有什么不一样？或者说，我，跟他们又有什么不一样？"方梦云据理力争，"要按照您的定义，其实我也是二维的虫子。"

啪！

清脆的声响，是母亲用手重重地甩过方梦云的脸颊，"我看你是被它们感染到脑子都不清醒了，你需要进行全身的消毒。"母亲压着怒火说道，双手不由得一阵阵颤抖。

方梦云捂着脸颊，眼睛直直地盯着母亲，那里边，十二年来的崇拜与敬仰瞬间破裂，只有不满与质疑。

▶04▶▶▶

　　方梦云被禁足了,从十二岁到十八岁。直到方梦云的父亲回来,她才被提前"放"了出来。

　　父亲每隔一段时间便会出去一趟,他会到虫子的世界里去教他们如何种植,教他们如何利用火,如何使用电。他就像是虫子们的老师,带着整个虫子的世界一起成长。

　　父亲捧着方梦云的脸,仔细观察着这些年她的变化,然后像是想起了什么问道:"再过一段时间就是你十八岁生日了吧?你想要什么?"

　　方梦云看着父亲,眼神坚定:"我想像爸爸这样,当虫子们的老师!"

　　父亲的脸一下子黑了下来,但马上他便摆出慈父的表情:"小孩子不能太接近它们,会染上很可怕的病的。"

　　"爸爸。"方梦云表情严肃,"我已经不是小孩子了,请您不要再用这种谎言来骗我。我想到虫子的世界看看,我也想把我学到的知识教给他们,他们的创造力与动手能力远远高于我们,我相信只要教给他们,那些理论就不再是理论,而会变成真正的成果。"

　　父亲松开捧着方梦云的手,他直起身子,发现方梦云的个头都快和他一样高了。自己上一次出门的时候方梦云是多高来着?到自己的大腿这里?还是到自己腰部?父亲记不得了,他突然意识到方梦云的成长速度和那些虫子一般,让人惊讶。

　　"你想教它们什么?"父亲表情严肃,像是在谈一桩生意。

　　"物理。"方梦云挺直身板回答,"他们还从未向天空探索过,我想把这些知识一点点教给他们……"

　　"不行!"父亲喝道,"二维虫卵世界是被我们设计出来的,虫卵世界拥有和三维相似的环境,但是,当时的人类无法进行更大规模的设定。也就是说,人类所在的世界换成二维就是一个没有边界的画,但虫卵不过是个类似于煎饼大小的画。当它们往左往右往上往下,只要一直走,它们就会发现这个世界的尽头。"

　　"发现尽头会怎么样?"方梦云不解。

　　"这个二维世界是仿三维建造的,而我们所拥有的知识全是基于三维,人类虽然创造出了二维世界，却并不代表能够清楚地理解二维世界里的原理。也就是说，虫子们是拿着部分三维世界的知识在学习。然而当它们有一天发现了这个尽头，它们就会意识到自己的世界并不是如此。就好像一个三维人类，有一天在地球的某个角落触碰到了边界，开始他会疑惑不解，但当大家都开始研究这个问题时，不久全人类都会意识到，这里并不是三维世界，大家被欺骗了。"

"所以我们的家建在边界处，所以您禁止他们向天空探索？"方梦云突然理解，为什么自己的家像是一个巨大的囚笼，将虫子们紧紧圈住。

"是，当它们意识到被欺骗，后果是难以想象的，我不知道它们会选择推翻我们的统治还是其他什么，但我知道，无知，就代表着平静。为了让这份平静延续下去，我宁愿让它们无知。"

方梦云不知道说些什么，未知使人恐惧，母亲在恐惧着，父亲也在恐惧着。可是，就因为不想承担这些未知的风险，就要让所有的虫子一起无知吗？

"那……我就教他们基础物理，如果他们不懂，他们就不知道怎样才能最大限度地使用电，三千年来他们都没有把电利用到最大限度。如果我不教他们，爸爸你当初给他们的发电机也就白给了。而且……我也想看看虫子们的世界。"方梦云沉默半响，她意识到跟父母谈论虫子的权利是没有任何意义的，倒不如自己和虫子们接触接触。

父亲沉默半响，叹了口气道："可以，但你要去我给你指定的学校。它们，包括学校，就算是我送给你的礼物，好好珍惜。"

▶05▶▶▶

在任教之前，方梦云总以为自己能够使得虫子们进步一些，只是当她真真正正去做了，才知道，隐瞒了神的身份，她的话根本没有谁愿意听。

"今天的课就到这里吧，大家回去记得……"方梦云疲惫地讲完课，话还没说完，学生们便一哄而散。"许亮，你留下来。"方梦云忙开口，叫住带头冲出门的虫子。

"啊？"许亮刹住脚，闷闷不乐地走了回来，"老师，什么事啊？"

"许亮,你在班上很有号召力,我希望你能号召同学们一起好好学习。"方梦云不知道说什么,身体倒是先于大脑做出反应。

"哈?"许亮满脸不可置信地看向方梦云,"老师,您别给我不可能的任务啊!就是我刚说的,反正有神,谁会费那个劲儿学物理啊?"

"那你为什么要过来上课?"方梦云又迷惑了。

"因为学校要求的啊,我是被学校强制要求过来的,其他虫……估计是被公司要求过来的吧?"

方梦云叹了口气,父亲的这一行为更加让方梦云意识到虫子和自己的区别到底有多大。他们可以被神随意支配,可以随意打断他们的学习、工作状态,只为了实现自己一个小小的生日愿望。

"那如果有一天,神不在了,或者,神不愿意再把自己的知识教给你们,你们要怎么办?等死吗?"

"那个时候估计就是我们的末日了。"许亮耸了耸肩,并没有多大的危机感:"既然神都没有办法,那我们肯定也没有办法,再挣扎也没有用。"

"许亮!"方梦云有些生气,"神,不是万能的。"

许亮撇撇嘴,小孩子气般地反驳:"神就是万能的,不然你怎么解释我们的平均寿命是八十岁,神却能活至少三万年?神能活这么久,还将继续活下去,怎么可能有一天会不在呢?"

方梦云深吸一口气:"那,如果神抛弃了你们呢?"

"抛弃?"许亮有些微的惊讶,显然他从来没有想过这种情形。

"神可以凭空出现来帮助你们,也可以凭空消失毁灭你们!"

"不可能!神还需要我们贡献的粮食、力量,我们对神这么崇敬,神不可能抛弃我们!"许亮皱紧眉头,"反倒是你,你一个虫子怎么能妄言神的去留?"

方梦云也跟着皱紧了眉头,想说什么但还是忍住了,最终摇摇头甩了一句"无可救药"便离开了。

母亲说得没错,虫子,就是一群懒惰又无知的生物。方梦云有些累了,她以为自己能启发这些虫子,结果教了半年的物理,它们却连牛顿三大定律都搞不明白。

方梦云打算放弃了,明天教完最后一课她就离开,不会再关心它们的未来。因为它们，不值得自己去用"他们"这个词。

▶ 06 ▶▶▶

"方老师。"

最后一节课上学生依然少得可怜，唯一的不同是，许亮这次没有在放学铃响了之后第一个冲出教室，而是走到讲台前，叫住了方梦云。

"怎么？"方梦云问，"要来跟我告别吗？"

"不。"许亮摇了摇头，"我想问问老师，用物理知识能解释神的寿命与我们寿命差别的原因吗？"

"你这是……"方梦云挑了挑眉，"挑衅吗？"

"不，是求教。老师昨天您面对我的说辞都表现出不屑，于是我就在想，或许老师其实早就看出了里边的规律呢？只是对于不学习物理的我们，这些太难理解了而已。"许亮睁大眼睛，恳切地看着方梦云。

"光速飞行。"方梦云沉默许久，终于说出了答案，"你知道神的住宅是围着虫的活动区域建造的吗？"

许亮点点头。

"那你知道神的住宅其实是一个巨大的圆吗？神的住宅就像一根管道，围住了虫子，同时又首尾相连。"

"这……又怎么了呢？"

"那根管道里有一艘飞船，神，以及虫子们称这个飞船为屋子。客厅、卧室、餐厅……这些你们以为固定不动的东西，其实每时每刻都在运动，它们组成一个整体，一天二十四小时不断地在管道中穿行，就像是一艘飞船，以光速在管道里不间断通行。"

"光速？"

"对，这个速度可以调节，也就是说管道里边与外边的时间比例可以调节。于是最后，被调节为，神的一年，等于你们的一百年。"方梦云说得轻巧，可这些话像是炸弹一般在许亮的大脑里狂轰滥炸。

"一年等于我们的一百年,我们经历了三千年,神经历了……三十年?"许亮难以置信地看着方梦云,这些全都是超出他所学知识的范畴,他没办法一下子将这些全部消化。

"是的,我觉得你就算不懂物理,起码懂得这些事物之间的联系吧?神这么做的目的是什么?很明显是为了活得更久,最终抛弃你们。"

许亮的嘴唇开始微微颤抖,方梦云说得没错,从刚刚那个"一年等于一百年"的调节就可以看出,神肯定有必须活下去的理由,但无论是什么理由,其最终结果一定是抛弃虫子们。

"我不信,你有什么证据证明……"许亮提高音量,试图掩饰自己的慌乱。

"证据?"方梦云上下打量着许亮,许久才说出一句足以振聋发聩的话,"我就是神,你要来参观我的卧室吗?"

觉醒者
JUEXINGZHE

▶ 01 ▶▶▶

如果没有那场夜校学习,或者说如果没有那次对话,许亮到现在应该还是一名普通的学生。

学校里总会有各种奇怪的事务,比如会选一批学生去进行没有意义的夜课补习。

许亮作为名牌大学的学生,本应是家里的骄傲,但或许是进了大学太过松懈,以至于从大一起他就开始挂科,好不容易补考过了,结果又挂了科。这个成绩实在太难拿出手了,不仅以后找工作困难,连毕业都困难。

无奈之下,许亮找到了院长,问院长有没有能帮他的办法。

院长推了推眼镜,努力看清许亮的档案,良久叹了口气摇了摇头:"你这成绩,可不行啊!"

"我知道不行,所以我才来问问您有没有什么办法。我以后想要去神的身边工作，在最接近神的地方写下歌颂他们的篇章。可是这样的成绩……老师您能不能帮帮我？我保证以后会好好学习，再也不挂科了。"

院长又推了推眼镜："学校里的一切都是透明公开的，不能因为你一个人就搞特殊。回去好好学习吧。"说罢，将面前的成绩单扔回给了许亮。

许亮弯腰捡起落到地上的成绩单，他就知道会是这样的结果，要不是室友鼓励他让他来试试，他才不会厚着脸皮拜托院长这种不可能的事。

"等等。"

就在许亮转身准备离开的时候，院长叫住了他："也不是不可以。"

"什么？"许亮不可思议地看着院长，沮丧的脸上带着些许期待。

"在p区有个夜校，你可以去那里上半年的课，要是那边的校长给你打高分，我这边就可以也给你打高分。"

"真……真的吗？"许亮激动得心跳有些加速，但马上他就强制自己冷静下来，提出了自己的疑问，"但是……为什么？"

"因为这所夜校是神创办的，现在是试创期，需要一批志愿学生去上课体验并更改老师们的授课方式，使老师们能够更高效地授课，未来这所学校就会成为所有学校的学习对象。"院长一板一眼地说道。

"那……为什么是我呢？志愿学生们应该是优秀学生吧？"

"不，恰恰相反，为了能让老师们面对不同的学生，志愿学生里有年纪极小的天才大学生，也有留级的笨蛋，而你，正好符合神给我们的要求——文学系中最后一名学生。"

许亮突然不知道该说什么，他不知道自己是该为被选中而感到兴奋，还是为自己这样的成绩而感到羞愧。

最终，他什么也没说，只是应了声"好"，给院长鞠了个躬，便回去收拾东西了。

在p区的学习并不开心，许亮不知道是神故意的还是院长故意的，他一个连数学都不感兴趣的人，居然被安排进了物理班。

不只是他，其他虫子也全是文学相关的专业。尽管许亮可以看得出这个年轻的

女老师很认真地在教大家,可是没有谁能听得进去。时间久了,大家都开始逃课、旷课。

许亮叹了口气,要不是为了能有一份好看的成绩单,他估计自己也像其他虫子那样旷课了。

半年的时间并没有想象中那么快,但真的到了,反而让许亮有些恐慌:物理老师对自己印象如何呢?昨天在课堂上那样讽刺她,她会不会告诉校长?要真这样,那我这半年不就白待了吗?

许亮思前想后,还是觉得最后一堂课要跟这个方老师好好谈谈,最好能让自己表现出老师启迪了自己,自己开始对物理感兴趣的样子。

"方老师!"

看着一个个收拾东西离开的同学,许亮走到讲台前,叫住正准备离开的方梦云:"我想问问老师,用物理知识能解释神的寿命与我们寿命差别的原因吗?"

改变命运的谈话,由此开启了。

▶ 02 ▶▶▶

许亮咽了口唾沫,此刻他能感觉到自己的心脏跳动得异常快。

"我可以带你前往你们虫子一生都被禁止踏入的区域,你想去吗?"方梦云像是一个魅惑的水妖,又一次说出了邀请的话。

"我……"许亮又咽了下口水,"我去!"他不再犹豫,努力站稳身姿,尽管双腿还在打战,但他依然让自己表现得毅然决然。

方梦云轻笑着点点头:"我希望这次的旅行能让你有所收获。"

许亮从来没想过自己有一天能够进入神的府邸,更没想到是在神的邀请下。

"我的父母并不喜欢你们虫子,你们只是被用来供养我们的工具。"方梦云边走边给许亮讲着这些残忍的事实。

"我们供养神,不是应该的吗?而且神带给我们那么多技术,喜欢不喜欢我们,又怎么样呢?我们还是会选择尊敬你们。"许亮想了想,很虔诚地说。

方梦云看了他一眼，想要争辩些什么，摇了摇头，把话咽了回去，只说一句："我们跟你们并没有什么不同。"

许亮闭了嘴。确实，科学揭露了寿命的问题，神的面纱也将随着自己进入禁区而一点点被揭开。

"为什么要带我过来？只是为了证明你说的是真的吗？"许亮在踏过那条象征着禁止的红线之后，问道。

"不，我只是希望你们能学会自救。除此之外……我不认为，我们可以顺利地回到我们那个世界，或许未来有一天，我们还需要借助你们的力量。"方梦云皱紧眉头，很多事情，她看得要比父母更为深远。但，谁知道她是不是在杞人忧天呢？或许这次随意带虫子进入的行为反而会招致自身的毁灭也说不定。

"我……听不太懂。"

"你会懂的。"方梦云朝许亮微微一笑，然后拽着他的手大步朝远处走去。

禁入线不远处就是神的府邸，远处看不出来，但到了近处，许亮才发现，这是一个巨大的大型圆柱形管道，外边只是装饰成了房子的样子。

"这不是房子！"许亮惊呼。

"我说了，这是航行线，之前我已经给你解释过了。"方梦云按下门铃，十几分钟后，大门缓缓打开，"技术还不太成熟，这艘飞船想要平稳停下来，花费的时间还是有点儿长。"

许亮目瞪口呆地看着这一切，就像是科幻小说与复古文学相结合一般，房门打开的瞬间，许亮想起了小说中太空舱门打开的样子，但向内窥去，里边却是装潢精美的样子。似乎是为了显示尊贵感，桌椅全用上个世纪最奢侈的材料打造而成。

"愣着干吗？快进来。"方梦云踏进房门，却发现许亮还站在门口发呆，"时间可不等虫。"

"嗯，哦。"许亮回过神来，忙跟着方梦云进去。

"这次我并不打算带你参观我的家，我要带你去后门看看。"

"后门？"许亮感觉到屋子有开始移动的感觉，但马上就恢复了正常。

"梦云，你回来了？"许亮的话还没说完，一个陌生的女声便传了过来。

方梦云一下子脸色苍白，左看右看了一阵，慌忙将许亮推到了旁边的杂物室内。

啪嗒，啪嗒……

拖鞋踩在地上的声音由远及近，许亮悄悄地将门打开一条缝隙，试图看清外面发生了什么。

"教学结束了，体验如何？"母亲样的女人颇有深意地问道。

"还行吧。"方梦云伸了个懒腰，"没有我想象中的那么好，也没有你们想象中的那么坏。"

"那就是不顺利。"女人摊手，"从小你对一件事就不会抱过高的期望，既然还没有你预料的好，那就是不好了。"女人上前一步，揉了揉方梦云的头："不过早点放弃也是好事，毕竟，马上我们就可以出去了。"

"出去？去哪里？"

"当然是属于我们的三维世界，人类的世界。"女人微笑，"机器估算的时间不会错，在这里再待个几年，我们就可以回去了。"

"回去……那他们呢？那些，虫子呢？"方梦云问，"我们要抛弃他们吗？"

"它们？"女人从鼻子里发出不屑的嗤声，"当然。它们的使命就是供养我们，未来，它们的使命结束了，也就没有存在的价值了，我想比起抛弃，应该是直接毁灭吧。"

"为什么？他们明明很低等不是吗？"方梦云大声质问。

"确实低等，但是谁知道未来的哪一天它们会不会有对三维人造成威胁的科技。要知道，凡是有可能对人类未来造成威胁的东西都要毁灭，太阳是，这些虫子也是。"

许亮躲在角落里，听着这些话，只觉得脊背一阵阵发凉：神真的要抛弃我们了，不，不仅仅是抛弃，还是毁灭式抛弃。

"不行！你们不能这样！"方梦云极力争辩着。

"你怎么这么不懂事？我真不知道你的脑子是怎么回事！"女人由刚刚的和蔼变得愤怒。

"因为我从来没有见过你们说的人类，我的朋友只有你们嘴里的虫子！我不想我的朋友死掉有问题吗？"方梦云也跟着变得越来越生气，她深吸一口气，努力使自己冷静下来，"妈，如果你的父母让你放弃人类社会带你前往太空，你愿意吗？你愿意眼睁睁地看着你的朋友、你喜欢的人、你尊敬的人被你的父母亲手杀死吗？"

女人沉默了几分钟，皱眉道："这就是我为什么不愿意让你接触它们。"而后甩手走开，留下一句："即使你对它们再有感情，你只要在家里待一年，它们就不在这个世界上存在了。"

方梦云咬着牙齿，良久，她猛地把杂物室的门打开，眼睛通红的样子吓了许亮一跳。

"你……没事……"

"你听到了吗？"方梦云死死地盯着许亮，"你现在还觉得神不会抛弃你们吗？"

"我……"许亮想说什么，但是嘴唇颤抖，舌头僵硬，什么话也说不出来。

"别说了，我带你去见这个世界的边境，之后要怎么样，你自己决定。"方梦云伸手抓住许亮的手腕，大步朝后门的方向走去，步伐坚定。

03

许亮躺在宿舍的床上，他想起几天前自己的经历，如做梦一般。

方梦云带着自己出了后门，该怎么形容那里的景象呢？就像是打游戏时刷不出来周围的场景一般，朝前望去只有不同颜色的小方块埋在一片白色之中。那里像是有一堵看不见的"墙"，无论许亮怎么用力，都无法将自己身体分毫伸出"墙"外。

见此，方梦云微微一笑，将手伸向那堵看不见的"墙"，像是进入了另一个空间般，方梦云伸出的手，不见了。

"这是……"许亮不解。

方梦云将自己的手又伸回来："这是二维半，我们要开始准备回去了，人类的苏醒就在近期了，为了能让外边的人随时把我们召唤回去，我们要一直保持这样的状态。完全二维的情况下，外边的人是没办法把我们三维化的。所以我们在这几年里要保持二维半化的状态。其实说白了还是技术不够成熟吧。"

许亮没说话，确切地说，他也不记得自己后来到底说没说话，他只记住了方梦云那只白皙的手穿过去又伸回来的样子。

不知想了多久，许亮猛地从床上坐起来，又一次冲进了院长室。

脚还没踏进门，他便朝着里边喊："院长，我想转系，我想学物理！"

院长推推眼镜，瞪着那双昏花的眼睛问："为什么？你改理想了？"

许亮坚定地看着院长，点了点头："我不想坐在高楼里仰望神了。"这一次，我想和神同在。许亮在心里说道。

监视者
JIANSHIZHE

▶ 01 ▶▶▶

该怎么形容这个房间呢？这里布置得像是画廊一般，巨大的长廊里，两边的墙上挂着各式各样看不懂内容的画作。

然而，这里不是美术馆，而是，虫卵集中处。

一幅画就是一颗虫卵，一颗虫卵就是一个世界，而这个世界上一半的人类都在这些虫卵里。

自古以来，统治一个国家就不是一件易事，更何况统治一个世界。进入虫卵的人类可以用各种方式统治虫子们，只要他们能让自己或者自己的后代活着。

而我，是这个地方的监督员。我负责随时观察虫卵世界里的异常，例如虫子杀死了人类，这时我就会直接销毁这个虫卵。因为没有了人，虫子的世界就毫无用处。它们被培养出来只是为了让人类躲避灾难的。

我的巡逻时间是每百年一次，一次巡逻一周，查看结束之后进入冬眠。当然，我可以根据预计的时间修改冬眠的时间，适当减少或者增加。只要能保证我活到新太阳升起的那一天就好了。

末日时期，很少会有人愿意再做工作，毕竟只有进入冬眠才能保证自己能百分百活到新太阳升起那天。因此这份工作基本上，不，完全是我一个人在做。

虫卵世界的两天等于人类世界的一天，虽然这看起来并没有多多少，但当我沉睡百年再醒过来，虫卵世界总能发生一些巨变。

编号为 10863841 的那个虫卵世界是我销毁的第一批，进入的人类采取恐怖统治，逼得虫子们受不了，奋起反抗。最终不到一千年，这个虫卵里便没有人类了。

编号为 385691387 的虫卵世界是我销毁的第二批。这批人类并没有犯什么大错，他们发展科技，带着虫子们一起进步，但发展到某个阶段之后，这些人便停止了发展。他们觉得现下的物资和科技足够他们生活到出虫卵的那一刻。于是他们开始莺歌燕舞，享受生活。我不知道这种生活持续了多久，我只知道每次我再醒过来，看到的都是跟上次一样的场景。安逸、享乐，让人羡慕。但是后来我发现他们其实并没有不变，而是在一点点地退化。先是忘记了电学原理，然后忘记了如何维修机器，最后这些人类躺在坏了的冷冻舱里慢慢死去。

我当时对于这种情况很不解，直到我在查阅资料的时候看到了这个词——塔斯马尼亚岛效应，也叫逆演化。

在没有外部技术输入的状态下，也就是一种与世隔绝的状态下，这个地方的技术会被锁死，甚至后退。

那些塔斯马尼亚岛上的人因为与世隔绝，最终当欧洲人开船登岛时，发现他们的生活连原始人都不如，甚至忘记了如何穿衣。

是的，选择进入虫卵世界，本身就是一项冒险，即便进去的每个人都携带有存储芯片，里边有着人类几千年来的技术与知识，但总有人不会运用。

更有甚者，在进入虫卵后自相残杀，最终没了人类的存在。

这些年里，我烧了多少虫卵，我记不得了，我只记得它们在被销毁时，绽放的那一抹如同极光般美丽的火焰。

身为监管者其实是一件很残忍的事情，因为每次醒来都要销毁一批虫卵，但做久了就麻木了，就好像杀猪的屠夫，第一次听到猪的哀号他会难受，但听了十几年他就会麻木。

是的，我麻木了，即便我知道那些绚烂的极光是成千上万虫子们燃烧的景象，我也不会感到丝毫难过。因为马上，有更难过的事情到来，那就是——人类苏醒日。

太阳连同它带来的辐射性灾难全都消失之后，人类便会陆续苏醒。那时我将会对残留下来的虫卵进行检查，选定人类将他们三维化带出，而那些虫卵，将会被集中销毁。

是的，全部销毁。虫子和人一样，也容易被煽动，我们也保不准哪一个人有着领导虫子们的力量，并将虫子们带来这个世界。所以必须将它们全部销毁。

我很期待那一天。

我想，销毁虫子的那一天，大概会绽放出我从未看过的美丽而壮观的极光。

现在，太阳爆炸了。我能感受到地球在晃动，甚至能透过地面观测仪看到从天而降的如同雨点般的火球噼里啪啦地砸在"星云"上。

不时还能看见地球被熊熊火焰包裹的样子，仿佛此刻的地球就是一枚正在被销毁的虫卵。

这景象太过绚烂又太让人惊恐，我不知道如果人类没有发明出"星云"这些技术，人类会不会像几亿年前的恐龙一样，瞬间消亡。

我摇了摇头，不再看外面的景象，开始我的工作。

这次，所有的虫卵一切正常，只是，有一个引起了我的注意：一个编号为092296618的虫卵。

倒不是人类出现了什么问题，而是，这里面的虫子。这些虫子，它们发展得太快了，我揉了揉眼睛，将那些设备一遍遍放大，我终于看清楚了，那是一台发射器，星云发射器。

我无法理解虫子的世界里为什么会出现这种东西，它们无法向外探索，没有其他星球，甚至它们自己所在的地方都不是星球。它们为什么要建造星云发射器？它们要保护什么？或者说，它们制造这个东西是用来做什么的？

我打开092296618的监视器，向后拉动时间，试图看明白它们的演变过程。监视器上显示，最初是由一个名叫许亮的虫子开始的。

"我将把我所有的遗产，连同我的眼睛一起捐出。"许亮站在万众瞩目的舞台上，穿着西装，打扮得极其正式，"我大学读的是文学专业，大三转到物理专业，开始了我真正的物理学生涯。学习没多久我便意识到我们的理论知识太落后了，我们太过依赖于神的帮助，以至于对于科技的发展所需要的理论链处于完全断裂的状态。因此我将我的一生都投入到了填补这个理论链中，可是，虫子的一生太过短暂，这个理论链条还有很长很长，不仅长还有很多的分叉，每一条分叉都将延伸到一个新的领域……而我的积蓄，将用来奖给每一位用心血来补全这条理论链的虫。至于我的眼睛，我希望能够等我死后被放置在这里，我想看着我们是怎么一点点靠自己进步的。"

我没在现场，但我能想象得到这一定是场激动人心的演讲。我查阅了许亮的成长轨迹，他的一生如同达·芬奇那般，成就众多又令人敬佩。如果一个个列出来，大概能列成一本足有百页的书。

我摇了摇头，把时间线又往后拖动了一点儿。

我看着屏幕上那些闪过的虫子，它们拿着那个所谓的许亮奖，一点点推动虫卵世界的发展……但，有什么用呢？

它们完善了理论，它们是在二维世界里却完善着三维世界的理论；它们发展了科技，却发展着虫卵世界里永远不会用到的科技。

无用功罢了。

我关了监视器，打了个哈欠，伸了伸懒腰。此刻地球依然在晃动。

我要去冬眠了，下一次等我醒过来，就是人类的苏醒日了。

03

我是第一批醒过来的人。

有工作的人类总是要醒得早一些，有人需要将地球完善恢复一下，有人需要将星云回收，有人需要将新太阳升到宇宙中……

而我，则负责带出虫卵里的人类，以及销毁所有的虫卵。

末日重建，总是令人兴奋。

只是，我还没来得及开始工作，便愣住了。

因为我看见,那个编号为 092296618 的虫卵,先是小幅度地动了一下,然后从里边走出来一个、两个……成群结队的人!

不,它们不是人,是虫子。

不,不可能,虫子这种寿命短暂、知识匮乏的生物,怎么可能自己从虫卵里走出来?连人类都无法做到仅依靠自己从虫卵里出来,它们是怎么做到的?

"监管者?你是虫卵的监管者吗?"一个女孩子从虫卵里走出来,她身上还包裹着一层"星云",是的,星云,这个用来保护星球的技术,被它们穿在了身上。

"你好,我叫方梦云。"这个女孩说。

我皱着眉头,盯着她,她既不像是人类,也不像是虫子。"你到底是什么东西?"我大声质问,试图以此来掩盖自己的紧张。

"我是……虫子和人类的结合体。"方梦云笑得无害,"我的父亲是人类,我的母亲却是虫子。当初和我父亲一组的其他人类反对父亲的做法,于是他们就神秘失踪了。后来母亲生了我,我们本想一起来到人类世界,可是……"

"可是人类世界早有规定,若人类在虫卵之中自相残杀,虫卵将被销毁。若人类与虫子繁衍,虫卵也将被销毁!"我盯着方梦云的眼睛,一字一字说出这早就定好的规定。

"是的。"方梦云垂下眼睛,"所以父亲才把母亲关在家里,不愿让她暴露在监视器下。而母亲,也因为被禁足而偏激讨厌虫子,讨厌她的同类,假装自己是一个高高在上的'神',然而这不过是自欺欺人罢了。等到了人类苏醒日,等到了给人类三维化的时候,当监视器走进了我们的地界,一切都会暴露。于是当我接收了父亲给我的储存芯片,我继承了人类的知识文化甚至思维之后,我便意识到,等到人类苏醒日那天,我们是不可能走出来的。不,父亲或许活不到那个时候,他当然不用担心,但是我,我会活到人类苏醒日那天。那天监管者一定会严格遵守规定,监管者不是傻子,他不会随随便便三维化一个身份奇异的人,他也不会大发善心放过我,所以,我必须想办法。母亲也意识到了,尽管她的智力远远不如安了存储芯片的我,但或许是爱女之心,她在我实施计划时故意在许亮面前说了那些话,又故意放许亮进来,让他作为虫子代表看一看虫卵的边界……"

我被越来越多的虫子包围,这个像是画廊的地方,很快便被铺天盖地的虫子占满，我有些厌恶地缩到角落，甚至不想被它们碰到衣角。

"所以你就用神的身份去利用许亮，来呼吁它们发展科技？"

"我们是一样的，不是吗？能分辨人和虫子的，只有纬度机器，不是吗？所以……"方梦云抬起头看向我，"凭什么二维的生物叫虫子，三维的生物就叫人类？凭什么由你们来决定我们的生死？现在，我们拥有比你们更高的科技，这不是神的赐予，而是我们自己的努力。"

092296618里不断走出更多的虫子，我突然有些害怕，我抓紧桌角让自己不至于跌倒："你们到底想干什么？"

方梦云扬扬眉毛："躲避末日。"

什么意思？

我弄不懂，因为下一刻我便被成群结队的虫子给淹没了。我想我大概再也没有机会看到所有虫卵燃烧时绚烂的样子了。

此刻，新的太阳缓缓升起，人类开始苏醒，一个个从地底走向地面，而这些虫子也一个个由虫卵走向地球。

最终会怎样呢？

我不知道，也没人知道，这一天，究竟是人类的重生日还是人类的末日？

"好精彩。"刘思明张大嘴巴，有些说不出话，刚刚的不快全都抛之脑后。

"这只是我看了几篇科幻故事之后尝试创作，想了好久才创作出来的，不过设定其实也算是很普通了。"陈年见刘思明这么夸自己，反而有些害羞，不由得谦虚起来，整个人看起来似乎也没那么急躁了。

秦佳像是为了报复一般，故意挑刺道："在你的故事里虫卵就是童话镇咯？"

"没错，这是一个带有讽刺意味的童话故事。"陈年开口。

"还不错。"见刘思明自己都没怎么介意，秦佳也不介意刚刚陈年语气不好，实话实说。

陈年笑了笑，气氛似乎一下子变得缓和很多。陈年看向刘思明，提醒道："轮到你了。"

再见星空

文×刘思明

2012年刚刚来临的时候,除了铺天盖地的寒冷,还有人们热议的"世界末日"。当时,我坐在大巴上,听着邻座的男女情侣讨论着"如果世界末日真的来临,你会最想谁?""在你心里最放不下谁?"等一系列无聊而又略带甜蜜的问题。

李星空。

我就这样想起了他。或许,在我心里最放不下的人就是他了吧——半年没有见他了,不知道他变成了什么样子。是不是还是那样倔?是不是还是那样笨?有没有长高?有没有长胖?有没有变得更帅气一点儿?……

正想得出神,大巴突然无征兆地刹车,我的头便狠狠地撞到了前面的座椅上。我骂骂咧咧地揉着头坐好,然后瞬间清醒过来:不想爸,不想妈,居然想了那个傻子一路,我是有病吧!作为惩罚,我狠狠地给了自己一巴掌。声音大到邻座的女生转过头诧异地看着我,又看了看前面的座椅,似乎没料到这座椅能硬到把人撞傻。我白了她一眼,忍住自己想打人的冲动,深深地吐了口气:以前,凡是敢拿这种眼神看李星空的,我一定会毫不犹豫地上前把这人揍一顿。

怎么又想他了?我晃晃脑袋,看着窗外,心里一阵阵酸涩。好吧,大半年没见,想想也没什么错吧。

01

从小，李星空就跟在我屁股后，我去哪儿他跟哪儿——当然除了女厕所。而他跟我的主要原因就是保护我。因为我长了一张不招人待见的嘴，所以为了防止我挨打，李星空每天形影不离地跟着我。不知道的人还以为我们的感情有多好似的。

不过在十四岁之前，我确实很喜欢李星空……呃，应该是敬佩。

那时候的我敬佩李星空到近乎疯狂的地步，巴不得让全世界的人都知道我身边有一个长得帅、学习好、特能打架还对我特别好的人。

小时候，老师让写《我最喜欢的人》《我最敬佩的人》《我心目中最伟大的人》等一系列的作文，我写的统统是李星空。每次写他，非写够三大页不可。那敬佩之情，我现在去看以前的文章还会起一身鸡皮疙瘩，真不知道老师当时怎么顶着巨大的寒意看下去的。

只是，所有的喜爱，所有的敬佩，所有的迷恋，都在十四岁那年，如昙花般转瞬即逝，而后前仆后继地涌向死亡，直至，灰飞烟灭，直至……形同陌路。

02

那时，李星空还不傻，那时，我还没那么善于察言观色。然后，十四岁悄然而至，随即，改变了一切。

只是，这一切都是因为我。

我说过，我长了一张不招人待见的嘴。我也说过，因为这张嘴，招来了很多人的仇视。之所以能平平安安、没心没肺地活在这个世上，都是因为李星空在我身后，默默地、无怨无悔地保护着我。

可是，再怎么能打架也有被打伤的一天。

于是，因为我，李星空又一次光荣地负伤了。只是这次，有点狠。

他的脑袋，被别人用板砖狠狠地拍了一下。

在我的大脑中，关于他负伤到出院的记忆，如同被删除了般，一片空白。很久以后，我才想起其中一个片段：

李星空的头上缠着一圈又一圈的绷带，显得滑稽搞笑。他眉头微皱，如同解不开的结。他转过头，黑黑的眼睛定定地看着我，里面失去了焦距，聚满了晕不开的苦涩。他用力扬起嘴角，用漫不经心的口气说："我发现我最近的记性不太好，反应也有些迟钝了……我……是不是……会不会……要……傻了？"嘴角依旧扬起，只是声音却带了些哽咽，这声音，如同中药般苦涩，涌进我嘴里和心里，怎么也化不开。

我不知道自己当时是什么样的表情，只记得自己回答说："那你也是最聪明的傻子，最有深度的傻子。"

……

那时，李星空的前途一片光明，没想到，却被我毁得体无完肤。

真正开始疏远李星空，是因为别人对我说："李星空是不是傻子？"

这句话，彻底激怒了我。我想，李星空傻不傻，是你们这些外人能评论的？好歹他曾经也是我崇拜的对象。小时候，人家追星，我好歹也追了星，不过追的是李星空，那又怎么了？李星空可比明星强多了，你让他干吗他就干吗，对你还特温柔，那些明星行吗？

于是，为了维护我曾经的偶像，我说："你才是傻子，你全家都是傻子。"

然后，以这句话为导火索，我由一个毒舌淑女变成了泼妇。

于是就演变成：有人在背后说李星空坏话，打；有人在背后对李星空指指点点，打；有人对李星空翻白眼，打；有人在晚上看星空，打？不不不，这个，我还是允许的。

只是，再好的感情也经不起时间的流逝，再坚定的信念也抵不过舆论的压力。就这样，表面上我努力维护着李星空，可我也在悄悄地疏远他。

因为，我受不了那纷至沓来的流言，以及那时刻想要保护他而与别人拼命的自己。我真的很累，真的。如果离开你，我会不会，轻松那么一点儿？

04

事实告诉我们：现实跟幻想之间总是隔着一条银河。

因为，在我不断的努力之下，关于李星空的谣言少了，但关于我的谣言比"非典"的传播速度都快。以至于后来，不知道的人，听到这些谣言还以为我是混黑社会的。

算了，既来之，则安之。反正我的目的还是有那么一点达到了，再传出什么谣言也与我无关了。

05

我想，李星空的人格魅力一定很大，不然，我为什么差点儿被他整成人格分裂？

我承认，因为舆论我疏远了李星空，可这并不代表着他可以疏远我呀！好吧，我承认我有变态的潜质。可是，这事搁谁身上谁都受不了呀！

你想，以前有一个人一直屁颠屁颠地跟在你身后，你说往东他就往东，还不准别人往西，看你心情不爽，还会揍个人让你乐呵乐呵，而且，还会把你宠成个小公主。可是，突然有一天，你心情不好，懒得搭理他，而他也学着你的样子给你脸色看。这样也就算了，可当你恍然大悟，要跟他和好，他却死活不搭理，不管你赔礼道歉还是献殷勤，人家就当你是空气，不仅如此，还恶劣到对你冷嘲热讽。这，你能受得了？

答案是，是个人都受不了。

呸，我发誓，我这辈子都不要理李星空了，给他点好脸色他还蹬鼻子上脸？

06

不过，一事归一事，我再怎么不爽也要稳定情绪迎接中考，好歹我为此也活了十六年不是？本来我是准备考个普通高中混混日子就行了，李星空却整天在我耳旁嚷嚷：咱楼下那谁谁谁又考了全年级第一，那谁谁谁这次物理考了满分……

我白了他一眼，这人怎么这样呀？好不容易跟我说话了，话题却还是别人。"那谁谁谁，该不会是您老杜撰出来的人物吧？我可告诉你，激将法，可对我没用。"仔细听，这句话居然还带着股醋味儿，呸，我有什么可吃醋的？

而后，李星空憋了老半天，脸都憋红了，才吐出俩字："苹果。"

苹果？我还香蕉呢。糊弄我也要起个人名吧。

没两天，我就知道那个"苹果"就是我们家楼下一位长着圆圆的苹果脸的女生，脸上常年顶着两团高原红。也不知道她住得到底有多高，居然还有高原反应，我住得比她还高，也没见有什么高原反应。

我想，之所以活了这么长时间还不知道有这么一个人，是有原因的。经过我长期观察，发现原因是，苹果每天天不亮就出门，基本到夜深人静才回家。也不知道是在学校认真学习还是在外浪迹天涯。相比起来，我就乖多了，日上三竿才爬起来去学校，早上迟到基本是家常便饭，至于早退逃课则是每日必修。披星戴月的事，咱从来不干。

你看我多好呀，李星空你怎么就没瞧见我呢？

我嫉妒她。虽然这是我一直不愿承认的，不过事实就是如此。谁让李星空每天在我耳边"苹果""苹果"地念叨。

有时候念得我烦了，我就义正词严地说，不就一烂苹果？迟早有一天你会因为没有念叨我的名字而后悔。

李星空白了我一眼，就你？我怎么可能会后悔？有本事拿个年级第一让我瞅瞅，别说第一，年级前十，我就不念叨苹果了。

别，年级第一迟早是我的，你就准备好写有我名字的大海报吧。

话一出口我就后悔了。没想到改了几年还是没把我这张嘴给改好。我又不是李星空，哪有那么好的脑袋，说第一就第一？更何况，现在李星空的脑袋不怎么管用了，但人家年级前二百还是稳拿的。我想，如果脑袋受伤的是我，那年级倒数第一我倒是稳拿了。

不过，话既然说出口了，就不能不把它付诸实际。于是，从那一刻起，我苦命的生活算是正式来临了。

其实，李星空，你知道吗？我这么努力，就是希望有一天你能够以我为荣，让我成为你的骄傲，如同当初我崇拜你那样的崇拜着我，然后，换我来保护你，让你来依靠我。

07

大巴车终于停了下来，我提着大包小包，以一副潇洒的姿势下了车，邻座的女生依旧是诧异的眼神，估计是没见过哪个女的能有这么大的力气，扛这么多的东西，简直能当搬运工。我白了她一眼：姐当年打架的时候你还不知在哪儿呢。只是，还未等我翻完白眼，大巴车就绝尘而去，弄得我顿时泪流满面：沙子全进眼里了。

流着泪，我却笑了，然后就开始不由自主地哭了：沙子在眼里，那个傻子却在心里。

08

这次寒假过得挺有意思的，唯一没意思的就是，李星空没在家。

我问妈，李星空死哪儿去了，还是他们学校连个寒假都不舍得放？

老妈笑着，温柔得能掐出水来，所以，果真她的眼里渗出了一道一道的水。

她说，你哥哥他辍学了，去打工了，为了供你上大学。

听着这话，我都不知道该笑还是该哭，只好选择面无表情。李星空，你想得也太遥远了吧，我今年才上高一好不好？而且，咱家会穷到供不起我上大学？你是为了给你日后娶媳妇攒钱的吧。

后来，我想起，曾经李星空跟我说过的话："我学不好了，再怎么努力也不行了。我用了曾经几百倍的努力却也只能在年级前二百名，而你，你是家里的希望，所以，请带着我的梦想，和爸妈的希望，努力吧。"

这话，是在我睡意蒙眬中听到的。我一直以为是自己做了一个梦，现在想来，那确实是李星空说的。其实，他一直以我为荣，只是对我倾注了太多。

我没说，我和李星空是龙凤胎。我也没说，生下来的时候，我比李星空足足重了五斤,老妈说,你看你哥对你多好,在肚子里的时候都让着你。我没说,那板砖本是拍向我的,是李星空替我挨了那一下。我也没说,在我努力学习的时候,桌边总是有一杯冰水……我欠李星空的真是太多了,我想下辈子我也还不完了,所以,下辈子我们还要做龙凤胎,只是,下次,我来当姐姐,我要保护你和……宠你。

寒假过完了,我还没见到李星空的影子。老爸老妈送我去车站,老妈一脸涕泗横流的模样,让我一度怀疑我去的不是学校,而是地狱。

这情景太过熟悉,又有些陌生。去年,我走的时候,跟我说再见的有三个人,现在却少了一个。

我仍记得,成绩出来那一天,李星空比我还着急,看到我的好成绩后,表现得比我还兴奋。他说,果然是我妹,终于在最后一次也是最关键的一次,考了年级第一。这样,我崇拜你,说出去也不怕丢人。

我看着他眉飞色舞的模样,却有些莫名的伤感:"这样我就要去省重点了,我就要离开家了。李星空,你会舍得我吗?"

他愣了片刻,而后,一脸的不耐烦:"去去去,你爱咋咋的,别搁我这儿矫情,你走了我还巴不得高兴呢。"

于是,时光飞逝,从我离家去那个学校以后,再也没有见到过李星空。我,果真很让人讨厌呀!

大巴车缓缓地开动,突然一个身影跑了过来。

李星空!我的眼睛顿时亮了。他黑了,也瘦了。还未等我伤感,李星空拿着一个东西就朝我扔过来,我连忙接住。将脑袋重新探出窗外,看到他那如孩子般的笑靥,心中的阴霾一扫而光,跟着他像傻瓜似的笑了起来。

匆匆一瞥,而后,匆匆离去。他的样子还未在我的脑海中印刻下来,就开始变得模糊。

我的手中,是一颗红彤彤的苹果。

似乎又回到那时,李星空和我坐在阳台看星空。他说,你可千万不要把我忘

了，你看你的头顶就是星空，凡·高的著名油画叫《星空》……我会一直一直吃苹果，因为能增强记忆力，而且，也是你最喜欢的水果。我一定不会忘了你，所以，你也要一定一定记得我。

为了记得我的一切，记得我所爱的一切，他给什么东西都起了外号，包括，那个一直考年级第一的女生。

我笑，咬了一口苹果，终于，在最后还是看到了你。

我笑，咬了一口苹果，原来，你最喜欢的依旧是我。

我笑……

我骂，李星空，你什么时候能大方点儿，送我一袋苹果，而不是一个。

……

时光终将我们变得成熟，那些幼稚的、懵懂的情愫，终于在时光中显得清晰起来。以前，是依赖，现在呢，是希望被依赖吧。只是，我不在的时候，请你一定一定照顾好自己。

再见，星空！

第四夜 童话镇

"在这种诡异的气氛下讲童话故事真让人难受。"秦佳似乎一直在走神,她把自己的故事讲完之后就开始托着下巴发愣。直到刘思明讲完最后一个故事,她才像是终于熬完一样舒了一口气。

"刘思明,"秦佳又突然开口,"你是不是写跑题了啊?题目不是童话镇嘛,你写的这个是童话?"

"其实对我来说算是童话吧,因为我的哥哥,很早就去世了。故事后边的那些相处跟美好,其实都算是童话吧。因为虚幻又美好。"刘思明叹了口气回答道。

"嗯,那还好。"秦佳点点头,接着岔开了话题,"今天晚上,我们三个人之中肯定会有一个人失踪。我觉得这次无论如何我们都不要分开,我要弄清楚我哥哥他们到底是怎么从这个密闭的地方消失的。"

当当当……

十点的钟声准时响起,陈年站起身开口道:"到了该去拿新题目的时候了。"

"为什么每次都是你拿着题目给我们读?"秦佳莫名恼怒,"这一次,换我来读!"

陈年摊手:"随你。"

陈年和刘思明跟着秦佳来到二楼,秦佳咽了咽口水,时不时回头看一眼两个人还在不在自己身后。

或许是此刻周围的气氛太过紧张,秦佳不由得心脏怦怦直跳。她深吸一口气,跑到书房,拿起桌上的那张纸,看了眼刘思明和陈年,开口念出声:"题目童话镇淘汰的人为秦佳。新题目是,再读名著。"

秦佳拿着手里的纸,睁大眼睛不可思议地看着陈年和刘思明,而后下一秒,她便像泡沫一般,"噗"的一声消失在空气中。

"她……她……她……她怎么回事?"刘思明吓得一下子坐到地上。

陈年也皱起了眉头,四下寻找着:"真的是……凭空消失?"

"我……我们要怎么办?"刘思明回过神来,嘴唇打战地问。

"看来……"陈年深吸了一口气,"我们只有乖乖参加比赛,才能知道最后的真相了。"

第五夜

再读名著

每一次努力,
都是幸运的伏笔

来自《巴黎圣母院》

文 × 刘思明

001

"15世纪的法国巴黎,到处是一片文明又混乱的场景,跳舞的女郎与吟游的诗人穿梭在街头,哲学家们高声谈论着深奥的话题。在这繁荣的街头却也遍布着小偷、强盗、乞丐、流浪汉……叫骂声与乞讨声盖过诗人的优美词汇,显得整个巴黎生机勃勃却也聒噪吵闹。"

你看着眼前这个满脸胡子的老人,不住地点头回应,努力使自己看起来认真而虔诚,只因为这个老人的名字叫维克多·雨果,而你又恰好是他的演示人。

一个故事的走向可以有千万种,但对于作家来说,却只有一种。而作家为了能从这千万个故事走向中选出他认为最佳的结局,他们便会去寻找专门的演示人。

演示人会进入作家构建的故事中,像是玩角色扮演一样,扮演着每一个角色,进行着不同的选择,引导故事走向不同的结局,给作家启发和灵感。

演示人不受时间空间的限制,可以来回穿梭,可能今天是被几千年前的荷马选中,明天就被几千年后的鲁迅选中。

虽然这差事听起来不错,但其实演示人在故事中,可以体验到真实的甜蜜与悲伤,同时也会体验到真实的疼痛与死亡,因此演示人往往比普通人承受着更大的压力。而且演示人禁止对任何作家进行语言或者行为上的剧透，即便演示人早已读过成文，但在演示中，仍然要把它当作一个新故事来体验。

"呃……那个，您想写什么故事呢？"你听着雨果的描述，见他似乎沉浸在15世纪的巴黎之中，不由得出声打断了他。

"嗯……"雨果摸着自己的胡子，眼睛不由得眯起，像是在回忆着什么，"在圣母院的塔楼那里，在墙壁的隐秘一角，刻着这样的字符：ΑΝΑΓΚΗ，命运……这是谁刻的？又是为什么刻下这样的字符？我想知道那个人身上发生了什么！我想知道他有什么样的故事！我想将他的故事写出来！"

雨果越说越激动，他的胡子跟着他的情绪一起轻抖。你点点头，礼貌而恭敬："我很乐意在这样的故事里为您效劳。"

"好，好，好。"雨果站起身，在自己的房间里转了几圈，拿出一沓纸，递到你的面前，"好孩子，这是贯穿全文的几个主要人物，你看看，你想成为里边的谁？"

你接过纸，那上面涂改的痕迹极多，你可以想象得到作家对他的这篇故事有多重视。你咽了口唾沫，努力辨认着这个伟大作家的字迹，然后给出了你的答案：

A. 卡西莫多，心地善良，外表却极为丑陋，是巴黎圣母院的敲钟人。（请阅读2）

B. 弗罗洛，巴黎圣母院大堂副主教，有钱，无趣，学霸，地位高，别人家的孩子。（请阅读3）

C. 格兰古瓦，贫穷又落魄的诗人，贪生怕死却又喜欢高谈阔论，希望有一天能出人头地。（请阅读4）

虫鸣、鸟叫，这些都是怎样的声音？

你走在圣母院的钟楼中，摇了摇头，将自己那些莫名其妙的想法晃出脑袋，伸手抚摸着面前的大钟，而后用力地敲击，一下，两下……

咚……

咚……

你寂静的世界终于有了声音，你咧起嘴笑得很开心，你知道如果此刻有人看到你的样子，一定会被吓晕过去。毕竟在世人眼中你是那样丑陋：耳聋、驼背、独眼、罗圈腿……丑陋得如同一个怪物。

因为丑陋，你从小就被亲生父母遗弃；因为丑陋，你一上街就会遭到唾弃与谩骂；因为丑陋，你的世界听到的人声只有尖叫。不过还好，你从你的养父——弗罗洛身上汲取到了这世间少见的温暖与善意，他收养了被遗弃的你，也是他，在发现你孤独的时候给了你敲钟的任务，让你能够与这些美丽的钟成为亲密的伙伴。

你正与这些钟玩得不亦乐乎，低头却见到广场上热闹得不像话。大家打扮得奇模怪样，像是在参加怪物的聚会。

他们在干什么？你想。

你从钟楼上爬下来，小心翼翼地挤进人群，还没弄懂大家在热闹些什么，就听见一声刺耳的尖叫，只是这次的尖叫声不是惊恐，而是惊喜。

"啊！丑大王！快看哪，丑大王！"

你依稀听到了这句话中的重点词汇，还没来得及问一问"丑大王是什么意思"，你便被人群推着向前。

有人给你戴上纸做的冠冕，有人给你披上长袍，还有人跑到你面前好奇地左看右看。

这是第一次，人们用如此善意的态度来对你。你有些受宠若惊，待在原地不知所措，人们见你还在发愣，二话不说，便将你推到担架上，没等你坐稳，几个壮汉便抬起担架欢呼着往前走去。

你看着这样的情景，不由自主地咧起嘴笑了起来，就像是一瞬间从地狱升到了天堂，昨天你还被万人唾弃，今天你却莫名地被人簇拥爱戴。

今天可真是个好日子。你想。

可惜，并没有开心多久，游行队伍走了没几步，你就看到一个熟悉的身影站在你面前，那人板着脸，严肃得令人害怕。

"你在干什么？"你的养父沉着声开口。

你慌忙从那劣质的"宝座"上滚下来，小心翼翼地跪在弗罗洛的面前。

　　弗罗洛黑着脸转身离开，你也顾不上身后吵闹的人群，匆忙跟上弗罗洛的脚步。

　　弗罗洛一直都是这样，不苟言笑又令人生畏。人们常觉得他是个恶人，但其实他只是不知道如何与人相处，他的内心温柔无比，不然他为什么会收养自己这样丑陋无比的人，甚至还动用他的权力让自己去敲钟。

　　你跟在弗罗洛的身后，骄傲又兴奋，只是，今天的弗罗洛有点不一样。他没有径直回去，反而突然停了下来。

　　你顺着他的视线看去，不远处围成圈的人墙里，有一个美丽的红衣女郎，女郎在人群的欢呼中，跳着美丽的舞。

　　"真美……"你在心里默默地感慨，"她一定是上帝的杰作吧。"

　　你几乎看得入了迷，而弗罗洛似乎也入了迷，直到表演结束，人群散去，美丽的女郎牵着她的小羊回家去，弗罗洛的眼神依然紧盯着她，甚至连脚步也开始跟着那姑娘。

　　你不知道弗罗洛想做什么，可是你知道，你什么都不需要问，也什么都不需要说，只需要跟着他就好了。

　　你默默地跟在弗罗洛的身后，走的地方似乎也越来越偏僻，还没等你回过神来，弗罗洛便给你下了命令："把她给我抓过来。"

　　她？你顺着弗罗洛的手看去，指的就是那个刚刚跳舞的红裙女郎。

　　这时你……

　　A. 你点点头，义无反顾地走上前去绑架了姑娘。（请阅读6）

　　B. 你摇头，口齿不清地拒绝着弗罗洛的命令。（请阅读5）

　　这是第几次了？

　　你站在圣母院的隐蔽阁楼内，看着广场上那个跳舞的女郎，心头不由得又是一动。

　　这是第几次见到她了？又是第几次在自己本应该潜心研究炼金术时，却不由自主地来到窗边看着这个女郎？

似乎是某一天，你心烦意乱地在房间里乱转，无意间瞥见了窗外那个穿着红裙的吉卜赛女郎，不知为何，心中的烦躁便慢慢平息下来。

从那天起，你便对这个窗外的身影上了瘾，你的目光总会追随着这抹红色。

"我这是怎么了？"你扶额，自言自语道。明明自己从小只对知识、学术感兴趣，接受着最高等的教育，是众人仰视的存在，年纪轻轻便坐上主教代理的位置，可为什么自己会突然对这样一个卑微、地位低下的吉卜赛女郎产生了兴趣？

你抿紧嘴巴，像是在跟自己较劲一般，故意将视线移开，可是不多时，你的眼睛便开始自动追寻着那抹红色。

"我大概是疯了。"你在心里恶狠狠地咒骂着自己。

然而你确实疯了，今天，你被邀请去观看那个专为外国使团及大人物准备的戏剧，却没想到现场一团糟，不仅戏剧没进行下去，连观众都被不知道哪个魔鬼给吸引去了广场。

你觉得自己的权威受到了挑战，但又不知道该向谁发火，只好黑着脸，怒气冲冲地走到广场，想看看那里究竟有怎样精彩的表演。

然而一到广场，你就愣住了，因为那里出现了你一直追寻的身影。你有片刻的愣神，但转瞬间便恢复了神志，你在心里咒骂着她：

不过是一个小小的吉卜赛女郎，就这样毁掉了盛大的表演？

间或说几句冰冷的话："这歌声真是聒噪！"

"这舞蹈真是粗俗！"

你每说一次，你就能看到那个女郎微微颤抖一下。

她听见了？

她听见了！

看到她这样，你不知为何竟有些开心。

她注意到我了。你想。

可是这开心仅仅只有一秒，因为下一秒，你就看见她对着人群露出甜美的微笑。

"见鬼！"你在心里又骂出一句脏话。

这个没教养的女人，怎么能随随便便就对陌生男人露出那种笑？

你觉得心烦意乱，脑子里乱成一团，眼睛却不肯从她身上移开一秒。等你回过神来，你便看见卡西莫多，你忠诚如犬的养子，像是发了疯一般扑向那个女郎。再然后，便是卫兵那由远及近的脚步声与马蹄声。

你心里乱成一团，顾不上自己的养子，匆忙转身，趁着夜色逃走。

"我刚刚都在做什么？"你扶着额头，一阵阵叹气。

因为你的一时失误，卡西莫多被禁军给抓走，并被送上了法庭。法官判他在耻辱柱上受鞭刑，并要被绑在轮盘上转上两个钟头。

你听到这个消息有些愧疚，虽说你对卡西莫多的情感没那么深，或者说他更像是你养的一只宠物。可是毕竟养了这么多年，真听到他要受这样的刑罚还是有些难受。

你骑着骡子来到广场上，跟着围观的人群一起看向那个丑陋而可怕的人。你越走越近，却不知为何心里越来越忐忑。

"你是高高在上的主教代理，怎么能和这样一个人扯上关系？你大发善心收养了他，他却色胆包天想要去绑架一个姑娘。况且，卡西莫多总是被打被骂，肯定已经习惯了，他这次受刑就当是还我对他这些年的养育之恩了……"

或许是自尊心作祟，你开始在心里为自己辩解着，眼看自己身下的骡子走得离卡西莫多越来越近，你突然下定决心一般，猛地低下头，拽着骡子掉头往回走，双腿催促着骡子疾驰。

"对……这一切跟我无关，全是卡西莫多的错。不对，还有那个吉卜赛女郎，都怪她整天在广场上跳舞……"

……

卡西莫多的受刑结束，他没有抱怨什么，你也懒得去问他什么。你还是一如既往地醉心于炼金术，卡西莫多还是迷恋着他的钟。

只是，你总会在沉迷于钻研之时，脑海里突然蹦出一个穿着红裙的曼妙身姿，你还会忍不住去打听那个名叫"爱斯梅拉达"的女郎的消息，利用自己的权势知道她的一切，只可惜，也仅仅停留在"知道"。

你变了，因为一个女人，那个冷静的弗罗洛不见了，你知道她喜欢上了一个名叫浮比斯的男人，你的嫉妒心突然强烈到了极点。

"凭什么，是那个名叫浮比斯的男人，凭什么？"你自言自语着，手指不住地发抖。

在你发愣之时，你那不成器的弟弟约翰大摇大摆地闯入你的房间，油嘴滑舌且不知羞耻地跑来向你借钱。你被他烦得头昏脑涨，扔给他一把银币，打发他离开。

你听着弟弟下楼的声音，还有他借到钱后欢快的欢呼声，你懒得跟他一般见识，拿起手边的炼金术书，继续研究起来。可还没等你看进两个字，你的思绪便被弟弟，不，准确地说，是被弟弟嘴里的那个人名又拽走了。

"别骂了别骂了，浮比斯，我有钱了，咱们可以去快活了。"弟弟高声嚷着。

浮比斯？

你只觉得全身像是被电击一般，整个人一下子打起了精神。

浮比斯？就是爱斯梅拉达喜欢的那个男人？

你皱起眉头，顾不上研究炼金术，披上斗篷，戴上大大的兜帽，慌忙远远地跟上弟弟的脚步。

"对不起约翰，我刚从一群聒噪的女人堆里逃出来，要是不骂两句，实在对不起我刚刚受的苦难。"浮比斯站在不远处冲约翰说。

"那咱们去喝两杯？"约翰提议。

"好啊！"浮比斯的眼睛在黑夜里闪着光，但他摸了摸口袋，立刻摆出失落的样子，"可惜，我没带钱。"

"没事，我有！"约翰跑过去兴奋地将自己的钱包展示给浮比斯看。

弗罗洛躲在一边，借着光亮打量着自己的"情敌"，最终得出一个结论：他不过是有一张具有欺骗性的脸。

弗罗洛想要折回，身体却不由自主地想要听到他俩更多的谈话，全神贯注又忧心忡忡。

"约翰，快点儿，走快点儿！"

走到某条街的拐角，浮比斯突然招呼约翰加快步伐。

"为什么啊？"

"我怕那个吉卜赛姑娘看见我。"

"哪个吉卜赛姑娘？"约翰不解，但听到街角的舞蹈声，便大胆猜测，"爱斯

梅拉达?"

"就是她,你居然还能记住她的名字,我压根记不住,太长了……"

你听到这里,心脏突然猛地一缩,放缓呼吸,希望能听到更多。

"……"

"今天晚上?你确定她会来?"约翰不可思议地惊呼。

"那当然。"浮比斯仰起头颅,颇为得意。

你咬紧牙关,握紧拳头,只觉得自己胸中有一团名为嫉妒的火焰,几乎要吞噬你。

于是你决定:

A. 冲上去将这个人渣痛打一番。(请阅读7)

B. 等到约翰和他分开之后,你再上前报复。(请阅读8)

今天真是太倒霉了。

你踢着脚边的石子回想着白天发生的一切:

原以为自己写的剧本终于能在大人物面前进行展演,结果居然被个什么选丑比赛给毁了。那群疯子,真不懂艺术。

还有那个跳舞的女人,为什么在表演结束之后偏偏跑到我的面前问我要钱?天地良心,我真的是一个子儿都没有。

还有那群小乞丐,居然把这附近的食物扫荡得一干二净。他们就没有想想可能会有个正饿着肚子的伟大诗人吗?

倒霉就算了,居然还碰到一场未遂的丑八怪劫持美少女的戏码,不过幸亏我躲在角落里,他没发现我,不然就那个丑八怪的体格,估计我早被他捏死了。

……

你的心跟肚子一起抱怨着不满,然而这祸事远没有结束,你意外地踏入了乞丐们的地界。

这条街道躺着各种身有残疾的人,他们看见你,全都发出统一的哀号:"求求你，给点儿赏钱吧……"

你看着那些身上发着恶臭的人，一点点爬向你，就像是雨后的蛞蝓，你突然觉得有点恶心，捂着耳朵，低着脑袋，想逃出这个街道。

不知道是不是方向错误，你没有摆脱他们，反而遇见了更多的"蛞蝓"，他们一瘸一拐地追赶着你，齐声哀号："求求你，给点儿钱吧。"

"我没钱，我没钱。"你喊着，想要从这噩梦中逃脱。你奋力跑完这些街道，迷茫地看着面前布着迷雾，闪烁着成百上千光点的空地，还没等你明白是怎么一回事，一直追赶着你的三个残疾乞丐，突然上前，将你打倒在地。

你看见瞎子乞丐睁开了眼，目光炯炯地盯着你，跛子乞丐步伐稳健地扣着你向前走去。

"我这是在哪儿？"你有些慌乱。

"你在奇迹宫殿。"围上来的人好心替你解答着疑问。

你深吸一口气，冷静下来，发现这里并不是什么宫殿，而是一个聚拢着各种乞丐、小偷、流浪汉的下等酒店。

"你不是黑帮成员，却闯入黑帮王国，理应受到惩罚。"故作威严的声音从人群中传来，你定睛看去，那里坐着个将自己打扮成国王模样的乞丐。

乞丐……你看他有些眼熟，仔细回想才想起，就是这个乞丐，带领着一大帮人，起哄又捣乱，毁掉了你编排许久的戏剧，还自作主张搞着什么丑大王比赛。

你看到"熟人"，不知为何，竟长舒一口气，似乎觉得自己突然有了希望："大人……陛下，您记得我吗？我就是今早创作那个……"

"停停停！"乞丐国王不耐烦地打断他，"你会偷东西吗？会抢劫吗？会骗钱吗？"

"当然不会。"你义正词严地回答。

"哦，那你不是我们的人，我要吊死你，给大家寻个开心。"乞丐国王掏掏耳朵，用满不在乎的口吻说道。

"可是……"你还想辩驳什么，却被人架到绞刑架下，一根结实的麻绳猝不及防地套在你的脖子上。

"在吊死你之前，我们这儿有个规矩，有哪个女人想要把他领回家？没有人领我就把他吊死了啊！"乞丐国王扯着嗓子喊道。

人群中站出来几个又矮又胖，或是又老又丑的女人。她们像挑选货物一般，走到你面前，围着你打转。

"不行，你太瘦了。"老女人摇头。

"不行，你太穷了。"胖女人也跟着摇头。

你的心一点点凉了下来，你实在想不通这个人物为什么会如此没有魅力，竟然会沦为卖不出去的剩菜。

你将希望寄托于最后一个年轻的姑娘，你一遍遍祈祷着：不要这么早死，希望这个人物能稍微幸运一点……

年轻姑娘看到了你真诚的模样，垂下头开口："不行，我已经有丈夫了，他会打死我的。"说罢，捂着脸跑开。

你无语地看着这个姑娘的背影，不知道此刻应该摆出无语的表情，还是应该摆出黑人问号脸。

你叹了口气，仿佛接受了自己的死亡宣判，闭上眼，等待着绞刑的开始。

"等等！"

宛如黄莺的声音传来，你睁开眼看向声音的源头，那是一个穿着女裙的美丽人儿，她身后跟着一只雪白的小羊。她踏地而来，美丽得如同坠入凡间的天使。

"我要他。"天使又开口，你被这声音唤醒，意识到这个人并不是什么天使，而是白天在广场跳舞的吉卜赛女郎。

可是，即便如此，你的心脏还是没来由地多跳了几拍。

"真的？你确定？"

不等你发问，乞丐国王便率先开了口。

"是的，我是认真的。"爱斯梅拉达点头，她找来一个水罐，递到你面前，等你接过，她便将你脖子上的绳环拿开。

"摔碎它。"爱斯梅拉达开口。

你的大脑有些无法思考，只好按着她的话语机械地行动。水罐摔在地上，摔成了四片。

"四年，爱斯梅拉达与你的婚期为四年。"人群中有人大声宣布着。

这个人物的幸运值，还不算太低。

你咧开嘴，笑弯了眼。

爱斯梅拉达给你准备好面包与水，你坐在餐桌前吃得狼吞虎咽，她却对着自己的小羊嘟囔着什么。

你觉得有些尴尬，随意地找着话题："为什么他们叫你爱斯梅拉达？你的名字有什么寓意吗？"

"大概是因为这个吧。"爱斯梅拉达歪着头稍微思考一番，从怀中拿出一个香囊。

"这是什么？"你伸出手，想要接过那个香囊，却不想被少女一把扯回。

"这是我的护身符，你不可以碰，不然它的魔力会消失。"少女娇嗔地看了你一眼，表情里尽是警惕。

"哦。"你咬了一大口面包，不知道该吐槽少女太迷信，还是吐槽这个人物魅力值太低，又或是吐槽自己实在不会聊天。

气氛一下子变得尴尬起来，两个人一只羊，谁都不再说话。

"浮比斯……"她突然开口，比起说话更像是呓语。

"什么？"你差点儿被噎到。

"浮比斯是什么意思？"她抬高音量，眨着好看的眼睛看向你。

"浮比斯……好像是太阳的意思。"你的大脑里自动跳出这样的词汇，仿佛此刻你真的成了15世纪一个饱读诗书的诗人。

"嗯……太阳啊……太阳……"少女的声音里藏着百转千回的柔情。

你不知道这个少女到底在想些什么，一个手环从她身上掉落，你俯下身帮她捡起，一边捡一边问出那个对你来说更为关键的问题："今晚我睡哪里？"

你抬起头，那个美丽的少女跟那只雪白的小羊早已消失不见。

"所以，她是……去洗澡了？"你垂下脑袋，恨恨地咬下一口面包。

自己对爱斯梅拉达是什么样的感情呢？你自己也说不上来，喜欢却又谈不上爱，不喜欢却又期盼着四年的日子能过得慢一些。

不过比起跟爱斯梅拉达的感情，你反倒跟那只小羊的感情更好。毕竟你一个月不知道能不能见上爱斯梅拉达一面,但那只小羊,却一直陪着你,陪你疯陪你跑陪你闹。

无聊时,你会教它数数、认字,像是养了个宠物,又像是养了个女儿。你经常会跟着她们一起上街表演,听着人群的欢呼声,你突然倍感满足,这种满足感是之前当诗人所体会不到的。

有天,你独自在街头表演时,见到了弗罗洛。弗罗洛是主教代理,有着极高的地位,同时他在你当诗人之时,对你也有知遇之恩。

怀着感激之情,你冲着弗罗洛打了个招呼,却不想,他一把把你拉到一旁,眼睛里满是急切。

"你说,你为什么会跟那个女人混在一起?"弗罗洛低吼道。

"女人?"你想起前几日,你跟着爱斯梅拉达和她的小羊,一起上街表演,"哦,你说爱斯梅拉达啊,她是我的妻子,我当然要跟她在一起了。"你眨眨眼,一脸无辜。

"妻子?"弗罗洛的眼神突然满是气愤,"怎么回事?说!你这个废物怎么能跟她结婚?"

"不不不不是……"弗罗洛的气场太过可怕,以至于你对他话中的"废物"并没有反驳,而是一五一十讲出了你之前的遭遇。

"你没碰过她?你发誓!"弗罗洛眼睛里的怒火消退了一些。

"我发誓,我怎么可能碰她?她灵巧得很,身上还总是带着小刀,我可不想受伤。而且她根本不喜欢我,她喜欢的是一个叫浮比斯的人。"你有些不满地嘟囔着。

"浮比斯……"弗罗洛咀嚼着这个名字,眼中的怒火似乎又一次燃烧起来,他低头沉默半晌,再抬起头,那双眼里便恢复了以往的平静:"没你事了,你走吧。"

"……"

爱斯梅拉达不经常回来,或者说,她即便回来也没有再来找过你。

"这都是沉没成本啊!"你摇头叹气,感慨幸亏自己及时止损,才没有在她身上花费过多的精力。但你仔细回想,似乎自己从来没在她身上花费过什么精力,倒是人家一直好心地拿食物给你。

想到这儿你不禁有些羞愧，不过也只有羞愧。毕竟她爱着那个侍卫队队长，而主教代理又爱着她。不管怎么看，自己都不应该掺和到这场爱情旋涡中。

然而没想到这个旋涡过于巨大，竟波及了所有人。

你再次听到爱斯梅拉达的消息，是从那些乞丐朋友的嘴里，他们说爱斯梅拉达杀了人，杀了个叫浮比斯的队长，她马上要被施以绞刑。

杀人？

还杀的是浮比斯？

你不可思议地听着这一切，这简直是个荒谬得不能再荒谬的无稽之谈。

不过，即便这是真的，丐帮的成员们肯定会去救她，不仅如此，那个阴郁的主教代理肯定也会想办法救下她。

这样一想，你突然轻松了许多，说是没有担当，可能更多的是你发现自己没有那么大的本事。在这样的时代，能够自保已经不错了，还谈什么救人呢？

只是，比起爱斯梅拉达，你更牵挂那只小羊。爱斯梅拉达是你的一个美丽的梦，而那只小羊才是一直陪伴着你的存在。

如果可以的话，你不想当英雄，你只想守着小羊和石头，过着平凡的生活。

然而，你还是被推上了英雄的宝座。

弗罗洛过来找你，他说："在行刑那天，爱斯梅拉达被卡西莫多救走了，现在他们躲在圣母院的避难所里，过两天逮捕令一下来，她就必死无疑了。"

"所以？"你直视着弗罗洛的眼睛，企图从那里看出他到底在想些什么。

"所以我希望你能去救她。"

"救？怎么救？"你觉得不可思议，"我就是个穷酸的诗人，没有聪明的脑袋，没有强壮的身体，也没有至高无上的权力，你让我怎么救？"

"这很简单，你去找爱斯梅拉达，你们两个互换衣服。你穿上她的裙子，她穿上你的衣服，我会想办法搞定内部人员，这样她就能成功逃脱……"

"等等，那我呢？"你问。

"你？如果幸运的话，你就成为她的英雄，也会成为一段佳话……"

"那不幸呢？"

"不幸的话，可能就会代替她被绞死。"

你瞪大双眼看着面前的男人,疯了疯了,这个男人疯了。

"不过,人生就是一场赌博,你要赌一赌吗?"主教代理问。

A. 同意,爱斯梅拉达对自己有着重要的意义,大不了一死,愿意为她去死。(请阅读9)

B. 明哲保身,被弗罗洛推着送人头这种事,实在太可怕,谁知道这里边有没有弗罗洛什么阴谋。(请阅读10)

你摇头,拒绝弗罗洛的命令。

你第一次违抗了弗罗洛的命令,就好像主人看见自家的狗咬伤了自己。

弗罗洛的眼里除了不可思议外,还有着莫名的气恼。

"你竟然为了一个女人违抗我?"弗罗洛几乎失去理智,他瞪着那双血红的眼睛,用力掐住你的脖子。

"你为什么要违抗我?"

"难不成你也被这个魔鬼迷了心智?"

弗罗洛抛出一连串的问句,但因为他的身体不够强壮,并没有对你造成什么实质性的伤害。

"从今往后,你不要跟我扯上什么关系,圣母院你不要再进来了,我不需要一只不听话的狗!"弗罗洛生气地拂袖而去。

而你待在原地不知所措,是啊,你是个被弗罗洛领养的孤儿,除了他,谁还会爱你呢?除了他,谁还愿意接纳你呢?若不是大家畏惧弗罗洛的权势,可能你会遭受更多的欺凌。

你蹲在墙角,环抱住自己,沉沉地睡了过去。

你点点头,义无反顾地扑向那个女人。却不想她灵活得像条鱼,左躲右闪,还

扯着嗓子大声呼救。这一下，你不仅没抓到这个姑娘，自己还被禁军抓了个正着。

第二天你被架进了法院，那里坐着一个年迈的法官，他开口对你说着什么，你却一个字也听不清，但你总觉得自己应该说些什么，于是一遍遍地重复着："我叫卡西莫多……"

你迷茫地看着法官，你从未有过这样忐忑的时刻，自己的命运要被宣判，你却听不到一个字。

不知过了多久，你被一群人蛮横地绑在了耻辱柱上，他们脱光你的上衣，一遍又一遍地抽打着你。

为什么？为什么要打我？你不懂，但你知道，只要等养父弗罗洛过来就好了。他权力那么大，一定会想办法救自己的。

你跪在那里，被打得遍体鳞伤，太阳在头顶晒得人难受。你眯起那只独眼，想要从围观的人群中找到弗罗洛的身影。

终于，你看到一个熟悉的身影，骑着骡子朝你走来。

弗罗洛！

我的养父，我的神，他来救我了！

你突然打起了精神，像一只看到主人的小狗，恨不得欢快地摇起尾巴。只是，他抬头看清你的窘样，牵着骡子转身便走，像是在躲避瘟疫一般。

你一下子失去了所有的力气，喉咙里像是堵了团干硬的面包，咽不下去，也呕不出来。最终，所有的情绪都变成了一个字："水……水……"

你想喝水，想把喉咙里的那团面包咽下去。

人群中发出哄笑，有人拿果皮朝你扔过来，你摆出野兽般凶猛的表情，想要警告他们不要再这样欺负自己。可是越这样他们笑得越开心。

为什么啊？为什么大家的态度变得这么快？明明昨天你们还抬着我，高兴地在街上走；明明前几天弗罗洛还温柔地给我面包吃……

"你到底喝不喝？"有人拿着东西在你眼前晃了又晃，你回过神来，面前是一个穿红裙的少女。

你认得她，她就是那天被你袭击的姑娘。

少女将手中的水壶凑到你的嘴边，你有些愣神，但马上便做出喝水的姿态。她

往你嘴里灌着水，你的嘴唇不再干燥，喉咙里也不再有被面包堵着的感觉。

你想要朝她微笑，露出感激的表情，可你一想到自己有多么丑陋，生怕吓到她，只好舔了舔嘴唇，低下头默不作声。

似乎在那一天，你的心里便种下了一粒籽，它慢慢发芽、生长，一开始靠着回忆来汲取养分，再后来它越长越大，不再满足于头脑中那些仅存的片段。

你还是会像以前那样敲钟，只是你开始心不在焉，你总是喜欢往广场上跑，因为很有可能会在那里看见跳舞的姑娘。

但你又不会去得很频繁，你知道自己的丑模样会吓到姑娘。只要能远远地看着，只要一个月能看一眼，你就很满足了。

然而你没想到，你这样不打扰的爱，差点儿害死了自己心爱的姑娘。

因为当你再一次想要去寻找爱斯梅拉达时，却发现她被众人架着往绞刑架走去。

怎么回事？

他们想做什么？

他们疯了吗？

你瞪大那只独眼，胸膛处像是有什么要喷涌而出，你想要叫喊，想要将那些伤害爱斯梅拉达的人通通推向地狱。

A. 你不管三七二十一，飞奔过去，救下爱斯梅拉达。（请阅读11）

B. 你站在那里不动，看一看到底发生了什么事。（请阅读12）

你咬着牙，满脸怒火，你实在无法接受自己心爱的姑娘竟然爱上了这个人渣。这个人渣，竟然连爱斯梅拉达的名字都记不住，他还有脸说爱她？

你冲上前去，当着众人的面，狠狠地给了浮比斯一拳。他那张能迷倒少女的脸，瞬间浮肿了大片。

"虽然我知道这个选择可能不太对，但我能把你揍一顿，我就很开心！"你冲着浮比斯大声嚷嚷，一改往日阴郁冷静的模样。

听到动静，人群渐渐朝你们聚拢过来，浮比斯看着越来越多的人，似乎有些没面子，恼羞成怒地拔出身上的长剑，怒气冲冲地看着你："你是谁？想做什么？我要以袭击禁军的罪名逮捕你！"

你低下头，努力将自己的脸遮挡在兜帽之下。

怎么办？

怎么办？

你烦躁起来，心态似乎和这个人物融为一体：怕丢脸、想逃避、羞恼……

你咬咬嘴唇，做出与人物不符的行动。

"反正肯定是坏结局，反正这个结局肯定不会被作家选择，倒不如早点结束。"

你这样想着，拿出藏在身上的短剑，冲着浮比斯狠狠地刺过去。

……

你到底不是浮比斯的对手，他强壮又年轻，长剑轻轻一挥，便轻易阻止了你前进的短剑。

好疼……

你捂着腹部，那里湿热大片，可是，为什么心脏的地方更疼呢？

你看着从人群中挤过来的爱斯梅拉达，她满脸惊恐地看着你，而后转眼便紧张地扑入浮比斯的怀中，仔细检查着他身上有没有伤口。

"不要靠近他……"

你吃力地说出这句话，便再也听不到周围人对你的议论声。

浮比斯为了赴约，早早便和约翰分开了，心情颇好地哼着调调。看着他这副模样，你不由得犯起一阵恶心。

你站在阴影中看着浮比斯，走到他面前，努力压抑着自己的怒火："浮比斯。"

"嗯？"浮比斯惊愕地看着你，"你怎么知道我的名字？"

"我不但知道你名字，我还知道你有约会。"你沉着声音开口，"七点钟，在圣米歇尔桥头的客栈，没错吧？"你将从他们的对话中听来的情报悉数说出。

"对，没错！"浮比斯像是看见了一个巫师，表现得极其兴奋，"你还知道

什么?"

"你约的那个女孩叫……"

"爱斯梅拉达!"浮比斯抢先回答,心情似乎更好了。

你听到这个名字,胸口不由得一颤,下意识地否定:"不可能,这不可能,我不相信!"

"这有什么不可能的?"

"除非你让我亲眼看一看。"你不死心,仍然欺骗着自己,"我可以给你钱。"

"真的?那可以啊,没问题,你就躲在房间的角落里,她不会看见你的……"

你后悔提出了这样的要求,因为当你看见你日思夜想的人儿居然和那个道貌岸然的人渣紧紧地依偎在一起,你胸口就燃起了熊熊的嫉妒之火。

你知道你应该冷静,但是看着自己喜欢的人和别人亲热,你无论如何也冷静不下来。你头脑发热,下意识地舔了舔灼热的嘴唇,拿出藏在衣服里的小刀,朝着浮比斯狠狠地刺了过去。

……

你意识到了,你爱着爱斯梅拉达,甚至用痴狂也不过分。你已经不再满足于远远地看着她,你想要得到她,想要她也能像依偎着浮比斯那样依偎着你。

为了满足私欲,你愿意成为这世间最邪恶的人,甚至愿意动用自己的权力。

于是,你举报了爱斯梅拉达,举报她是个女巫,不仅会用巫术蛊惑人心,还用巫术杀死了浮比斯。

被抓起来吧,被关起来吧,只要你进了牢狱,你就能属于我了,不会有第二个浮比斯能把你夺走了。

爱情使人疯狂。

爱情使人沉沦。

然而,你小看了爱斯梅拉达,你以为她会为权力低头,为皮肉之苦低头,可是她坚定地一次又一次地拒绝着你。

即便她被折磨,她也不愿意委身于你。

你有些恼羞成怒,红着眼看着她:"那既然这样,你就被吊死吧!"

可是，你还是小看了爱斯梅拉达的魅力。在吊死她的那天，卡西莫多突然出现并救下了她。

卡西莫多……

那个怪物也喜欢她？

卡西莫多还算聪明，将爱斯梅拉达放在圣殿内，所谓圣殿其实就是避难所，犯人在避难所内享有自由，一旦出来，便会受到抓捕。

而你，每天隔着窗，望向那个关着爱斯梅拉达的避难屋，不知为何竟隐隐嫉妒起卡西莫多这个怪人来。

你把自己关在这个屋子里，整日整日紧盯着那个少女的身影。

然而平静的日子并没有维持多久，国王的逮捕令下来，法庭打算强行逮捕爱斯梅拉达，丐帮打算从圣母院劫走她，而国王军则出来镇压丐帮的动乱。

一时间，圣母院外乱成一团。你看见那个少女在屋子里急得团团转，卡西莫多像只野兽般朝着人群嘶吼。你突然从这个房间走出来，快步走向爱斯梅拉达。

"只要你服从我，只要你愿意爱我，我就用我所有的权力，用舍弃我权力的方式来救你。"你本想用命令的语气对房间里那个女人说话，可不知为何，说着说着，竟成了哀求。

"不可能，你想都不要想。"爱斯梅拉达拿着短刀，恶狠狠地瞪着你，就好像你是什么令人厌恶的垃圾一般。

从来没有人用这种眼神看过你。

你的自尊心与爱意在胸膛相互碰撞，你恢复成阴冷的样子，威胁式地开口："如果你不服从我，我就把你交给刽子手！"

"不！我宁愿死！"

爱斯梅拉达的话彻底激怒了你，你拽着她细嫩的胳膊，朝圣母院外的刽子手走去，而后将她朝着人群狠狠一推，满眼轻蔑："如果我得不到你，我宁愿你死，也不愿意让别人得到你！"

你不知道你这话是真心还是气话，你只知道，等你回过神来的时候，爱斯梅拉达已经永远地闭上了眼睛。

你站在钟楼遥望着她的尸首,你那么挚爱的姑娘竟被你亲手杀死。你突然发出巨大的笑声,你知道其实自己一点儿也不开心,你知道自己扭曲得不成人样,你知道自己是个十恶不赦的大恶魔。

你还在笑,身后却突然过来一道力,你没站稳,从钟楼上狠狠地摔了下去。

是卡西莫多啊……

哈哈哈……

你终于发出了真正的笑声,现在,自己可以解脱了。

大概当一次英雄才是你真正想要的吧。

你听从了弗罗洛的建议,来到圣母院的避难所内,敲着门喊着屋内的爱斯梅拉达。

"这不可能,我不同意。"听了你这个疯狂至极的主意,爱斯梅拉达果断拒绝了你,"如果这样,那我还不如去死。"

你无奈,看来英雄是注定当不成了。

你想了想,还是开口:"那我把佳利带走吧。"

果然,比起爱斯梅拉达,你还是更关注那只小羊。而且,如果爱斯梅拉达注定要死,没必要再搭上一个可爱的小动物。

你从爱斯梅拉达手里牵过佳利,你看见她嘴角浮现出浅浅的酒窝,你跟她行了个礼,离开了这里。

你想,这大概是你最后一次见到她了。

弗罗洛这个人你多少还是了解的,虽然他表面看起来清心寡欲,但其实对某些东西有着疯狂的追求,小时候,他疯狂追求学识,后来又疯狂追求炼金术,即便在里边投入再多,他也在所不惜。

而现在,他迷恋上了爱斯梅拉达,你不知道他为了爱斯梅拉达,会投入多少人命。

人命很值钱，至少自己的就很值钱。你这样想着，思索着最佳的办法。

"我觉得我们不如趁逮捕令下来之前，去圣母院抢人得了，然后带着爱斯梅拉达远走高飞，我就不相信他们能追着咱们跑。"

你的主意一出来，立刻受到了整个丐帮的欢迎。大家制订着攻略圣母院的方案，你则和其他人商量着如何救出小羊佳利。

行动的日子很快来临，你带着丐帮一群人跑到圣母院门外打算硬闯。可谁知在闯入一半时，国王军浩浩荡荡地过来镇压。

你突然有些发慌，一大帮乱七八糟的乞丐、流浪汉，怎么可能斗得过这些训练有素的军人。

还没等你开溜，你便被人像提小鸡似的，提到了国王的面前。

"你就是那个唆使动乱的人？"国王居高临下地看着你，那眼神似乎是在看一具冰冷的尸体。

"不是不是，怎么会？我哪有这本事啊？我是个诗人，是个哲学家，我写过书，还排过剧⋯⋯"你连连否认，想办法推卸着自己身上的锅。

国王掏掏耳朵，很是不耐烦。

你慌忙跑到国王面前，一个劲儿地磕头，讲着自己未来的可能价值："求您不要杀我，我以后可是会为这个国家带来巨大的精神财富⋯⋯"

你喋喋不休了半个多小时，直磨得国王失去了杀你的兴趣，他摆摆手道："放了他，让他走吧，吵死了。"

你开心得点头哈腰，急匆匆地退了出来。可是当你出来之后，你就听到了那个不幸的消息：爱斯梅拉达死了。

你心头一疼，但也只是一疼，你感激她对你的救命之恩，可是在她陷入这个爱情旋涡之后，你便知道，她的命运注定悲惨。

不过，还好，佳利还活着。你想。

011

你冲着心爱的姑娘飞奔而去,你那宽大的脚掌踏在地上,发出沉闷的声音。你对着人群嘶吼,你用蛮力赶跑那些企图绞死爱斯梅拉达的文明人。

然后二话不说,抱起爱斯梅拉达就开始跑。

这一切太过迅速,你自己甚至都没意识到发生了什么。你只知道你想要救她,她不能死,她死了你的太阳就消失了。

可是要把她藏在哪里?

偌大的巴黎,你竟不知道将这个美人藏在哪里,最终兜兜转转,还是将她带到了自己的房间——圣母院的一个小小避难所内。

你看着爱斯梅拉达,紧张又开心,这是你第一次如此近距离且不带恶意地靠近她。

"不……不要怕……"你含糊地说着,想要安抚爱斯梅拉达的情绪,却又不知道该说什么。最后只能将这些全都转到行动上,你走出门,找了些干净的衣服和食物,小心翼翼地放到爱斯梅拉达面前。

你想了想,又拿来一个小哨子,放在她的面前,努力解释着:"我听不见……你……有事……吹……吹它……我就知道。"

爱斯梅拉达明白了你的意思,将那哨子捏在手心,朝你露出一个善意的笑容。你咧开嘴想要跟着笑,但你想到自己笑起来是那样丑陋,只好低下头,转身走了出去。

你原以为你可以保护爱斯梅拉达一辈子,你原以为只要有你在就不会有人能抢走她。

可是你错了。三天后,逮捕令下来,军队可以进入圣母院对爱斯梅拉达进行逮捕,丐帮闹成一团,他们打算在那之前带走爱斯梅拉达,而国王军则跑来镇压丐帮的动乱。

圣母院前所未有地闹成一团。

你跑出去,想要赶走这群闹哄哄的人,不想自己却受了伤,你想告诉爱斯梅拉达藏好,可你再赶回去,却发现少女消失了。

"爱斯梅拉达……"你含糊不清地叫着她的名字,在圣母院跳上跳下地寻找着她。

然而你没找到,你只看见你的养父,弗罗洛站在钟楼遥望着什么。你顺着他的目光看去,那里吊着一个熟悉的身影,轻飘飘的,如同破碎的洋娃娃。

是弗罗洛!是弗罗洛!是弗罗洛把她杀了!

你只觉得大脑像爆炸一般,你花了这么多心血想要拯救保护的人,却被自己的养父,这个恶魔给彻底摧毁。

为什么他总是跟爱斯梅拉达作对?为什么他就那么讨厌她?

你听到弗罗洛发出嚣张的笑声,这让你愈加愤怒,你用尽全力朝着弗罗洛的方向冲过去,将他狠狠地推下了钟楼。

你听不到什么声音,只听到沉闷的一声"啪",那个恶魔的笑声,终于停止了。

她死了,他也死了。

你站在钟楼上看着爱斯梅拉达的尸体,一步一步,流着眼泪朝她走去。

"我想要,和你死在一起,可以吗?"你说。

你站在那里,你不知道她犯了什么错,也不知道那群人为何要这样对她,不过眨眼的工夫,爱斯梅拉达被推向绞刑架,结实的粗绳套在她那细嫩的脖子上。

你瞪大眼睛,终于嘶吼出声,那声音,就像是怪物临死前的哀号。

或许是因为你的哀号,整个人群突然被吓得一愣,而就是这一愣神的工夫,一群乞丐打扮模样的人,朝着爱斯梅拉达蜂拥而去。

那是丐帮的人!也就是爱斯梅拉达一直生活的大家族。

你看着有人取下了爱斯梅拉达脖子上的绳索,突然舒了一口气,嘴角咧开,笑着流出了眼泪,你的眼睛里散发着奇异的光亮。

这是你最后一次见到爱斯梅拉达。她跟着大家离开了这里,而你的钟楼,也因为没了这个姑娘,钟声少了欢乐,多了幽怨。

不过,她活着就好,不是吗?

你永远记得,那个宽阔的广场,曾有个美如天使的红衣女郎,在那里跳舞。

结局

你完成了任务，虽然中间有因为任性而选择了错误的选项，但雨果告诉你，这无关紧要。

因为正是你的错误选择，让他能够更加直观立体地了解这些人物。弗罗洛对爱斯梅拉达的迷恋到底有多深，卡西莫多对爱斯梅拉达的喜欢到底有多纯洁……

你是里边的人物，在你成为他们的时候，你的选择其实也是他们可能的选择。

你点点头，虽然内心汹涌，表面却对雨果这个极高的评价装作毫不在意。你离开了雨果的房间，坐在回程的车上，不知为何，脑海里全是书中的那些人物。

是从扮演哪个人物开始，爱上了这个故事呢？是那个丑八怪？是主教代理？是那个穷酸的诗人？还是那个花花公子？

你不知道，你只知道，在不同的人生中，你对这个故事的感受更为刻骨，这些人物不再是书中的字符，而是变成了一个个生动的人。

每次工作结束，你们都可以向上级提一个小小的请求，可以是提薪，也可以是放假，虽然有很大概率被驳回，但提愿望本身就是一件很美妙的事情。

你坐在屋里待命，你的领导给你打来电话，他问："这次任务很圆满，你有什么愿望吗？"

"愿望啊……"你想了想，微笑着大胆地说出了自己的心愿，"我想去 15 世纪的巴黎，在圣母院的墙上刻下一个符号。"

"什么符号？"

"ANAΓKH——命运。"你答。

"好。"你的领导点头，"这次表现出色，就破例满足你这个莫名的请求，但记得，不要刻得太深，保证几个世纪之后能消失就好，毕竟破坏古建筑这罪名，我们担不起。"

食梦人

文×陈 年

壹

这个世界上的人,有多千奇百怪呢?有人以吃泥土为生,有人能看见这世上不存在的事物,有人能听到这世界上不存在的声音……

那这么说,以梦为食的人大概也算不上特别古怪了吧。

夏弥就是这么一个人。

张生第一次遇见夏弥的时候,他正为自己的头疼而犯愁。寻医问药许久,都不见好转,最后有个江湖郎中偶然路过,张生没抱什么希望地跑上前去求大夫诊治,却没想到这多年未解的疑难杂症,被这郎中轻松治愈。

"我这药只能暂时保你不会头疼,但不是长久之计,只是治标不治本。"江湖郎中如此说道。

"能治标,小生就已然感激不尽了。"张生发自肺腑地说,服了一帖药的他,此刻就差跪下来表示感谢了。

"不可,仅治标远远不够。"江湖郎中叹了口气道,"你这病,轻则致愚,重则致死。且你容易在梦中而死。"

"梦中而死?"张生不解。

"一重梦两重梦……永难醒来,且噩梦连连,备受折磨。"

听郎中这么一说,张生腿一软,慌忙跪下,一边磕头一边问:"我还没娶妻生子,上还有一个老父亲需要照顾,我可不能一睡不醒啊!求求神医,给我一帖能治根的药吧。"

江湖郎中摸了摸自己的长须,看着连连磕头的张生,沉默一会儿,开口道:"说起治你这怪病,我还真有一法。这样吧,过几日,我托人给你带来能治根的药。"

张生听闻,刚才差点儿吓破了胆,这一下又柳暗花明起来,瞬间喜笑颜开,对着郎中又是叩谢又是感激。

可谁知,几天后,来的不是药方子,也不是各种长相奇怪的仙草,而是一个女娃娃。

"你是……哪家的孩子?"张生看着这个长相乖巧的女娃娃,有些摸不着头脑。

"是江郎中让我过来给你治病的。"夏弥甜甜一笑,纯真无邪。

"治病?你?"张生彻底蒙了:"你是神医?"

"我不是神医,我是药,专治你病的药。"

张生被这话彻底弄晕了:"药?人怎么能是药呢?"

"因为我跟普通人不一样啊!"夏弥歪着脑袋,笑容满面,"我吃梦,可以治你的头疼病。"

"吃……吃梦?"

张生端详着面前的女娃娃,羊角辫,小圆脸,圆杏眼。怎么看都跟寻常人家的女娃娃没什么不同,这样的人怎么就吃梦呢?

"你快睡觉吧,多睡几次你的病就好了。"夏弥见张生发愣,便正襟危坐,摆出一副像是准备动手术的样子。

"我这病,只要睡觉就能好?"张生有些不可思议,但还是乖乖躺到了床上。

"梦是一处，现实又是一处，你被梦困扰，多半是因为被困在梦里脱不出身来。"夏弥一本正经道，"因为梦转瞬即逝，醒来就很难记得梦里发生的事情，我要做的就是吃掉你这些梦，梳理清楚你的梦境，教你如何去解决。这样你的病不久就能好了。"

"这样啊！"张生点点头，闭上眼睛。张生想说自己已经很久都没有做梦了，但想到人怎么可能那么精准地判断出来是没做梦还是不记得了呢？便就此作罢。

张生偷偷睁开眼睛，看见夏弥不知何时坐在椅子上闭上了眼睛，虽是闭着，身体却坐得笔直。

张生想要说些什么，却觉得自己似乎越来越困，眼皮不知为何沉到无法睁开。

"快醒醒！快醒醒！"

张生睡到一半，被人用力摇醒，他蒙眬着双眼，对于眼前的情景有点儿迷茫。

"怎么了？"张生困极，摆摆手想要赶走夏弥。

"别睡了，你快看你的手！"夏弥恨铁不成钢，抓着张生的手往他面前放。

张生定睛一看，登时吓得屁滚尿流，因为他的手不知何时变成了女人的手，白净柔软，不似自己的手那般骨节分明。

"这……这……这怎么回事？"张生稳住心神，忙问，"我在梦里到底经历了什么？"

"我看到……"夏弥深吸一口气，看着张生，一字一顿地说道，"我看到你，在哭。"

"哭？为什么？"张生不解。

"因为你爱上了一个男人。"

"啥？"张生惊讶地张大了嘴巴，"我？喜欢男人？"

"嗯。"夏弥点点头，"在梦里，你是女的啊！"

"什么？"

"你仔细想想，看能不能想起梦里你喜欢的那个人的样子？"夏弥追问。

张生闭上眼，皱起眉头拼命回想，但梦里除了破碎的片段之外什么也没有。

"我想不起来。"张生无奈地摇摇头。

"你,从来没有认识过我的你啊!"夏弥看着张生,像是想起了什么般说着,"这句话你觉得熟悉吗?"

张生点点头:"好像在哪里听过。"

"在你的梦里,你最常念叨的就是这句话。"夏弥吐吐舌头,"也不知道是什么意思。"

"你,从来没有认识过我的你……"张生重复着这话,试图勾起自己对梦境的回忆。

摇晃的灯影、高大的身影、成堆的书卷……

"我看到……"张生闭着眼描述着自己回忆起来的画面:"我看到一个很英俊的男人,他说他是个作家,写了很多书,也读了很多书。"

"嗯哼?还有呢?"夏弥继续问。

"他捡回了我的风筝,让我以后不要再为了捡风筝而爬那么高了,太危险了。"张生摇了摇头,"后边的我就记不起来了。"

"没事,总有一天你会全想起来的。"夏弥反倒安慰起张生来,"毕竟,等你全都想起来了,我也就该走了。"

张生知道,对于夏弥来说自己就是个病患,病治好了,她自然就会走了。但即便知道,听到这话,张生心里还是有丝难过。

"对了,按理说你吃了我的梦,你应该会比我知道得更多啊,你看到我除了在哭还发生了什么?"张生忙岔开话题,不想让自己显得那么矫情。

"我看到你抱着个小孩子在哭。"夏弥仔细回想着,"你抱着一个死去的小孩子,一边哭一边写着什么。我只看见你信上的第一句话是'你,从来没有认识过我的你'。"

"没了?"张生觉得不可思议,"我感觉我好像睡了很久,为什么梦只有这么短?"

"有的人只睡一晚上,就觉得做了时长有一年的梦。有的人睡了一整天,却只有片刻的梦。人对梦的感觉一直是衡量不清的。而我,能把那些虚幻的梦清晰地告诉你们,我觉得你不应该怀疑我。"张生本是随口一问,却没想到夏弥居然这么认真地解释起来。这一下,让张生不知道说什么好。

"不过，因为做梦，你的外表也跟着有了变化，这我倒是第一次见。"夏弥自顾自地又开了口，"我觉得我得尽快帮你把这梦给解决了。"

叁

张生站在那里，看着不远处开怀大笑的男人，明明这个男人不认识自己，张生却忍不住一步步地走了过去。

"先生，我可以坐在你旁边吗？"张生问。

……

"张生，张生，快醒醒！"夏弥疯狂摇晃着张生，"别睡了，你快看看你的手！"

张生迷迷糊糊睁开眼，略带不满地嘟囔："我马上就要看到那个人的脸了。"

"别看那个人的脸了，你快看看你自己的脸吧。"夏弥说着拿起一面镜子放在张生眼前。

张生因为困意而睁不开的眼，在瞥到镜子里自己的样子时猛地瞪圆："我怎么……怎么……变成这个样子了？"

镜子里的张生已然变成了另一副模样，柳叶眉杏核眼，眼窝深陷，唇红齿白。不仅像个女人，更像是个异族的女人。

"这是怎么回事？"张生哭得梨花带雨，楚楚可怜地看着夏弥。

夏弥摆摆手："别，你别不仅是脸变成女人脸了，连性子也变成女人了吧？"

听了夏弥这话，张生猛地意识到什么，忙擦了擦眼泪，故作坚强道："没有，怎么可能？"想了想又觉得害怕，颤着声音问道，"这该怎么办啊？我不会要变成另外一个人了吧？"

夏弥皱起眉头："如果让你长久地睡下去，你不仅梦不到什么有价值的梦，还会加速改变外形。不然我们慢慢来吧。"

张生点点头，从床上起来，接过夏弥递来的酥饼，咬了一口还没咽下去突然开口道："我想起来了！"

"什么？"夏弥被吓了一跳，但还是耐着性子问。

"我想起我以前的梦来了。"张生把嘴里的酥饼咽下去，灌了两杯茶水，直到不噎了，才开口说道，"那个时候我是个小女孩，穿着打了无数补丁的破旧衣裳。不知哪天，我家附近搬来了个衣着光鲜的男人，我好像就是在看见他的一瞬间喜欢上了他。"

夏弥托着下巴："按理说，每个病人的梦里总会有一个结在，搞清楚结是什么，这个人就不会被梦困扰了。但是我有点儿搞不清楚你的结到底是什么。"

"我好像，一直在寻找他。"张生仔细回忆着，"那个男人搬来后不久，我便搬家了，余下的日子，我好像都用来找他了。"

夏弥往张生的面前挪了挪，期待着他能讲出更多的事情。

肆

小女孩站在街角，像是在等人，焦急却又期待。

吧嗒吧嗒。

不远处传来有规律的脚步声，女孩像是看到了什么喜爱的东西，脸上满是惊喜。

"你好呀小姑娘。"男人站在女孩面前，笑意温和。

"你……你好。"女孩咽了口唾沫，努力让自己不那么紧张，"我出来散步，正准备回家。"

"那真巧，我也正准备回去，要一起吗？"

女孩矜持地点了点头，心里却早已乐得开了花。

"你是老师吗？为什么你搬来那天门口有那么多书？"女孩走在男人的身侧，兴奋地问东问西。

"不是，我是个作家。"男人微笑着说。

"作家？就是写书的？那你有写书吗？"女孩问。

"嗯，有啊，写了有十几本了吧。"

"哇！"女孩发出一声惊叹，声音里满是崇拜，"那，你为什么要搬来这里呢？在这里的人都想要离开。在你之前，你住的那个地方原本有一对夫妻，他们总是吵架，搞得人无法安宁。你来了之后这里一下子安静了好多。"

男人轻笑几声，答道："这里挺安静的，很适合写东西。你喜欢看书吗？回头我可以送你几本。"

"真的吗？"小女孩又一次发出惊叹，男人的侧脸在月光下显得异常好看，小女孩的心脏不由得漏跳了半拍。

"没了？"夏弥托着下巴仔细听着，"在梦里你是个小女孩，你喜欢着刚搬过来的作家？"

"嗯。"张生点点头，他打了个哈欠，像是又犯困了一般，"最近不知道怎么回事，睡的时间好像越来越长，睡得也越来越频繁了。"

夏弥看着张生，他身体的一半几乎都变成了女性。

"我觉得我得去把那个大夫找过来，你的状况越来越严重了，我可能要出去两天，这两天你不要睡觉，不然的话我怕等你再醒过来，你就彻底变成了另外一个人了。"夏弥说着便往门外跑，边跑边回头对着张生喊，"我会尽快赶回来的，你这两天千万别睡啊！"

张生晃晃脑袋，努力驱散脑袋里的睡意。

两天啊！

张生看了眼外边的天色，不由得皱紧了眉头。

伍

张生什么办法都用尽了。

不停地洗脸，不断地喝茶，困了便立刻站起身走走……

可困意来了，哪怕是站着也能睡着，甚至有次张生差点儿一头栽进洗脸的盆子里。

有的时候，困极了，张生只觉得恍惚间似乎看到了梦里的那个男人，然后自己的心脏突然开始剧烈跳动，宛如见到心心念念的情郎。

"醒醒醒醒。"张生晃了晃自己的脑袋,他突然想起梦里后边的剧情。

小女孩因为什么要搬走了,她搬走的前一夜就站在窗前看着作家的屋子发呆。那一刻她想,以后……以后一定要再见他。

……

"这个就是那个知名作家……"

此刻的小女孩已经变成了女人,她看着自己当初心心念念的人就这么站在自己面前,一下子激动得不知该说什么。

"你好?"男人如同那天和她一起回家时的口吻,礼貌而温和。

"你好。"女人这才回过神来。

这是一场宴会,周围聚满了形形色色的人。但从这一刻开始,女人的目光就再也没有从作家身上移开过。

……

"张生!张生!"

张生迷迷糊糊间听到一个熟悉的声音,他愣了半晌才意识到这是自己的名字。

是啊,我叫张生,是个男人,怎么会是女人呢?我……我又在做梦了!

张生猛地惊醒,一下子从床上坐了起来。张生看见他的床边除了夏弥,还有那个帮他治病的先生。

"大夫,大夫,求求你救救我。"张生一下子从床上滚下来,他的声音已然变成了女声。张生不用照镜子就知道此刻的自己已经完全不像自己了。

"你想起来了吗?"大夫开口。

"什么?"张生不明所以。

"张生啊张生,你怎么还没明白?"大夫叹了口气,"你不是男娃,你是个女娃娃啊!"

"什么?"张生像是被惊雷劈了一下,待在原地不知所措。

"你因为太爱一个男人,而导致郁郁寡欢。你跟踪过他,你跟他告白过,也和他相处过,可他就是记不得你。对于他来说,你就是他众多女友中的一个。于是你在终日爱而不得,且痛失爱子之后,便就此崩溃。从那天之后你便对自己的认知产生了偏差,你认为自己是个男人,因为你以为这样你才能避免再一次爱上他。"

"不可能，夏弥知道我是男的，不然她也不会说我变成了女人！"张生有些声嘶力竭。

"夏弥……"大夫看着张生，一字一顿地问，"夏弥是谁？"

"她不是你派过来给我治病的吗？她不是能吃梦吗？她不是就在你旁边吗？"张生絮絮叨叨地说着，但当他转向夏弥的方向时，却发现夏弥不知何时已经消失。

"这世上怎么会有吃梦的人呢？"大夫无奈地笑了一下，"那日我告诉你我会给你找到根治的药，可是，我今天才找到。夏弥是你创造出来的。"

"什么？不可能！不可能！"张生拼命摇头，她只觉得自己的大脑乱成一团。

陆

"你醒了？"穿着白大褂的医生站在张生的病床前笑得温和。

"我怎么……"张生看着周围的一切，有些不明所以。

"您是我们新实验的志愿者之一。我们这个实验是创造梦境，并进入志愿者梦境中，成为梦境里的一个人，看是否能成功唤醒志愿者。"医生认真地解释着，"但因为我们工作出了疏忽，让您在实验前看了《一封陌生女人的来信》这本书，导致这本书的情节成为您沉睡后您自己创造的二层梦境。所以我就只好扮成夏弥和大夫这两个人，来想办法唤醒您。"

"夏弥……大夫……"张生默念着，而后又问，"这个实验到底有什么用呢？"

"用处很多，比如我们可以人为地唤醒植物人，甚至可以人为地打破心理障碍者的困惑，这项实验在临床和心理学中都将会产生新的突破。"医生说得慷慨激昂，但考虑到张生的情况，还是收住了话，道，"总之恭喜您成功醒来，那您就在这里再好好休息一下，我们先去忙其他的事了。"

张生点点头，她的目光移到旁边的书上，那本《一封陌生女人的来信》在阳光下显得异常耀眼。

"今天，我们两个人是不是要消失一个了？"刘思明有点不敢看陈年的眼睛，大家彼此都没有心情谈论故事，只是在为可能发生的事情担心着。

"嗯。"陈年没有说什么，只是轻轻地嗯了一声，或许是太过绝望了，陈年失去了之前暴躁的样子，而是一脸平静，等待着时间一点点流逝。

刘思明知道，陈年这样并不是有把握的代表，而是他害怕到绝望的代表。

"陈……"

当当当……

突然的钟声把刘思明吓了一跳，他一下子从椅子上蹦起来，像只受惊的老鼠。

"这么紧张吗？"陈年调侃道，"走吧，一起去二楼看看。"

刘思明站在原地沉思半晌，咬了咬嘴唇，最终点了点头，跟着陈年往楼上走。一步、两步，每一步都沉重得如同穿了千斤重的鞋一般。

"如果……"刘思明突然开口，"如果我被淘汰了，我希望陈老师你能把这里的真相全都调查出来。"

陈年摇摇头调侃："我可没这个本事，所以还是你来调查真相吧。"

刘思明不知道说什么好，但此刻他只能深吸一口气假装坚强地开口："我会的！不管我们谁被淘汰，只要我有一口气在，我一定会把这里的真相弄清楚的！"

这话逗笑了陈年，原本紧皱着眉的他，一下子笑出声来。

"你在笑什么？"刘思明问。

"笑你像个笨蛋一样。"陈年看了眼刘思明，微笑着拍了拍他的肩脖，"当然，我也会的。"

说话间两个人来到二楼，刘思明指了指那扇门道："不然还是你去看结果吧？"

"怎么了？害怕？"陈年回头看向刘思明，"没事，这次我拉着你，我不相信这样还能凭空消失。"

话说完，陈年一把抓住刘思明的手腕，便把他往房间里拽。

刘思明吓得忙把头扭向一边，喊着："你别急，别急，等我准备好了你再公布结果，我还想多享受两秒不知道结局的快乐。"

"哦。"陈年应了一声，便拿起桌上的纸，看了两秒后轻笑一声说，"你可能要失望了。"

"怎么了？"刘思明睁大眼睛，"你的意思是……淘汰的人是……"

"我把结果公布给你听？"陈年甩了甩手中的纸。

刘思明站在那里纠结半天，终于点了点头："行吧，你念吧，反正淘汰就淘汰，没什么大不了的，我正好想知道他们是怎么做到让别人凭空消失的，我正好想体验一下。"

"再读名著的淘汰者……"陈年瞄了眼刘思明，见他站在一旁闭上眼睛，有些不敢去听。

"淘汰者是……未定，请剩下的参赛选手放松心情，安心等待明天晚上的到来，因为明天，你们会知道一切真相。"

刘思明猛地睁开眼，不知是庆幸还是失落，他看看陈年手中的那张纸，愣了好久好久，半晌才回过神来，眼眶早已红了大片，但他依然努力扬了扬嘴角："真好，至少今天，不会有人消失了。"

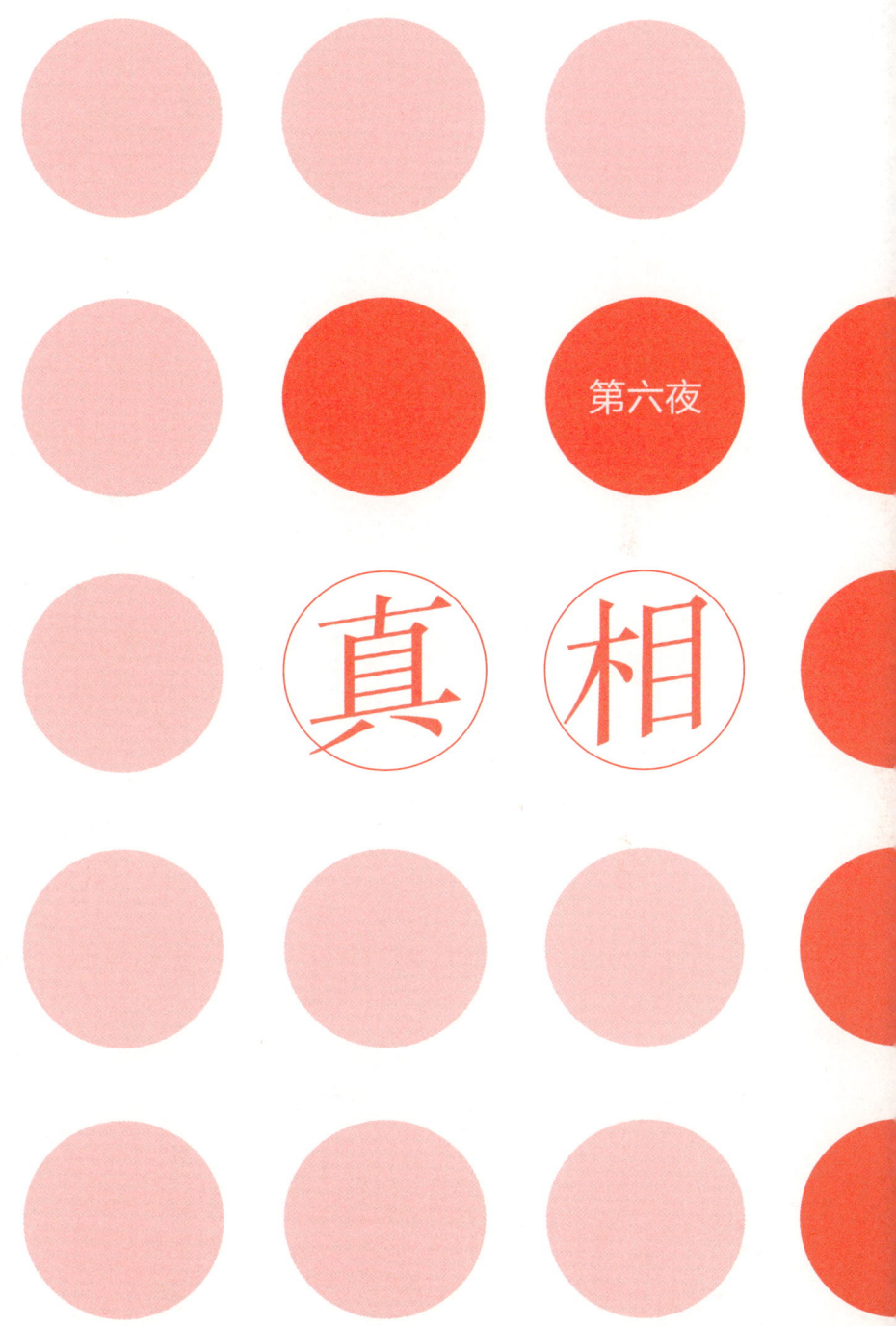

第六夜

真相

 每一次努力,
都是幸运的伏笔

或许是秦淮没有参赛的缘故，房间里剩下的食物比刘思明想象中的要多得多。明明可以放松一整天，刘思明却丝毫没有心情。

他本想找陈年聊一聊这些天发生的事情，但陈年一整天都不愿意从房间里出来。刘思明也只能作罢。等待真相的时间太过难熬，刘思明在床上翻来覆去一整天，时间也才到下午七点。

"喂，你们在房间里吗？"

刘思明突然听到一个陌生又熟悉的声音，他顾不上多想，立刻从床上跳下来穿上鞋子跑出卧室。但刘思明在看到外边人的那一刻，便整个人都呆住了。因为喊他们的，不是别人，正是之前弃赛的秦淮。

"秦淮？你怎么在这里？"陈年并没有像刘思明那样愣在原地，而是直截了当地提出了自己的疑问。

"我当然要在这里，因为我要告诉你们真相。"秦淮调皮地一笑。

"真相？你是主办方？"刘思明终于回过神来。

"差不多。"秦淮耸耸肩，"我身为主办方当然不会参赛了，所以第一轮我就找借口退出了。"

"那秦佳呢？秦佳不知道吗？你们两个是兄妹她都不知道吗？还有她为什么凭空消失了？"刘思明有太多问题，趁着秦淮说话的间隙，一口气全问了出来。

见刘思明这么多的问题，秦淮反而笑了起来："别急，我这不就是来告诉你们真相的嘛！"

"从前有个男人，叫刘思明，这个人因为心灵受过创伤而分裂出许多个人格。他跟父母去乡下奶奶家过暑假，在他一个人出来玩的时候，一只大狼狗突然冲出来冲他狂吠并追赶着他，他边哭边跑，因为不小心摔倒，身后追赶他的狗朝他扑了过去，并咬向他的颈部。在过度恐惧中，他创造了个名叫沈建明的人格。沈建明是一个成年男人，就在那只狗要咬向他的一瞬间，他抓住狗的嘴巴，用力将它踢开，沈建明救了他，也救了自己。而之后，因为对这里的恐惧，刘思明便再也不打算出来。于是沈建明便占据了这个身体，在乡下度过了整个暑假，直到刘思明跟着自己的父母重新回到城市。然而沈建明从诞生之日起就有着跟他周围所接触的人相似的性格与行为，沈建明善良仗义却又游手好闲，他的任务就是在刘思明危险的时候，跳出来帮他渡过难关。也正是因为这样，在刘思明十八岁发生车祸后，代替他受伤的是沈建明。沈建明自从那次车祸之后，整个人格就消失了。刘思明的心理医生以为过度的刺激使得他创造的人格消失了，但其实并不是这样，沈建明只是变成了植物人，永远沉睡在刘思明体内。直到刘思明二十岁那年，遇到了他的女朋友，在那一刻，沈建明重新苏醒了。但因为这些人格都是独立的，每个人格有属于自己的记忆，为了完善这些缺失的记忆，沈建明自动补全了这些记忆，于是就变成了沈建明出了车祸，之后被自己的女朋友唤醒。"

"我想起来了，沈建明讲过这个故事！"刘思明突然大嚷道，但马上他就反应过来了什么，"等等，你的意思是，我也是一个人格？是主人格？"

"差不多，但我觉得比起提问，你更应该先听我说完。"秦淮耐着性子开口。

"嗯……好……好吧。"刘思明不再发问，乖乖地闭上了嘴。

"刘思明，也就是我的病人，他从小有个哥哥，但因为哥哥身体太差，而过早去世。刘思明的父母又因为哥哥的过世而整日沉浸在悲伤之中，于是在这个时候，诞生了秦佳这个人格。秦佳是个女孩子，刘思明的父母一直想要个女孩子，但无奈，生了两个男孩。当时刘思明固执地认为，如果自己是个女孩子，父母就不会因为哥哥的离世而那么悲伤。但秦佳的诞生毕竟是在哥哥的阴影之下，因此秦佳这个人格比其他人格的状况更为严重，因为她会臆想自己还有个哥哥，并且她会跟哥哥争风吃醋。"

"怪不得她的故事总会有种希望被爱的感觉。"刘思明忍不住插话。

秦淮并没有搭话，他看了眼刘思明，又看了眼缓缓走出来的陈年，继续说："至于张雅雅，这很简单，二十五岁的刘思明参加工作，第一份工作就是编辑，但比起编辑来，刘思明更想做的是成为一名作家。同时也因为频繁的早起和机械式的重复工作，使得刘思明又一次崩溃，于是他创造出了一个能够让他逃避工作的人格——张雅雅。是的，张雅雅工作认真又一丝不苟，但可惜头脑简单不怎么懂得变通。但是这恰恰是最符合当时工作强度的人物，于是张雅雅就变成了你在重压之下的救命稻草。她帮你应付过了所有枯燥的工作内容。"

"张雅雅……"刘思明的眼睛垂了下来，"我……原来是这么一个一直喜欢逃避的人啊！"

"每个人都会想要逃避困难，大家也会用各种各样的方法来逃避。你是因为生病创造了张雅雅，所以你不必过于自责。但是这恰恰也是最可怕的地方。"秦淮看着刘思明叹了口气，"你从哥哥去世之后便有了分裂人格，后来的狼狗事件更是加重了你的病情，你却并没有意识到，甚至等到了工作时为了逃避又分裂出一个人格。你新人格产生的速度越来越快，新人格产生的理由也变得越来越不足为奇。也是因为这样，你的女朋友忍受不了，不得不把你送来我这里。而我在对你的治疗过程中发现除了我之前说的，你还产生了一个人格，不仅如此，你还给了这个人格足够丰富的背景故事。"

"你是说……"刘思明往后退了一步，他看向一旁的陈年。

"是的，就是陈年。"秦淮看着陈年笑了起来，"你是刘思明一直以来的梦想。他一直想成为一个作家，这种梦想强烈到，连他所有的人格都有一个作家梦，也正是因为这样，我才有机会把你们聚在一起。说实话，这么多人格之中，背景故事最为虚假的就是你。因为你完全活在刘思明的想象中，你的大作家的名声，你的作品，你的粉丝，你的一切，都是刘思明想象出来的。你是所有人格中最虚幻的存在。"

被这话打击到的不仅仅是刘思明，还有陈年，陈年睁大眼睛，第一次表现出惊恐的表情："我是……假的？"

"虽然你是假的，但你是刘思明向往的存在，聪明、亲和、能力强……你虽然很少出现在现实中，却一直是一个旁观者，我和其他人格的对话，对其他人格的治疗，你都有印象，也正是因为如此，你在你的文章中会时不时出现我们的治疗计划。"

"治疗计划？"陈年有些蒙。

"是的。我在跟其他人格对话时，你是一个旁观者，你记得每个人格的故事片段，虽然你可能自己都意识不到。但是没关系，这次通过讲故事的心理治疗，我可以通过故事看出来你们每个人格的状态，也正是因为这样，我知道了你一直在旁观。"秦淮朝陈年笑了笑，像是在告诉他，哪怕他藏得再深，这个厉害的心理医生也可以把他看透。

陈年又皱起了眉头，刘思明不知道他是因为情绪还是因为在回想之前的事情。

见这两个人都不说话，秦淮便自顾自继续说了下去："如今在心理治疗领域已经出现了许多新的科技，这些产品可以把我的意识直接送入刘思明的大脑之中，让我的意识和你们这些人格自由交谈。但因为只是交谈，并没有什么用。于是我先是把刘思明的人格一个个喊了出来，告诉你们需要参加一个故事比赛，针对不同的人格，吸引人格的最终奖励也有所不同。只要所有人格都同意参加，那我便可以把你们放到我在刘思明大脑内建的大楼中，并让你们按照我的要求来进行故事创作，而我就从这中间挑选出可以成为主人格的人格。其他人格，我便会让他们永远沉睡下去。这就是我的治疗方法。"

"那我可以问一下你的筛选规则吗？"陈年皱起眉头，"你是如何判断一个人格到底是应该沉睡，还是不应该沉睡？"

"很简单，不同的人格拥有不同的性格，虽说人格无好坏，但在心理学上性格却有好坏之分。那么，要如何挑选出好的性格呢？首先，要有基本的道德观和正确的价值观。秦佳的故事里表现出太多的嫉妒，这不符合我们对美好的定义，因此她被淘汰。而张雅雅则是因为她是所有人中表现最差的，她太机械死板，她甚至没办法在故事里正确地表达出自己的情绪。至于沈建明，他的故事没什么问题，但他在比赛中太容易和其他人发生冲突，表现得过于急躁，性格太过尖锐，因此也被淘汰。"

"那我们两个呢？你要淘汰谁？我们两个谁更符合你们对美好的定义？"陈年睁大眼睛问道。

"这就是我来见你们的目的。"秦淮的眼睛在两个人身上来回移动，"我希望你们两个能够商量出一个让你们都满意的答案。谁沉睡？谁主导？最后一轮，我打算由你们自己决定。"

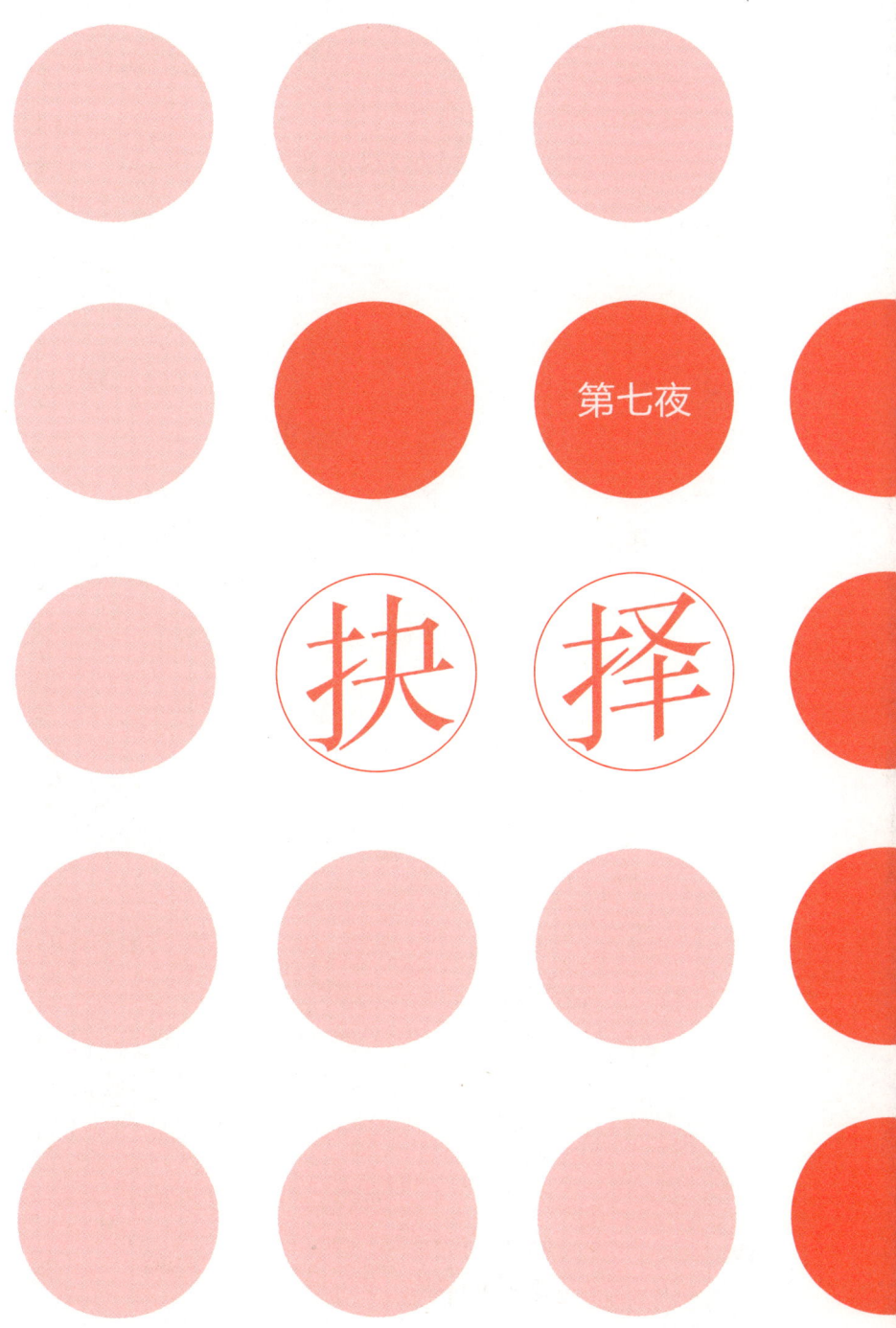

第七夜

抉择

 每一次努力，
都是幸运的伏笔

刘思明坐在陈年的对面，欲言又止。陈年双手交叉，眉头紧锁。

"陈年，其实我觉得如果真的要选择的话，应该我去沉睡，你来当主导人格才对。毕竟我当了那么久的主导人格，却也没什么用，而你，是那个刘思明一直以来的向往，如果你来做主导人格，对大家来说都是一件好事。"刘思明垂下眼睛，如果自己是人的话，他一定会想办法争取自己活着，可是偏偏他不是，他只是个人格，一个虚幻而缥缈的存在。

"我当主人格并不代表这个刘思明就会快乐。而且你别忘了，我是个过气的作家，这也就是说其实我一点儿都不了解读者的喜好，也根本不了解怎么写出受欢迎的作品。你觉得我厉害只是因为比的是写故事而已，如果比其他你就会发现我一无所能。若是你主导，起码这个刘思明的人生轨迹不会脱轨脱得太厉害。我做了主导人格，他就只能当作家了，连转行都不行。"陈年叹了口气，"说实话，我有点儿难过。"

刘思明点头："我也有一点儿。"

"明明我们都想自私地活着，却要在这里为了那个刘思明考虑到底谁对他的帮助更大。"陈年气到想要砸桌，但手捏了又捏，最终还是没挥下去。

刘思明有些崩溃地抱着自己的头，陈年原本紧皱眉头，但突然像是想到了什么，眉头渐渐舒展开来。

"其实……"陈年想了想开口，"我从很早的时候就猜测到这个可能性了。"

"什么？"刘思明睁大眼睛，不可思议地看着陈年，良久才开口，"你是说，第一场比赛的时候吗？"

"没错。"陈年点点头,"秦淮跟我们不一样,他并没有当作家的梦,所以不可能写出这样的文章。"

"你的意思是……"

"是的,他应该是在之前的治疗中窃取了我的文章,为了这次治疗而准备。虽然我对这篇文章早已没有什么印象,但是这是我的风格,我能认出来。只是他没想到在第一场比赛的时候,我会拿出我这种风格的文章,从而让大家产生我和他'撞'了的感觉。我觉得秦淮这么做,是因为他如果在第一场比赛就讲了这个故事,之后的比赛中我一定不会再讲相同风格的故事。只是他没想到我偏偏也选择在第一晚讲这种风格的故事。这才让我对他产生了怀疑。"

"我觉得我们可以这样……"

……

当当当……

钟表又一次在晚上十点准时响起,秦淮踩着轻松的步子走到陈年和刘思明的面前。

"你们现在可以告诉我答案了。"秦淮说道。

陈年看了刘思明一眼,答非所问道:"我有个问题,为什么这里明明是刘思明的内心世界,你却可以随心所欲地进出,并且掌控一切?这全都是运用机器吗?"

"当然,这就是新科技的魅力。"秦淮仰起脖子,"甚至我也不是长这个样子,我只是为了完成治疗后更好地清除你这段记忆。而我现在的外形,都是机器帮我塑造的。"

陈年点点头,像是知道了什么,而后又开口:"我们讨论好了。"

"嗯哼?"

"我希望让刘思明活下来。他将一直作为主人格存在着。"

秦淮点点头,看向一旁的刘思明:"你也是这么想的吗?"

"嗯。"刘思明点点头,"我被他说服了。"

"好。"秦淮从口袋里掏出遥控器。

"在我永远沉睡之前,我可以抱抱你们吗?"陈年打断秦淮的动作,可怜兮兮地问道。

"当然可以。"刘思明答应得痛快。

秦淮眼珠转了转,发现这个要求并不算过分,于是也跟着点了点头。

陈年伸开双臂,刘思明迎上去轻轻抱了他一下。秦淮见此,也跟着上前两步。

"很高兴认识你。"陈年说。

……

"恭喜你,你的治疗非常成功。"刘思明睁开眼,他的眼前站着一个陌生的男人。

"你是……"

"我是你的主治医生,这个是这么多天以来负责记录你状况的秦淮医生。"主治医生指着自己旁边的小伙子,笑得合不拢嘴,"我有点迫不及待地想要把你的状况告诉那些反对使用新科技的老顽固了,这是一个奇迹。"

刘思明笑得有些僵硬,他看向秦淮,只觉得这个名字似乎异常熟悉,但到底经历了什么,一个字也想不起来。

"张医生,我先陪刘思明去办一下手续。"秦淮走过去,小心地扶起刘思明问,"现在感觉怎么样?有哪里不舒服吗?"

"没有,我除了有些困,其他都挺好的。"刘思明老实地回答。

秦淮轻笑起来,继而催促着:"走吧,去办出院手续吧。"

刘思明点点头,跟着秦淮走了出去。主治张医生则站在原地在自己的笔记本上记录着这个成果。

"刘思明。"秦淮叫着刘思明的名字。

"嗯?"

"你真的都不记得了吗?"

"记得什么?"

"没事,不记得就好。实验确实很成功。"秦淮微笑道,想了想又加了一句,"或许,你认识陈年?"

"陈年?"刘思明只觉得这个名字熟悉得不得了。

"不记得就好。"秦淮微笑着朝他点点头,然后指着前方说,"你去那里办手续就好了,我这边还有其他的事情要忙,就先走了。"

　　刘思明看着秦淮离去的背影，恍惚间他突然想起，似乎是在梦里，有个叫陈年的男人想要和自己还有另一个少年拥抱。结果在少年走上来的一瞬间，陈年抢走了那个少年身上的遥控器。

　　"既然你可以做主导，就说明你一定有什么可以控制的东西。"陈年看着少年，一字一顿地说道，"跟我们比起来，你才更像是邪恶的一方，所以你去沉睡吧，我来代替你活着。"

　　……

　　刘思明看着离去的秦淮的背影，不知为何，嘴唇翕动着，不由自主地冲着秦淮喊："陈年！"

　　秦淮回过头，站在走廊远处，站了半秒之后，对着刘思明轻轻地点了点头。

三年后

"刘先生,对于这次的新书你有什么想说的吗?"

"刘先生,听说这是您最后一本书了,您刚出了第一本就要封笔,这是为什么,能告诉我们吗?"

"刘先生,作为第一个利用光进科技治疗好人格分裂的人,您能给我们分享一下感想吗……"

刘思明看看围住自己的众多记者,此刻的他已然成长了许多,不再是那个稚嫩的年轻人了,他的言行相比起来得体了许多。

"我已经彻底好了。"刘思明微笑着点头,"说实话,虽然那次实验之后这个治疗方法就因为太过危险而被禁止了,但是我个人体验还是挺不错的。自那之后我就再也没有复发过,并且整个人也变得精神了很多。"

"据说是你的主治医生力挺关闭,这中间都发生了什么吗?"

刘思明摇头:"我不知道他为什么要关掉。"说罢,刘思明像是不愿意多回答一般,转而回答另一些问题:"我的梦想一直是成为一名小说家,因此我好了之后就潜心研究写作,这是我精心打磨的第一部作品,当然也是最后一部,因为我不打算继续写作了。在完成这部作品之后我意识到比起写作,我更喜欢去帮助别人,帮助像我这样的患者。因此我决定转行去做心理医生的助手,我会去考需要的证件,也会进行系统化的学习,我之前是一名患者,如果我做了心理医生,或者相关的职业,我能给像之前我那样的患者更多的帮助,我也更能体会他们的感受……"

"刘思明!"

采访快要结束了,一个身材消瘦的男人在远处朝刘思明招手。刘思明点点头，用唇语说了句："马上。"便继续面对记者。

"我看时间好像快到了。"刘思明微笑着对不断提问的记者说道。

"那，最后您要给喜欢您的读者说些什么吗？毕竟以后就没有这种能找到您签字售书的活动了。"

"嗯……"刘思明思索一番，然后微笑道，"我觉得每一次努力都是幸运的伏笔，很多人说我能成为作家是幸运，我能成为主人格也是幸运，但其实这背后有大家看不到的努力以及危险。谢谢。"

说罢，刘思明便头也不回地走了。等甩掉身边的记者，刘思明便与刚刚那个消瘦的男人会合了。

"刘大作家说得不错嘛！"男人调侃道。

"没有没有。"刘思明谦虚着，"跟你这个真正的作家比起来，我只能算是小巫见大巫了。对了，陈年，之后你打算做什么？"

陈年笑了笑回答："当回作家吧，毕竟我只有这么一项才能。我打算辞掉心理医生这个职业，然后专心写文章，你呢？你真的要去当心理医生？"

"是的，我想了很久，还是觉得我应该去帮助更多的人。"刘思明笑了笑，看了眼手机说，"不早了，我要去上培训课了。"

陈年摔摔手，跟刘思明说着再见。

没有人知道，三年前，一位年轻的心理医生贸然用了最新的治疗方法，通过进入病人的潜意识，从而强制让病人的其他人格进行沉睡。

也没有人知道，这位医生自以为自己是救世主，其实却被治疗的病人厌恶，因为病人认为，选择哪个人格当主人格，不应该由医生来决定，而应该由他们自己来决定。

更没人知道，在那次实验之后，医生就不是医生了，医生的人格已经在病人的身体里沉睡了。

两年后，沉睡在病人身体里的医生醒来了。

那是第二次秦淮和刘思明的见面，他们那晚极力争夺着这具身体，那晚过后，没有人知道这具身体现在由谁控制，也没有人知道答案。

大家只知道，刘思明写完了小说之后放弃了他的作家梦，转而当起了心理医生。

以及他那句："所有的努力都是幸运的伏笔。"

是的，若不是精通心理，又如何能在被强制沉睡的情况下强行醒来呢？

大家唯一知道的是，曾经的心理医生去当了作家，曾经梦想成为作家的人去当了心理医生。